将爱
JIANGAI
-02-

MEI

JING

NAIHE

TIAN

美／景
奈何天

花念笙 著

河北出版传媒集团

花山文艺出版社

图书在版编目（CIP）数据

美景奈何天 / 花念笙著. 一石家庄：花山文艺
出版社，2017.7（2020.3重印）
ISBN 978-7-5511-3308-1

Ⅰ．①美… Ⅱ．①花… Ⅲ．①长篇小说－中国
－当代 Ⅳ．①I247.5

中国版本图书馆CIP数据核字（2017）第058849号

书　　名：**美景奈何天**
著　　者：花念笙
策　　划：张采鑫
责任编辑：董　舸
特约编辑：菜秧子
美术编辑：许宝坤
责任校对：齐　欣
封面设计：刘　艳
内文设计：米　籽
封面绘制：阿亚亚
出版发行：花山文艺出版社（邮政编码：050061）
　　　　　（河北省石家庄市友谊北大街330号）
销售热线：0311-88643221/29/35/26
传　　真：0311-88643225
印　　刷：三河市华东印刷有限公司
经　　销：新华书店
开　　本：880×1230　1/32
印　　张：8.5
字　　数：235千字
版　　次：2017年7月第1版
　　　　　2020年3月第2次印刷
书　　号：ISBN 978-7-5511-3308-1
定　　价：45.00元

目录
Contents

美 景 奈 何 天

目录
Contents

美 景 奈 何 天

Chapter1

各 取 所 需

"苏美景，你休想和我离婚！"

民政局内，响起一个凛冽的声音，在空荡荡的大厅里显得分外清晰。

齐天站起来，将手里签好字的离婚协议书撕得粉碎，再狠狠地扔在桌子上。

苏美景没有看他，默默地从包里重新拿出一份协议书，冷静地放下。

"撕了没关系，这里还有很多份。"

"我不会签的。"齐天冷硬地回应。

苏美景叹了一口气："齐天，你早上已经答应了，现在做这些又有什么意义？"

齐天强压下心中的怒火，握紧了拳头，一字一句像是从牙缝里硬挤出来的："我后悔了，行不行？"

要知道，让他放下面子说出这番话，需要多大的决心。

苏美景终于转头看他，他的脸因为气愤而微微发红，却还在咬牙死撑。

换作之前，苏美景或许会打趣他几句，可是现在，她没有心情，只是神色复杂地看着他："齐天，你别这样。"

齐天拿起协议书，翻开看了看，眉头越皱越紧，一把将它用力甩在桌上："里面怎么没有财产分割的条款？这是谁做的协议？写成这样也敢叫我签？"

"婚后我们没有共同财产，不存在财产分割问题。"

"齐太太，难道你不知道，跟我离婚是可以得到离婚补偿的吗？"

"对不起，我不需要。"

仿佛料到她会这么说，齐天轻松地笑了："你看，我们的协议没有达成共识，还得回去讨论一下。"

苏美景惊讶地看着他："齐天，你是故意的！"

"那又怎么样？反正我不签字，这婚就休想离！"

"你……"

看着她泛红的双眼，齐天不禁放软了语气："美景，别闹了，我们回家。"

窗口的服务人员怔怔地看着这一切，忍不住出声询问："齐先生，这……"

齐天转过脸去："没见过夫妻吵架吗？这点儿小事还需要当真不成？"

服务人员似懂非懂地点点头，指了指楼梯口，好心提醒："齐先生，齐太太下楼了。"

齐天回过头，果然没有了苏美景的身影，他连忙跑去追。

"美景……"齐天在民政局门口追上了苏美景，从身后揽住她的肩，却被苏美景狠狠挣开。

齐天站在原地，一脸无辜地看着她。

苏美景眼中流露出一丝厌烦："你不签字没关系，大不了我们走法律程序。"

齐天脸上的笑容瞬间消失不见，他不笑的时候面容略显冷峻，眉眼间英气逼人，鼻梁高挺，目光深邃，气场全开让人不敢直视。

苏美景再怎么冷若冰霜，对上这样的齐天，气势上也输了一截儿。

她移开视线，不肯看他。

齐天的声音缓而沉，透着一丝不易察觉的受伤："美景，你是真的想要和我离婚？"

苏美景低着头，一时无言。

"苏美景，我一直在想，这么长时间以来，我们的感情，在你眼里到底算什么……"他眼中布满了沉痛，面前的这个女子竟像笼上一层纱，怎么都看不透，"同住一个屋檐下那么久，我待你如何相信你都心里有数，可是即便这样也仍然无法改变你的心吗？你就真的……那么不愿意接受我吗？"

"苏美景，你说话！"齐天忍不住扳过她的肩膀，逼她看着自己。

这一看才发现，她的眼里竟有泪珠涌动。

苏美景抽泣着，发出绝望而悲痛的喊声："我当你是朋友，可你就是这么对我的？"

齐天看着她眼中汹涌滑落的泪水，怔怔然道："我只是想……"

"没有什么只是……我觉得自己很好，不需要你自作主张替我安排！"

她眼里满满的抗拒，狠狠扎进齐天的心里，刺得他心脏一阵剧痛。

有多沉重的爱，就有多凌厉的痛，他终于领悟了。

"苏美景，这事儿我还真是管定了。"

他冷冷地抛下这句话，看着她眼中一闪而过的慌乱，嘴角扬起凉薄的笑意。

苏美景惊诧地睁大眼睛，肩上禁锢的力道消失，他已经松开手越过自己，扬长而去。

过了好久，她依然呆呆地站在原地，心中涌起千万种情绪，竟不知如何是好。

路过的行人看到她失魂落魄地站在民政局门口，脸上还带着未干的泪痕，悄声议论：

"估计又是个要离婚的。"

"长得这么漂亮，怎么还……"

"可能是生不出孩子吧……"

"唉，走走走，别说了……"

那些话飘进苏美景的耳朵里，让她只想苦笑。如果当时自己没有匆忙下决定，是不是就不会有如今进退维谷的局面了呢？

她看着"民政局"三个字，忽然想起那一天也是这样，她一个人站在门口，孤零零地看着这三个字，等着他来。

八个月前。

苏美景一大早收拾好自己，来到了民政局。

今天是她和齐天约好登记结婚的日子。苏美景想想还是觉得有些忐忑，毕竟这是一个人一生之中最重要的事情。

虽然一直单身，但她也期望自己会遇见一份甜蜜的爱情，盼望一场心灵契合的婚姻，铸造属于自己的家庭，让心灵得到满足与归属。

她想要的婚姻很简单，无非就是和相爱的人住在一起，过着平平淡淡却充满温馨的小日子。

她无数次幻想为家人做一桌子饭菜的情景，宁静而温暖。甚至她也曾期待自己为丈夫整理西装、打领带的场面，两人相视一笑，温情和默契尽在不言中。然后，他出去工作，临走的时候会在门口给她一个温暖的拥抱，俏皮地叫她不要太过想他。

窗台上摆放着精致典雅的花瓶，里面插着新鲜的花朵，花瓣上还能看到滚圆的水珠，折射出七彩的光芒。阳光透过窗户照射进来，洒进一片暖洋洋的慵懒，她穿着简洁舒适的家居服，在那一片温暖惬意中舒展着四肢，尽情地伸个懒腰，如果心情好，就做一个唤醒活力的早安瑜伽，接着，把笔记本电脑搬到阳台上，泡上一杯黑咖啡，再准备几块自己烘焙的糕点，开启码字模式。

等到吃过晚饭，两个人一起窝在沙发上看球赛，或者，她靠在他的身上，对着电视剧里的痴情男女感慨万千，他就一脸醋意地捏捏她的腰肢，让她把注意力分给他一点儿。

她是一个讲究生活品质的人，有着层出不穷的花样和点子，总会让单调的生活充满惊喜。

可如今，她看着"民政局"三个字，心里却升起一股莫名的忧虑。

因为，她清楚，也明白，这并不是她理想中走进婚姻的方式。

没有两情相悦，没有水到渠成，有的只是一句父母之命，让她的未来从此拍板钉钉。

对于这个男人，她的心情是复杂的。他是她父母心中的良婿，是她苏家的贵人，是幼时与她有过短暂相处的玩伴，只是现在他们已经形同陌路，过去那些小小的影像在时间的长河中也几乎消失殆尽，她有些忐忑，不知道自己这样的决定是否正确，但是她想，迈开步子去尝试一下总不会有错。

时间一分一秒地过去，她"未来的丈夫"却迟迟未到。

苏美景等得累了，刚想到旁边的咖啡馆喝一杯，忽然听到身后传来停车的声音。

仿佛接收到了某种讯息，苏美景听到车门打开的声音，心跳莫名快了起来。

齐天从黑色商务车上下来，穿着一身笔挺的西装，头发梳得整洁光亮，目光快速地在她身上掠过，黑色的眸中仿佛流露出一丝蔑视，有种居高临下的倨傲。他经过她的身边，脚步丝毫没有停顿，径直朝门内走去。

连句招呼也不打，倒不像是他的风格。至少上次见面的时候，他还是温文有礼、进退有度。

苏美景愣了一下，这才快步跟上。

算起来，这应该是成年后他们的第三次见面。第一次是在机场，她陪父亲去接机，与齐天父子草草打个照面，齐天便赶着回公司主持会议。第二次是在酒店，两家人聚在一起，谈了许多，内容她已经记不太清，但却是一锤定音，促成了两人的婚姻。

而这第三次……

此刻，登记员正面对二人，进行公式化的询问："苏小姐，您是自愿嫁给齐先生吗？"

是自愿的吗？

苏美景眼神虚无地落在前方的一点，微微出神。是的，她是愿意结婚的，可是为什么明明愿意，她的心里还是有些空落落的？

齐天看着她一直没有出声，浓黑的眉毛不禁皱了皱，忍不住出声替她答道："她愿意。"

苏美景听到耳边响起他的声音，这才收回思绪，歉意地一笑："对不起，我只是觉得有些不真实。"

登记员瞥了苏美景一眼，又看了看一旁的齐天："那齐先生，您……"

"我也愿意。"齐天冷静地打断她接下来的话。

"你们真的考虑清楚了吗？"登记员看着显然不在状态的苏美景，忍不住多问了一句。

齐天看了登记员一眼，十分郑重地点头："对，我们考虑清楚了。"

"那好吧，请和我到这边宣誓。"

宣誓完毕，苏美景看着手上的红色证书，感觉沉甸甸的。

她转向身侧的齐天，这个高大的男人，从今天开始就是她的丈夫了。

"我们现在……"

"我还有事。"齐天看都没看她，冷淡道，"你自己先回去。"

苏美景碰了个钉子，但也不恼，只是跟上他的脚步，问道："那我要回哪儿去？"

齐天扫了她一眼，唇边扬起一丝嘲弄的笑，反问："已经嫁给了我，齐太太觉得应该回哪儿去？"

她装作没听出来他的弦外之音，笑着说："别别，齐太太这个头衔太重了，你叫我美景就行。"

齐天懒得跟她多说，脚步加快，大步流星地往外走。

苏美景咬了咬唇，她心里清楚，如果两个人都摆出高高在上的姿态，今后的生活只会更难，势必要有一个人先低头，缓和两人之间的气氛。

于是，她跟在后面温和地问着："那个，你还没告诉我你家的地址？而且，我好像还需要一把钥匙，你看这样好不好，我先回家去收拾行李，你晚点儿来接我？毕竟我们现在也算一家人了，你正好可以去看看我爸妈，我……"

苏美景话还没说完，齐天已经一手打开了面前的车门。他转过身子，看着被突然打断，明显有些错愕的苏美景，脸上挂着伪善的笑。

"那你就先回去收拾，忙完我再给你电话。"

话里的暗示已经很明显，苏美景不会听不出来。

她不禁看着面前嫩粉色的大奔，分明已经不是之前的车，开车的是个面容姣好的女郎，戴着大大的墨镜，似乎也在打量着自己。对方的穿着和气质都不凡，反观自己穿得倒是寡淡太多了，两相比较，高低自现。

苏美景敛起之前的小心翼翼，微微一笑。

从小父母就教育她，人前一定要大方端庄，无论何时，输阵不输人。她能够感受到车内的女人并没有善意，可脸上却像是不在意一般，看着齐天的眼睛，神情越发得体大度。

"正事要紧，既然你有事的话就先去忙，不必管我。"

苏美景如此懂事，倒是让齐天稍感意外，他本想给苏美景一个下马威，如今的情形看来倒是可以省了。他不由得深看了她一眼，点了点头，然后没多说什么，反手一关车门，车子便绝尘而去。

还真是一点儿都不客气呢。

苏美景叹了口气，看着车子远去的方向，现在还依然能感受到汽车尾气带来的热度。

虽然一开始就对这场婚姻没有抱太多的幻想，但她还是说服自己，既然对方答应结婚，说明他们在某些事情上已经达成共识，可是这样的开场也实在很不友好。

苏美景给自己一个安慰的笑容，抬头看看天空，天还是那么蓝，阳光还是那么温暖，没什么大不了的，与人相处总是要慢慢来。

她调整好心情，打车回家。

回到家里，苏晨风和陈静正在沙发上看电视，听到动静很是惊讶。

"美景，你怎么回来了？"苏晨风问。

"小天呢？没和你一起？"陈静问。

苏美景笑着把结婚证放到二老面前，说道："我和他说想先回来看看你们，正好他要回去收拾一下房子，想给我一个惊喜。"

苏晨风怀疑地打量着她："美景，你可不要骗爸爸。"

"我哪会啊！"苏美景挽住他的手臂，"你看，结婚证都在这儿了，我们已经是法定夫妻了。"

"不管怎么样，你也不要委屈了自己。"他眼神凝重，却盛满了浓浓的关爱。

苏美景鼻子酸了酸，无论出于什么理由致使这桩婚姻开始，父母总是关心自己的。她害怕自己不小心哭出来，连忙转身上楼："我回屋收拾一下东西。"

关上门，看着眼前熟悉的一切：因为书架放不下而摞在地上的书、她的熊娃娃、很多买回来没有穿过的衣服、被她蹬得乱七八糟的被子……

很快，这些东西就不属于她了。

不，应该说，过不了多久，她就不属于这里了。她会搬走，和一个陌生的男人建立新的家庭。

苏美景想着想着就觉得心酸，长这么大她还没长时间离开过家，就连大学也是在本地读的，没课的时候都会跑回家住。

她整理着自己常用的东西，目光落到了笔记本下面压着的照片上。

那是前两天刚找出来的，如果不是这张照片的提醒，她真以为自己和齐天是彻头彻尾的陌生人。

照片是两个人一年级的时候照的,那时他们都还是屁大点儿的小孩儿,两个人互相搂着,头挨着头,笑得一派天真无邪。苏美景回忆着,究竟是什么情景下出现的这张照片,或许只是放学之后,阳光正好,苏晨风兴致大发,顺手拍下的。照片上的她红领巾歪歪斜斜、皱皱巴巴的,而齐天连红领巾都没戴,不知道丢到哪里去了。

想来也是,他们怎么可能是陌生人,苏齐两家关系一直不错,只是这样的交情却没有延续到她和齐天身上。齐天十岁的时候就被送往国外念书,而她则规规矩矩地留在本市,走过小学、中学、大学……生活从未掀起过什么波澜,幼年的种种,早已淹没在记忆里,只能靠照片来记录。

而如今,齐天已经是世界知名婚纱公司 E&V 的董事长,青年才俊,相貌不俗,是万千女性的梦中情人,每年投去 E&V 公司的婚纱设计稿数以万计。可自己的生活却一直按部就班,无风无浪。

一个是万人瞩目的董事长,一个是毫无名气的专职作家,任谁听来都会觉得匪夷所思。

当初苏晨风说:"美景,你一直不找男朋友不恋爱,是不是就是在等这一天?"

是,她是没有男朋友,可是不代表她等的就是齐天。

苏晨风总是提点她,年龄大了要为自己的未来做些打算,而每到这个时候,苏美景要么装傻充愣,要么撒个娇蒙混过关。有些时候,她还会提起和苏晨风关系最铁的齐豫:"你看人家齐叔叔怎么就一点儿不着急!"

或许就是偶尔这样的转移话题,让苏晨风有了不一样的想法。而有时候碰到齐豫,苏美景总能从他的眼中看到对自己不加掩饰的欣赏和喜爱,眼神直白得让她有些不好意思。

苏晨风语重心长:"我们两家都是知根知底的,小天是什么样的人我和你妈妈都很清楚,把你交给他也能放心。最重要的是,你齐叔叔喜欢你,以后有什么事定会站在你这边,肯定不会让你被小天欺负……"

"是啊,对小天这孩子,我们都是放心的。"陈静顿了顿,最终叹息道，"你爸爸创建学校的资金，你齐叔叔帮了不少忙，冲这一层关系，你和小天真的走到一起，也算是亲上加亲……"

最苦不过父母心，他们的考量苏美景全都理解。

"齐天也愿意吗？"

"你齐叔叔说，小天没有反对。"

不反对，却也不代表同意。

苏美景心往下一沉，又听苏晨风说："美景，爸爸舍不得让你吃苦，你要是不喜欢，那爸爸就去跟齐豫说说，毕竟以后的生活是你自己的，你觉得幸福才是最重要的……"

苏美景抬头看着他，不知从何时开始，高大威猛的父亲也已经变得苍老年迈，可即便如此，他也从来没有停下一颗为她操劳的心。从一开始坚决反对她做专职作家，到后来的妥协，一直都在为她的未来操心。而她写作了这么多年，想养活自己依旧举步维艰。她做不到让父亲完全放心，而他此刻对她依旧温言细语，处处都透出为她的考量。

她忽然感觉鼻子一酸，接着撒娇一般扑进苏晨风的怀里："爸，我没有说不喜欢。"

再然后，便成了现在的模样。

苏美景不知道齐天什么时候来接自己，又不想让家人知道自己遭到冷遇，所以磨磨蹭蹭不肯出去。想着该编个什么理由蒙混过去，能不让父母为自己担心。

就在纠结的时候，手机响了，是个陌生的号码。

"你好，请问你是……"

手机中传来一个清润干净的嗓音，声音里带着淡淡的嘲笑，道："齐太太怎么如此不上心，连自己丈夫的号码都没有？"

苏美景囧了一下："那天着急，忘记存了……"

齐天也不和她废话，在电话里吩咐："我还有两分钟到你家楼下，你收拾好东西就下来吧。"

"你不上来看看我父母？"

齐天顿了一下："空手上去怎么好意思，改天吧。"说完，就挂断了电话。

苏美景最后检查了一遍没有遗漏东西后，这才急忙从房间出来，对二老说："齐天来接我了，爸、妈，我就先走了。"

看着苏美景一副着急的样子，两人也没多问，只是陈静感叹着"女大不中留"，然后目送她出门。

苏美景松了口气，幸好他们没问齐天的事情，不然她还真不知道该怎么解释。

等了一会儿，苏美景看着有车缓缓驶来，依旧是那鲜亮的粉色，她的脸色顿时有些难看。空手只是借口，他的"不好意思"只怕另有其事。

齐天摇下副驾驶的车窗，对她说："上车。"

苏美景用最快的速度安放好行李，钻进车里。

果然，开车的还是之前的女郎，苏美景不禁有些气愤："齐天，你下次来能不能别这么招摇？好歹是我家，万一被我爸妈看到，像什么样子！"

齐天从后视镜里瞥了她一眼，漫不经心地说："我怎么招摇了？"

苏美景忍住一口气，放软了语气："我不管你和这位小姐是什么关系，可是关系再好也要避嫌，这毕竟是我家，被我爸妈看到了不好。"

齐天笑了笑："女司机，行吗？"

能开这么扎眼的粉色大奔，可真不是什么普通的女司机。苏美景放弃和他理论，默默地看着窗外。

苏美景方向感很好，看了一遍便已经记住了到齐天家的路线。

其实她完全可以不必这么小心，但只是为了以防万一。

从车上下来，苏美景这才看到了"女司机"的真身——莫嫣，她在E&V公司的宣传册上见过。

作为E&V公司的当家模特，莫嫣可谓是集美女的所有优点于一身，一米七八的身高，玲珑有致的身段，明眸皓齿，肤若白玉，长波浪鬈发如上好的丝绒，缠绕出了万种风情。

有一种人叫不管她做了什么，你看脸也能原谅她。

苏美景承认，之前所有的不愉快在看到莫嫣无懈可击的颜值的时候，全都烟消云散了。

"莫小姐要不要上去坐坐？"苏美景问。

莫嫣摆摆手："不了，我还有事，有机会再来。"接着转向齐天，"我先走了。"

"好，晚点儿一起吃饭。"

"好。"

苏美景还没弄明白齐天口中的"晚点儿"是什么时候，他已经递给自己一把钥匙："喏，拿去吧。"

苏美景左手拖着行李箱，右手拎着两个包，愣愣地看着齐天。

齐天挑了挑眉："开门啊！"

"你怎么不开？"

齐天装作没看到她满手东西的费劲样儿，神情自若道："你不是想要钥匙吗？我第一时间给你，正好也让你试着开开看。"虽然脸上还是一本正经的表情，可是行为却不怎么绅士。

他现在存心找碴儿的模样让苏美景无言以对，她不想和他吵架，尽管手里的东西很重，她依然得体地笑着："好，那我来开。"

苏美景接着将手里的东西放到地上，腾出手来开门，门打开的一瞬，还没等她把钥匙拔下来，齐天已经越过她，先一步走了进去。

至于苏美景和行李，他更是连看都没看一眼。

苏美景沉默地把东西搬进去，心中安慰着自己，堂堂齐大董事长，帮别人提行李这么有失身份的事情，他自然是不会做的。

房子上下两层，楼上是两个主卧和书房，她看完了布局，默默把自己的东西搬到了空卧室。

齐天看着她的举动，脸上露出了一丝诧异："怎么，你要和我分房睡？"

苏美景对他的"明知故问"不以为意，她可不相信齐天是真的想和自己睡在一张床上，有此一问，不过是为了把责任推卸干净罢了。

她转身面向他，脸上的神情有些严肃。既然如此，那她也把话挑明好了。

她坦然说道："我只是觉得我们现在还不太像夫妻。"

意思虽然委婉，却足以让他听明白，他们没有任何感情基础，不能像寻常夫妻那样自然地相处。

齐天饶有兴趣地打量她，目光从头发丝游移到脚尖，最后停留在她的眼睛上。如果不是早有自知之明，这样的目光恐怕会让苏美景误以为齐天喜欢她。

"那你觉得我们怎样才像是夫妻呢？"

这个问题问得好，苏美景想了一下，开口答道："起码不是现在这样生疏，连朋友之间的过渡都没有，我觉得……"

苏美景考虑了一下措辞道："我觉得我们现在大概比较像合租。"

合租？

齐天听到这词觉得挺新奇的，他法律上的妻子说他们是合租人。

"那你的意思是？"

"我们先从做朋友开始吧！"

苏美景友善地笑着，十分真诚地看着齐天。

齐天维持着嘴角的浅笑，像是很认真地在思考一样，随后他点了点头："好，就依你。不过你放心好了，我是不会收你租金的。"

苏美景见他不但没生气还打趣自己，反而觉得齐天这人也挺有趣的，忍不住笑逐颜开："那太好了，以后的日子还请多多指教！"

"嗯。"

苏美景哼着歌儿在房间里收拾东西，把自己的想法说出来，她觉得轻松了很多，尤其是齐天也能赞同她的想法，这真是再好不过了，相信以后他们能愉快相处的。齐天则自顾自地离开了房间，想着苏美景开心地收拾屋子的模样，忍不住冷笑。

从朋友开始？

这恐怕也是她笼络人心的一贯套路吧，先让他放下戒心，然后再慢慢入侵他的生活。

这个苏美景倒是聪明得很，先来一步以退为进，主动提出分房睡的要求，有理有据，显得懂事又识大体，还真不能小瞧了她。

苏美景收拾完东西，天已经快黑了。

她走下楼，齐天正在阳台上看杂志，听到动静，抬起头看了看她，问："都收拾好了？"

"嗯。"她点点头，然后问，"你饿了吗？我去做点儿东西。"

齐天像是很欣慰地笑了，说道："齐太太还真是贤惠，刚嫁过来就要主动下厨。"

苏美景难为情地笑笑，温声说："反正都是要吃饭的，我在家里也是自己做，索性做来给你尝尝，看合不合口味。"

"那就辛苦你了。"齐天说，又加了一句，"多做一点儿。"

苏美景应了一声，走进厨房打开冰箱。冰箱里的食材很多，而且都很新鲜，看来平日里齐天也是会自己下厨做些吃的。

苏美景对他的好感不禁又多了几分，她喜欢那种自食其力，能把生活过得井然有序的男人。

食材多，选择就多，原本苏美景只想简单做两个家常菜，可是看到满满的肉类、海鲜，就忍不住想要大展身手，来一套满汉全席。

她定好了菜单，系上围裙，长发一绾，就忙活起来。

五个菜一一上桌，苏美景盛了两碗米饭，刚想叫齐天来吃饭，可看着眼前的景象，忽然愣住了。

莫嫣和齐天坐在沙发上，两人手中都拿着红酒杯，正相谈甚欢。

莫嫣什么时候来的?

苏美景第一时间去看了桌上的菜量,还行,每个盘子都满满的,够吃了。

听到厨房没了声音,莫嫣最先反应过来,看着傻站着的苏美景,笑着迎上来:"嫂子辛苦了,做了这么多菜,天哥快来趁热尝尝,别辜负嫂子一番心意。"

齐天慢悠悠地走过来,眼睛往桌上一扫,点了点头,然后贴心地为莫嫣拉开椅子,说:"你是客人,你先尝。"

苏美景还有些迟钝,也跟着说:"对对对,莫嫣你是客人,你尝尝我做得怎么样。"

莫嫣笑靥如花:"那我就不客气了。"说着,夹了一筷子鱼肉,鲜嫩可口,入口即化,不禁惊喜道,"嫂子厨艺真不错,天哥,你快尝尝!"

莫嫣夹了一块递给齐天,齐天也没抗拒,竟然就着她的筷子直接吃了。

饭桌上,两个人一直旁若无人地聊着,话题大多围绕着婚纱、公司展开。苏美景听不懂,也插不进嘴,一直充当着聋哑人的角色,除了不停地吃,就是看着他们说,找不到一丝存在感。

齐天并不顾及苏美景在场,不但帮莫嫣夹菜,甚至还帮她挑鱼刺,就好像小时候玩过家家,你喂我一口,我喂你一口,吃得不亦乐乎。

苏美景看得移不开眼,两个人这么旁若无人地卿卿我我,让她好像明白了点儿什么。

她先前的设想还是太天真了,齐天应该并没有和她培养感情的打算。这个莫嫣,恐怕才是齐天心里真正"齐太太"的人选吧。

郎才女貌,看着倒是很养眼。

或许,她该重新定义一下这次婚姻,自己是不是该跟齐天签一份协议才对。苏美景不想找麻烦,干脆现在就下功夫撇清自己,让莫嫣相信自己对她不构成任何威胁。

"莫嫣,尝尝这个荷塘小炒,很好吃的。"

"莫嫣,你怎么不吃肉啊,要保持身材吗?放心,这个肉丸子热量很低的，你吃吃看。"

"莫嫣，来一碗海带汤吧。"

"饭够吃吗？再给你盛一点儿？"

莫嫣在她的殷勤下吃下了一大堆，最后实在吃不动了，求助般看向齐天。

齐天看着她碗里小山一样的菜，有些不悦地看向苏美景："你给她吃这么多做什么？"

苏美景一本正经道："她是你的客人，我要招待好她啊。"

"齐太太盛情是好，可你这样'填鸭'式的招待，恐怕莫嫣消受不起。"他眸色深深地注视着苏美景。

苏美景想想也是："那就麻烦齐先生帮我给莫嫣赔罪了。"

齐天看不出来她在想什么，只是她脸上明晃晃的笑容让他看着不舒服。

"我送你回去吧。"他低头对莫嫣说。

"夜里风凉，披件外套吧。"苏美景顺手从衣架上拿了齐天的外衣，作势要给莫嫣披上。

齐天拦了下来，对苏美景热络的表现并不满意，阴阳怪气道："齐太太就这么大方，随便把我的衣服借给别人？"

难道不应该？

苏美景恍然大悟，她现在是齐太太，当着"情敌"的面，怎么能主动拿自己先生的衣服给她？她怎么也应该端着点儿架子，不能太随和了。她把衣服放回原处，想去拿自己的衣服。

"算了。"齐天制止了她，从衣架上拿了另外一件，显然对苏美景经手的这件有些嫌弃。

"你不用送了。"他说。

"那你们一路小心哦！"她朝着两人的背影喊道。

不知道他们听见了没有，苏美景耸耸肩，转身回屋收拾碗筷。

齐天果然没有回来太早，苏美景躺在床上，看着头上的菱形方灯，感叹造化弄人。这命运还真是奇妙的东西，如今她嫁给齐天，也不知道是对是错。

她闭上眼睛，不禁陷入沉思。最开始她理想中的另一半是什么样子来着，应该是瘦高的个子，简短的头发，眼睛不要太大，脸小一点儿，可以很冷峻，不会随便和别的女人谈笑风生。

她脑海中瞬间浮现出聂晟伦的脸，她记忆里的他还停留在高中时候，他刚打完篮球回来，刘海儿垂在额前，因为流汗显得有些亮晶晶的，一向清冷的脸红扑扑的，比平常多了几分可爱。

苏美景一直把聂晟伦奉为自己的理想型配偶，无论是气质还是性格，都与她心目中的完美男人高度重合。

不知道他现在过得怎么样。

也不知是因为换了新环境，还是因为想得太多，总之这一夜，她失眠了。

午夜时分，苏美景忽然听到钥匙开门的声音，齐天回来了。

居然回家了，她心想。

苏美景装作熟睡的样子，耳朵却竖起来留意着他的动静。

伴随着上楼的脚步声，齐天越来越近了，苏美景心跳忽然剧烈起来，如果她没听错的话——

果然，下一秒，房门被骤然打开。

齐天的身上带着浓郁的酒味，很快，这股味道弥漫在整个房间里。

他好像喝了很多，摇摇晃晃地来到苏美景的床前。黑暗中，苏美景看到他的眼睛亮得如同窗外的星，正仔细地凝视着自己。

还没等她发问，他的脸忽然凑了过来。

紧接着，苏美景感觉身上一凉，被子已经被他掀开，而他则顺势上床，整个身子压在她身上。

苏美景穿着睡裙，此刻惊得浑身寒毛都竖了起来。她浑身战栗，在他的触碰下瑟瑟发抖，胃里涌起一种恶心的感觉。她感受到齐天的大手游走在她的身上，顺着大腿向上……

然后，她抬腿就是一脚，将齐天狠狠踹了下去。

"你在干什么？"

齐天吃痛，苏美景已经飞快地把灯打开，将自己裹在被子里，戒备地瞪着他。

齐天的眼睛被骤亮的光线刺痛，他伸手挡了一下，等到逐渐适应才缓缓将手放下。他看着苏美景，忽然笑了："齐太太这么怕我？好歹我们也是新婚，你就这么把我踢下床，不合适吧？"

苏美景看着他，声音有些冷："白天我们不是说好了吗，我们之间没有感情基础，你觉得像这样深夜闯入别人的房间合适吗？"

"你是认真的？"他问。

"你觉得我是在说着儿玩的吗？"

齐天扬起玩味的笑容，干脆席地而坐，仰头凝望着苏美景："你倒是挺会玩的，不愧是职业写书的。"

苏美景愣了一下，原来齐天以为她白天那些话是在开玩笑，是欲擒故纵的手段。

"你我结婚本就是联姻，我没打算贪图你什么，也不会妨碍你，你放心好了。"她解释道。

齐天探究的眼神落在她身上，她坦然地回视，没有丝毫的胆怯游移。他点了点头，轻松地从地上站了起来："既然如此，希望真的如你所说。"

关门之前，他又深深看了她一眼："晚安，齐太太。"

他的眼神如暗夜中的猫，透着警觉和诡异，看得苏美景心中发慌。

"晚、晚安。"

"呵！"他留下一声意味不明的轻笑，然后把门关上了。

房间重新归于寂静。

苏美景维持着刚才的姿势，坐了许久之后，才终于躺下，闭上眼睛。

Chapter2

约 法 三 章

第二天，咖啡厅。

正是上午十点钟，温暖的阳光从窗边洒进来，照在身上暖洋洋的。

苏美景低头搅拌着咖啡，只听对面的女孩儿压低着声音，话如炮弹一般噼里啪啦往外蹦。

"美景啊美景，不是我说你，这稿子你已经拖了我好几天了，我可是和主编打了包票三天内一定全文送过去，你突然告诉我这一个礼拜你一个字都没写，你让我交什么，辞职信吗？你说我们一同熬了这么久，好不容易做成一本重点书，封面也做好了，书号也弄完了，连宣传活动我都想好了，你现在要延后交稿，你对得起我吗你！苏美景，我现在恨不得掐死你，不行，你把剩下的几万字吐出来我再掐死你！气死我了！"

苏美景听着冯蓉蓉发牢骚，乖乖的，一声不吭。

直到冯蓉蓉词穷，她才终于抬头看了看冯蓉蓉，粲然一笑："蓉蓉，我这次实在事出有因，你就再容我几天好不好？"

冯蓉蓉喝了一口拿铁，歪着头睨着她："诚意呢？"

"这次咖啡我请。"

冯蓉蓉犹自望着窗外。

"我给你点你喜欢的抹茶蔓越可颂。"

冯蓉蓉不动声色。

"再加一块奥利可可甜心。"

"你刚才说……事出有因？"

苏美景如蒙大赦，使劲儿点头。

"什么因？别跟我说什么三病四痛，婚丧嫁娶，停水停电，这些统统不是理由，要说就说点儿有创意的，别辜负了你作家这个职业。"

苏美景犹豫了一下，开口："我最近搬了新家……"

冯蓉蓉都不想听后面的内容："哦，那你是想说被乔迁之喜冲昏了头脑，字都码不出来了是吧？你告诉我新家在哪儿，哪天我登门拜访。"

苏美景有些不好启齿："其实，是从三口之家变成二人世界……"

"怎么，你还……"冯蓉蓉猛然反应过来，眼睛瞪得滚圆，不可置信地看着她，"你、你的意思是，你和人同居了？"

苏美景难为情地点点头："是结婚了。"

"行啊，苏美景，你这隐身两天，偷摸着把婚都结了！喜帖呢？为什么不发我？你眼里还有没有我这个朋友？"

苏美景冷汗，先不说她压根儿没想着操办婚礼，就算真办了，她也不敢给冯蓉蓉发，万一催稿子催到婚礼上，估计她余生都会活在阴影里了。

"那不说别的，总得让我看看咱大作家的老公长什么样。之前总听你说还没有喜欢的人，想不到雷厉风行还玩起闪婚了，快点儿，照片交出来，我看看你的眼光如何！"

"我是真没有……"齐天也算是半个公众人物，苏美景一点儿也不想让别人知道自己嫁的是他。

"不可能！"冯蓉蓉不是那么好糊弄的，对待八卦有一种刨根问底的执着，"要么，给我看照片，我原谅你拖稿的事；要么，稿费扣一半，明天交稿。二选一，你自己看着办。"

冯蓉蓉一脸严肃，绝不是开玩笑。

苏美景两相权衡下，认命地掏出手机。

"不过我没有近照，以前的照片你凑合看。"

"好！"

苏美景在相册里翻了好久，找到了一张七八个男生的合照，指着其中一个人给她看："就是他。"

冯蓉蓉把图片放到最大，仔仔细细研究半天，除了能勉强分辨出五官，还是看不出个所以然，直接恼羞成怒："苏美景，你敷衍我！"

她无辜道："我没有。"

"脸都看不清楚，你还说不是敷衍！"

"可是，我真的没有他的照片。"

"他是你丈夫，我不信你连照片都不照一张！"

"就因为他是我丈夫，我天天低头不见抬头见，要他的照片做什么？"

冯蓉蓉被她一噎，气不过道："那好啊，我今天就要去你家拜访一下，看看你神秘的丈夫到底长什么样！"说着，就开始收拾东西，一副随时要走的架势。

苏美景最怕的就是冯蓉蓉风风火火的劲儿。

冯蓉蓉一旦疯起来，她完全招架不住。

苏美景连忙认输："好好好，我给你看。"

冯蓉蓉冷哼："早就该这样了。"

手机上是一张年轻的脸，青春张扬，英气勃发。许是迎着光照的，他的眼睛微微眯起，轮廓分明的脸不复平日的冷峻，看起来竟像是在微笑。

不是小说里那样帅到难以形容的美男脸，主要胜在气质非凡，浑身都散发出一种让人屏息的气场，哪怕撞得头皮血流也想亲近看看。用现在流行的话来说，活脱脱就是一禁欲系男神。

冯蓉蓉都快钻进屏幕里去了："美景，你老公好帅啊！"正是她最喜欢的类型。

苏美景抢回手机："好了，照片也看了，点心也吃了，这回你该满意了吧？"

冯蓉蓉托着一张花痴脸："美景，什么时候约你老公一起出来吃个饭吧。"

想得倒美。

"美景，你老公姓什么？"

"姓聂。"

苏美景愣了一下，这两个字说得太过自然，顺畅到她自己都有些惊讶。甚至就连几秒钟的考虑都没有，几乎是脱口而出，仿佛这样的场景已经在脑海中演练过千百回，真的就连她自己都差点儿要相信。

为什么会这样呢？

苏美景不明白，她怎么敢大言不惭地给聂晟伦套上自己丈夫这样大的帽子。重要的是，他们其实并不熟，充其量只能算作普通朋友。

"你们怎么认识的啊？"冯蓉蓉问。

"高中同学。"

"哦，其实那个时候你们已经出现苗头了吧？"冯蓉蓉坏笑着问。

"没、没有。"

那个时候的他们就如最普通的同学一样，甚至比普通同学的关系还要疏远。

想到从前，苏美景的心情忽然有些低落。

她不想再和冯蓉蓉谈论这个话题，生怕被冯蓉蓉发现端倪，决定趁早撤退。

她把手机往包里一扔，在冯蓉蓉反应过来前已经站了起来。

"稿子我会尽快交的，谢谢你的通融了，我先走了。"

"哎，别急着走，还没聊完呢！"冯蓉蓉对着她的背影叫道。

苏美景趁她追上来之前，迅速搭上一辆出租车，逃之夭夭。

三天后。

苏美景在文档上敲下了最后一个句号，总算是大功告成。

她把稿子丢进冯蓉蓉的邮箱里，然后站起来伸了一个大大的懒腰。夜以继日忙活了三天，终于全剧终，她这把老骨头都要熬散架了。

从自己的房间走出来，她惊讶地发现齐天居然在家。

她好像很久没有见到他了，冷不防打个照面还觉得挺意外，他突兀地出现像是家里闯入的一个不速之客。

苏美景对自己的想法感觉有些可笑，原本她和齐天就是陌生人，即便同住一个屋檐下，还是陌生人。

看到面容憔悴、蓬头垢面的苏美景，齐天挑了挑眉："齐太太在自己家里都是这么不修边幅吗？"

苏美景没有理会他的嘲笑，直接走到洗漱间洗了把脸，看着镜子里的自己，这几天忙着赶稿，的确忽视了保养，头发没洗不说，脸上也泛起油光。不过，其实也无所谓，她搬到这里五天，总共见了齐天两次面，一次是"新婚之夜"，第二次就是今天。她精心打扮又不能给写作增加灵感，而且，她不觉得有为了齐天描眉画眼的必要。

苏美景到厨房去找吃的，齐天悄无声息地出现在她身后，吓了她一跳。

"你、你干什么？"

齐天皱着眉看她，嘴上说道："原来作家平日里都这么邋遢，还不如我们公司的文员活得精致。"

苏美景干笑两声："这不是非常时期嘛，催债的追得紧，没有时间关心别的事。"

"那大作家还完债了？"

"嗯。"

齐天了然地点点头，一副处理公务的口吻："我们结婚有几天了，按照双方父母的想法，我们似乎应该做点儿什么。正好我这几天有时间，那就择日不如撞日，今天晚上就着手准备吧。"

做……点儿……什么？

难不成才刚结婚，就想要孩子？

苏美景脸上闪过一丝慌乱，伴随着的还有些许气恼："你说什么？什么就今天晚上开始？"

齐天观察着她的表情，嗤笑一声："看来齐太太嘴里说的和脑子里想的似乎不太一样啊，放心吧，你想的那些我没兴趣。"

"我只对……"他不怀好意地在她胸部扫了一圈，"好像还真没什么兴趣。"

她窘迫不已，护住胸口瞪着他。

"那你说的是什么？"

"蜜月之旅。"

"蜜月？"苏美景松了口气，但对于蜜月她也提不起什么兴趣，"我们两个不用讲究那些，能省就省了吧。"她刚赶完稿子，累得半死，还想好好休息几天，没心思应付齐天。

"你以为是我决定的吗？如果你不想自己选，就等着明天接到未知的机票，被强制押上飞机吧。"

这话说得有理，苏美景想了想，与其被安排，倒不如自己做决定，可是她实在想不出到底去哪儿。

"你有没有想去的地方？"下意识地，苏美景觉得他的意见会比较有参考价值。

"没有。"他心不在焉道。

"那……不如去埃及？"她一直想看看法老墓，亲自到现场将那雄伟壮观撼动人心的景色收入眼中，了却这一桩长久以来的心愿。

齐天神情怪异地看着她："你见过谁去埃及度蜜月的？"

"我们又不是真的去度蜜月，就当是一场旅行，有收获就好啊。"

"你再想想别的。"

"那你有什么要求没有？风景好的？民俗独特的？食物丰富的？或者

美女多的？"

齐天感觉自己额头上的青筋跳了一下，美女？她还真是贴心替他着想啊！他没好气道："没有。"

苏美景绞尽脑汁也想不出几个她认为特别的地方，于是，将那些网上备受推崇的蜜月圣地跟齐天说了一遍。

"去夏威夷好了。"

齐天瞥了她一眼，张口就一个字："俗。"

"那么……马尔代夫？"

"更俗。"

"最近毛里求斯也蛮火的……"

齐天一脸的不耐烦："苏美景，你见识能不能不要这么短浅？简直俗不可耐！"

苏美景被他堵得无话可说，当即不客气地说道："那你说一个不俗的我听听。"

齐天一副"就知道不能相信你"的表情，十分不屑地从身上翻出了两张机票："你自己看看。"

她伸手接过，目的地赫然写着"尼斯"两个大字。

苏美景瞬间觉得自己孤陋寡闻了："那个……这是什么地方？"

齐天有些得意地看着她，说道："你不知道尼斯，总该听说过法国蓝色海岸吧？"

这个苏美景知道，蓝天白云碧海，美得如同天堂，更像是一场梦境。

但这不是重点，重点是——

"所以，你早就决定要去尼斯？"

齐天瞥了她一眼，算是默认了。

"那你还叫我选什么啊？"

齐天悠悠然道："这不是为了看看你的品位。"

苏美景："……"

"果然如我所料，糟得一塌糊涂。"

这个人……还真是无聊！

苏美景看着手中的西红柿，想象成齐天的脸，气愤地一咬，顿时汁水四溅。

当天夜里，两人就乘机飞往尼斯蔚蓝海岸机场。

虽然这场旅行来得毫无预兆，可是苏美景必须承认，此刻心里已经隐隐有了几分期待。

到达尼斯是当地的凌晨五点，有车子直接将他们接到了海边的别墅。苏美景在飞机上睡了一会儿，此刻兴奋地看着窗外的天，雀跃不已。

齐天难得没对她冷嘲热讽，脸上笼罩着一丝柔和，舒服地倚在靠背上，悠然地吹着风，看上去心情不赖。

下了车，管家帮忙把行李搬上去，苏美景想先去海边逛逛。她看向齐天："我想先去英国人漫步大道看看。"

那是尼斯海滨一条用棕榈树和花床装扮的美丽大道，原名盎格鲁大道，因为是英国侨民筹款修建的而被俗称为"英国人漫步大道"。

正好天色渐亮，齐天想，清晨散散步也好。

"那走吧。"他说。

苏美景没想到齐天会想要同去，还以为自己听错了，忍不住又确认了一遍："你也去？"

齐天没回答，只是偏着头看着苏美景，像是在催促她快点儿。

前一秒还嫌弃得要死，下一秒就说结伴同行。苏美景心想，齐大少爷的举动还真是让人捉摸不透。

清晨的大道，是慢跑的好去处。两个人一路走着，已经发现不少装备整齐的人从身侧跑过，带来一阵清凉的风。大道两侧，一侧是蔚蓝的海，一侧是精致美丽的店铺，处处透着惬意。苏美景畅快地吸了一口气，身心得到放松。

齐天显然也有相同感受，嘴角一直噙着淡淡的微笑。

"真美啊！"她感叹着。

忽地，她一脸惊奇地指向右前方的一个标志，大大的 M 形被漆成了白色。

"那个，是麦当劳的标志吗？"

齐天顺着她手指的方向看去，确实是麦当劳的拱门标记。

"是麦当劳。"他答道。

"我还是第一次见到白色的麦当劳标识。"苏美景疑惑道，"这种标识原来能改颜色的吗？"

齐天笑了笑，耐心地为她解释："据说，是尼斯当地的民众抗议麦当劳的 LOGO 破坏了英国人漫步大道的和谐景观，麦当劳拗不过他们，最终同意将黄色拱门标记漆成了白色，使整体更加融洽。"

苏美景听得一脸惊奇："可是你不觉得，白色的麦当劳也很漂亮吗，配着那上面的花环，有种圣洁天使的感觉。"弄得她都想进去吃一顿了。

不过，她还是要留着肚子，品尝尼斯特色美食。

又走了几步，苏美景忽然紧张地一把拉住齐天的袖子，惊讶道："快看，有人在爬树！"

只见一个穿着牛仔蓝外套的男人，反戴着鸭舌帽，正手脚并用地攀爬在高大的棕榈树上。这么滑稽的举动，将周围的环境破坏得十足十，苏美景看着有点儿生气。

"你说，我们要不要去提醒他一下……"

齐天凝神看了看，眼中闪过了然，接着转头对她说："齐太太的确应该去提醒一下。"

看齐天并不打算劝阻，苏美景暗暗给自己鼓了口气后，走了过去，在离树几步远的地方停了下来："喂，别爬了。"

那个人维持着刚才的动作，没有反应。

苏美景看着不为所动的人，像是突然顿悟了什么，稍稍提高了音量，用英文磕磕绊绊地说道："Please……Please don't climb trees……"

那人依旧无动于衷。

苏美景"咦"了一声，难道听不懂英文？

她走到他身旁，想看看这个人到底是谁，一抬头，却被对方的脸吓了一跳。只见这个人眼睛是眼睛，鼻子是鼻子，嘴还是那张嘴，却透露出一丝怪异。她再这么仔细一瞅，恍然大悟，原来是个精细雕琢出来的假人，不光人是假的，就连那棵树也是假的。

齐天远远地看着她，脸上挂着意味深长的笑容。

"你早就知道是假的对不对？"苏美景愤愤地回到齐天身边，面上忍不住发烫，想着自己对着一个假人说了半天话，就觉得好丢脸。

"所有的树叶都在动，只有这棵树的叶子没有动，而且那个人不管出于什么目的，姿势一直不变就说不过去。"

"你怎么不告诉我？"

"你自己验证一下不是更有说服力？"

苏美景撇了撇嘴："我感觉自己像个傻瓜……"

齐天颇为满意地点了点头："看来你还不傻。"

"你！"

苏美景觉得，一开始就不应该同意让齐天一起来。

在接下来的路上，苏美景又看到了许多类似的景象，给树浇水的人、修剪枝条的人，都夹杂在真的棕榈树间，如果不留心观察，真的很难辨别真伪。它们既像是在展示尼斯人的日常生活，又像是专门为游客制造的、以假乱真的小幽默，可爱又生动。

走了一圈，两个人都有些饿了，随便找了家店吃东西。

坐下没多久，优雅漂亮的法国侍者便端上了头盘沙拉。

看着桌子上小山一样的东西，苏美景瞪大了眼睛："这就是尼斯沙拉？"

尼斯沙拉以其庞大的规模令苏美景感受到了震撼。用时令蔬菜如番茄、洋葱、黄瓜、蚕豆等，再加上黑橄榄、白煮蛋、大蒜、鱼类，最后撒上橄榄油和切碎的罗勒等香菜，味道浓郁，但是口感又非常清爽。

等三明治上来的时候，苏美景已经快吃饱了。

她满足地喝了一口饮料，看着香喷喷松软的三明治，终于还是下定决心，一鼓作气将它消灭掉。

吃饱喝足，苏美景挺着圆鼓鼓的肚子走出来，齐天在旁边一脸嫌弃："一顿早饭把你撑成这样。"

"因为太好吃了，不吃太可惜了。"

"你知不知道你狼吞虎咽的样子很丢人。"

"哪有那么夸张？"

"刚才因为一片生菜叶差点呛死的人是谁？"

"……"

可是，那是因为她吃到了一口极辣极辣的蒜啊，不能怨她……

不知道是不是错觉，苏美景感觉回去的路上，齐天一直有意无意地和她保持距离——这家伙还真是小气到不行。

苏美景心里也气，又不是她要他一起来的，摆出一张臭脸给谁看，还影响了她的好心情。

大约上午十点，两个人终于回到别墅。

别墅临海，坐在露台上能看到一片美丽的海景。

苏美景换上了清凉的背心短裙，坐在摇椅上向远处望去。碧蓝色的海水，白色鹅卵石铺就的海滩，白色的遮阳伞铺展开来，阳光下，仿佛一朵朵洁白的浪花。8公里的天使湾上，随处可见裸体的日光浴者，和蓝天大海相映成趣连成一道风景线。

大自然赐予的纯净天地里，光与影、海岸与天空，造就了独特的人文气质，俨然一派世外桃源。

苏美景不禁有些沉醉，迎面而来的一阵海风，拂起她脸颊两侧的碎发，她闭上眼睛，用身心去迎接来自地中海温柔的抚弄、善意的亲热。

她睁开眼睛，身侧已经多了一个人。

齐天倚在栏杆上，手里还端着一杯果汁，目光望向远处，说道："齐太太似乎很喜欢这里。"

"这里给人的感觉很舒服，很自由。"

齐天看着她的模样，忽然笑起来："别跟我说大作家文艺范儿犯了，要开始吟诗作对了。"

苏美景还沉浸在美景之中，半眯着眼睛，道："阳光明媚，海风轻拂，我还真想带上一本书，铺上毯子，涂好防晒霜，到沙滩上去好好地享受这段时光。"

明明告诉过自己这次旅行不过是例行公事，可是齐天却难以对苏美景脸上的期待视而不见，他挑了挑眉："齐太太要不要和我去沙滩上晒晒太阳？"

"好啊。"此刻的放松让苏美景忘了早上被逗弄的事情，反而满怀期待地看着不远处的沙滩，果断地答应了齐天的提议。

齐天说要去换身合适的衣服，苏美景点点头，简单地收拾了一下要带的东西，便坐着等他。

可苏美景万万没想到，齐天居然只穿了一条沙滩裤就下来了。

对上她惊讶的眼神，齐天笑道："看得满意吗？"

苏美景红了红脸，眼神在他健硕的身材上匆匆掠过，不敢再看第二眼。

齐天捕捉到她的眼神，故意凑近她，一双眼睛干净澄澈，很认真地说："想看就光明正大，不要偷偷的哦！"

"我才懒得看你！"她像是要力证自己对他没想法，别着脸不再看他。

齐天弯着唇，有些奇怪地问："都说了要去晒太阳，齐太太为什么不换上泳装，还穿着这一套裙子？"

苏美景对他的靠近很是别扭。

"我怕晒黑。"她说。

"要不要我帮你涂防晒霜？"齐天好心问道。

"不要。"

她拒绝得如此干脆，倒让齐天微微愣了一下。

"不要算了。"

见到他下来的那一刹，苏美景慌乱的模样他不会看错的，真是口是心非的人。齐天这么想着，从鼻子里哼了一声，转身就走。

苏美景抱着书和毯子，不远不近地跟在后面，来到天使湾。

天使湾会被誉为世界上最美的海岸线之一，是因为比较特殊的海滩，这里没有细沙，而是圆圆的鹅卵石，赤足或者躺着会有些硌人。苏美景铺上毯子，支上伞，捧着书开始看。

一本书看完，苏美景发现已经到了下午。她眺望四周，想要寻找齐天的身影，却一无所获。

"人呢？"苏美景忍不住喃喃。

这家伙，还说什么和自己一起来，现在还不是一个人跑出去玩了。苏美景也不再去找，风景这么好，没有必要把心思花在找人上。

这里的风比国内潮湿很多，海鸥在不远处孜孜不倦地叫唤着。她站了起来，太阳依然高照，不过没有了上午的炽烈，而是温暖的。

旁边有帅气的意大利小伙子，热情地和她打着招呼。

苏美景礼貌回应，之后继续在海边漫步。

她随便找了一处空地坐下，遥望着看不到尽头的蔚蓝，哪怕只是静静地坐着，什么都不干，也不会觉得乏味。

渐渐地，天色暗了下来。

傍晚的时候，这里拥有着最美丽的天光和海岸线。

苏美景看完日落，终于恋恋不舍地回到别墅。齐天早就回来了，餐桌上放着已经吃过的生蚝，他正摆弄手中的相机。

"你什么时候回来的？"苏美景问。

"在你和帅哥搭讪的时候。"他漫不经心道。

只是简单打了个招呼，算哪门子搭讪啊。

等等，他怎么知道有帅哥搭讪？

苏美景狐疑地看着他，对方却好似根本没有注意到她的目光，依旧低头忙着自己的事情。

苏美景心中闪过一个念头，难道他一直在偷偷关注着她？

她打趣着问："我什么时候和帅哥搭讪了？"

齐天瞟了她一眼："现在。"

苏美景噎住，这家伙还真是时刻不忘自恋。

明明是关心她，他为什么要表现出一副漠然的样子？看来，这齐大少爷还是个心口不一的家伙。

"那个，还有吃的吗？我饿了。"苏美景问他。

"我刚给管家放了假，你想吃的话自己出去买吧。"

苏美景愣住："我自己去？"

齐天瞥了她一眼："我已经吃过了。"

苏美景摸了摸口袋，有些为难："能不能麻烦你，陪我一起去啊？"

刚到机场的时候她想换一些欧元，奈何齐天不想耽误时间，说反正有他在，不换也无所谓，导致她现在身无分文，只能仰人鼻息。

齐天自顾自地看着照片，并没有搭理她。

她急得干瞪眼，最后只能可怜巴巴地唤了一声："齐先生……"

齐天弯起了嘴角，抬起头时却是一副"你这样任性我很为难"的模样："你知不知道，我正在构思下一季婚纱的主题，扰乱了我的思路，可是要担责任的。"

"我……"苏美景咬了咬唇，"我保证之后绝对不打扰你……"

她的表情很认真，眼神里的小心和期待让人难以拒绝。

齐天勉为其难地站起来，顺手将相机挂到脖子上："算了，我就当看看夜景。"

"太感谢了！"苏美景喜笑颜开，齐天这人虽然表面很难相处，其实人还是不错的。

夜晚的尼斯更加旖旎迷人，游人既可以在海滨大道逛名店，也可以在老城区的露天餐座上享用尼斯沙拉、法式烧龙虾。尤其是玛丽尼埃尔海湾边，灯火通明，围绕着海湾一家挨一家的小餐馆强烈地吸引着游客的视线。

餐馆外明亮的大灯下一层层摆放着龙虾、生蚝、螃蟹等各种海鲜，任客人挑选，生蚝是法国人的最爱，价钱也很公道。来自地中海无污染的生蚝鲜甜味美，用起子撬开，挤上浓浓的柠檬汁，一口吃下去，那种滋味，让人不禁胃口大开。

苏美景吃得不亦乐乎，拉着齐天穿梭在各个店面之间。这边刚买了龙虾，那边已经来到"索卡"摊前，接着刚才预定好的"索卡"，张嘴就是一口，顿时满嘴咸香焦脆，味蕾得到极大的满足。

"这里的东西还真是好吃啊。"她连连赞叹，边说边把咬过的"索卡"递到了齐天嘴前，"快，你也尝一口。"

她吃得开心，竟然忘记了自己和齐天并不是那么相熟。

她的举动突兀，齐天怔了一下，刚要拒绝，手的主人已经不管不顾把"索卡"凑到了他嘴前，顿时扑鼻而来的是浓浓的豆子味。

齐天浓眉一蹙，伸手就把她推开，冷冷道："你干什么？"

苏美景被他一瞪，才发现自己的冒失，看着他讪讪地说："我……就想给你尝尝……"

"不需要。"说完，齐天转身就走。

苏美景对他骤然的变脸不知所措，连忙跟在他身后，一边追一边道歉："对不起啊，我不是故意的，刚才冒犯你了，实在是不好意思。"

"苏美景，"他停下来，冷漠地看着她，"我最讨厌吃别人吃过的东西，尤其是你的。"

她脸色发白："对不……"

"你是不是以为我对你好一点，就可以趁机为所欲为了？我叫你一声

'齐太太'不假，你口口声声也说着我们不熟，所以，千万别口是心非，别弄错了自己的身份。"

撂下这句话，齐天就转身消失在人群里。

苏美景呆呆地站在原地，夜市的气氛太好让她有点忘乎所以，下意识地想要把自己的快乐分享给周围的人，却忘了两人之间尴尬的关系。

她将那个被拒绝了的"索卡"重新放进嘴里，只是，刚才还赞不绝口的美食现在已经变得索然无味。

苏美景在街上徘徊好久，估摸着齐天应该已经睡下了，这才回到别墅。

没想到回去的时候，齐天还没睡，颀长的身影倚靠在露台的栏杆上，静静地眺望着远方。

苏美景不会自以为是地认为他是在等自己，正准备上楼，忽然听到他叫她的名字："苏美景，你过来。"

她走过去，齐天正凝视着自己，眼神晦暗不定。

"刚才的事情，对不起。"回来的路上苏美景想了许多，这会儿碰着齐天她还是决定先道歉。

齐天没回答，反而递给她一杯红酒。苏美景看着杯中红色的液体，如同艳丽妖娆的罂粟花，让她没由来地紧张起来。

"我不喝酒的。"

"和我在一起，总是要学着喝点。"

"可我不是你什么人……"苏美景用他刚才说过的话反驳他。

齐天笑了："齐太太原来记仇。"

"齐先生是贵人多忘事。"

他抿了一口红酒，轻笑道："既然已有婚姻之名，我们总要约法三章。"

苏美景早有此意，她不想让自己显得太咄咄逼人，所以一直在思考怎么跟齐天开口谈这件事情，如今由齐天提出来再好不过，只要他的要求不太过分，她都可以接受。

"你说吧。"

齐天的神情变得严肃起来，一双眼睛紧紧盯着她看。

"第一，不要公开彼此的身份。我已婚，但是齐太太是谁是个秘密，你也最好不要跟人炫耀你先生是谁。"

她点头，她从来没有想过将两人的关系公之于众。

"第二，不要干预彼此的私生活。就像你说的，我们住在一起，但本质上和合租没什么区别，希望你不要干涉我的事情，当然我也不会干涉你。"

她喜欢温馨的家庭氛围不代表来者不拒，至于他喜欢的是谁，这与她一点没关系也没有。

"可以，但是我有补充条件，不管怎么样，不能闹到父母那里，至少在我父母面前你得让他们安心。"苏美景斟酌着开口。

"放心好了，我会给齐太太留面子的。"齐天笑着，继续说道，"第三，我每月会给你零用钱，但是除此之外，在我身上你捞不到任何好处。"

其实，齐天提出的前两点都与苏美景的想法不谋而合，但这第三点……

"我不需要什么零用钱，也不想要你什么好处，既然是'合租'，那钱也要分得清清楚楚。"

她的义正词严反倒让齐天冷笑，仿佛听到什么笑话。

齐天嘲讽道："苏美景，你是不是玛丽苏脑残剧看多了，别装出一副清高的模样，你要是真这么有骨气，又何必嫁给我？"

她默不作声，他说得没错，她的确是为了家里的关系才"委曲求全"。说起来，她在齐天面前的确没有骄傲的资本。可是，她实在不想在金钱上和齐天牵扯不清，既然一开始就说清楚了，而他没有和自己建立感情的打算，那么所有的事情都应该分清楚。

齐天看着她沉默的样子，突然莫名觉得有些不忍，不禁放软了语气："如果你真要算得这么清楚的话，你现在住在我家，是不是还想付我点儿房租？无非是一点儿零用钱，就当是我的家庭基金，家用添置都由你支配。"

她见他这么说，想了想也就接受了。

"我能不能也提一点要求？"她看向他。

齐天做了一个"请说"的手势，苏美景开口道："你说的那些我都答应，事实上我也是这么打算的，但是只有一点，我希望我们能够和平相处，不用总觉得我居心叵测，像看仇人一样，同一屋檐下总要见面，能像朋友一样就再好不过了。"

这事苏美景之前也提过，但估计齐天没听进去，所以现在她又强调了一下。

齐天目光落在她身上，像是要将她看透一样，眼神总算不像以前那么犀利谨慎，缓缓点了下头："我会试试。"

听到他的回复，苏美景放心地点点头，说："你最好把你的喜好简单跟我说说，别像刚才那样明明讨厌豆子却不说。"

"你看出我讨厌豆子？"齐天愣了一下。

"是啊，"苏美景得意道，"怎么样？我的眼睛是不是很厉害，一下子就看出来是怎么回事。"

"齐太太确实厉害。"他笑了，没想到她观察得如此细致，伸手和她碰了碰杯，"祝我们以后相处愉快。"

"干杯。"

"齐太太刚还说不喝酒？"

苏美景浅笑："问题解决了心情好，再说，如此良辰美景，怎好辜负？"

月光之下，她的目光所及之处是波光点点的天使湾，眼前的一切都美得如梦似幻。

苏美景唇边挂着温柔的浅笑，一双眸子明亮如星，侧面的弧度温婉静好，竟让人莫名心动。

齐天看着她，忽然凑了过去，他的身上有着好闻的大地香，只一瞬，就能让人陷入迷醉。他英俊的脸在她面前放大，就在即将碰触到的刹那，却被她生生错开。

"你干什么？"她的语气有些许的厌恶。

"如此良辰，美景，不可辜负。"

苏美景整张脸忽然冷了下来，目光戒备地看着他："齐先生莫不是忘了我们刚刚说好的吧？"

"约法三章里没有这条。"

"我看你是喝醉了，脑子不好使。"

"苏美景，除了感情，你想谈别的我还是乐意奉陪的。"齐天轻佻地吹了个口哨，"白天的时候，你不是看得挺满意的。"

苏美景被他勾起白天看到的画面，脸上微热。

"我还真对你没什么想法。"她说完就要回屋，刚走出两步被齐天一把拉住，强硬地缩短了距离。

"可是我想呀。"齐天故作无辜地看着她。

想你个脑袋。苏美景心里骂了一句，手上挣扎的动作不停，奈何两人力量悬殊，她始终没能逃脱他的钳制。

看着她的模样，齐天逗弄她的心思愈加强烈起来。

他索性一把将她抱起，直接上楼走到卧室，一把将她丢到床上。

"齐天，你疯了！"

齐天坏笑，说着那句让人心神荡漾的台词："放心，我会让你的身体变得诚实的。"

他俯身一寸一寸地靠近她。

苏美景看着近在咫尺的脸，反手就是一巴掌，声音清脆，在房间里响起了回音。

"滚！"苏美景恼怒地瞪着他。

齐天侧着脸，眼神里有着茫然和震惊。

"你打我？"他表情怔忡，完全没有想到。

第一次，有女人在他想要亲热的时候动手。

齐天刚想发作，却触碰到她羞愤的目光，并不像欲拒还迎的模样，让他忽然意识到自己这个玩笑开得有些过分了。

"齐太太，你的反应是不是有点儿太夸张了？"他讪讪地想要缓和一下气氛。

苏美景却冷冷地看着他，如果目光能化作利刃，她一定毫不犹豫地刺向他的身体。

"你这种行为真让人觉得恶心。"她的声音里带着毫不掩饰的厌恶，"从我身上下去，别让我说第二次。"

齐天没想到她会如此咄咄逼人："如果我说不呢……"

话还没说完，他感受到自己下腹的地方被苏美景的脚抵着，不由得停止了动作。

苏美景不置可否地笑笑，下一秒就将他踢下了床。

被踢开的齐天还有一瞬的茫然，接着那茫然化为羞恼，再然后便成了勃发的怒意。

"苏美景！"

"我说了，滚！"她眼中的怒火丝毫不亚于他。

齐天怒火攻心，竟气极而笑："好，真是好样的。苏美景，是我一直小瞧了你。"

他恨恨地瞪了她一眼，摔门而去。

苏美景看着手腕被他捏出的红痕，眼中划过一丝受伤，用被子裹紧了自己，缩成一团，静静地望着窗外的天空。

门外传来噼里啪啦的声音，好像是齐天在收拾东西，时间持续的并不长，一声大门的巨响之后，房间重新归于寂静。

Chapter3

往 事 依 稀

齐天夜里乘机回国，留下苏美景一个人。

房间里安静得没有一点儿声响，蜷曲在被子里的苏美景终于冷静了下来。她回想着刚才发生的事情，被怒气冲昏了头脑根本没有留意到齐天的动作，现在回想起来，他虽嘴上说着不着调的话，却并没有伤害她的举动。

她太紧张了，竟然真的一脚把他踢下床了……

苏美景不敢往下想，他们刚心平气和地约法三章，达成共识，转而被一个玩笑给打回原形。

他们都太不了解对方，都说旅行是了解一个人的最佳捷径，但似乎并不适合他们。齐天就这么说走就走了，她不由得思考着下一步该怎么办。

回去吗？可是即便回去他也不会想要再看到自己吧，苏美景默默地想。

他们都需要时间好好地冷静一下。

于是，苏美景决定独自过完这段难得的假期，剩下的几天里，她带着管家找来的中文地图，游走在尼斯周围大大小小的景点。

作为蔚蓝海岸的中心点，尼斯过去是北欧王公贵族的避寒胜地，至今仍能嗅出昔日繁荣优雅的豪门情调。在保有历史古貌的旧城区漫游是一种巨大的精神享受，从巴洛克时期的建筑到洛可可时代的教堂，从古希腊的雕塑到文艺复兴时期的遗迹，无不强烈地刺激着苏美景的感官。而在这个璀璨的阳光城市里，总可以遇见色彩明丽的建筑、花枝招展的窗台、健康美味的地中海食品和亲切和乐的居民们。

摆脱了一路灰黄的建筑，这里的蓝与红，颜色活泼鲜亮。电车在平坦的路面上悠悠滑过，广场上突然没预兆地扬起无数柱喷泉，水花四溅里人们笑着打闹逃跑，此情此景美得那么不真实。

走进一家装潢简单的餐厅，点上几样精致的小食，一个人静静地品尝，倒也不失为一种乐趣。苏美景发觉自己其实很享受这种生活，虽然只有一个人，却更加自由，身心都得到了放松。

享受完美食，突遇大雨，只能坐在餐厅躲雨。

她隔着窗子拍照，窗前一抹孤独的身影不经意地被摄入了镜头。

那人面对这突如其来的雨，依旧悠然惬意地坐在那里，没有半分急迫和紧张，静静地等待雨停。

茫茫人海，路人擦肩而过，偶尔成为他人眼中的风景，定格在内心深处的底片上。有些日渐褪色，而有些却会在特定的时间里又浮上心头。

她脑中忽然跳出了齐天的身影。

这已经是齐天走后的第二天，三十几个小时过去了，却连一点儿音讯都没有。苏美景有时候觉得，这是一场梦，她在梦中与齐天结了婚，在梦中来了一场尼斯之行。

苏美景不怕寂寞，即使一个人她也可以找到开心的事情，让自己快乐起来。可是，在这个异地他乡，交流困难的国度里，不可遏制地，她感到孤独。

她忍不住想要埋怨齐天了，埋怨他不应该丢下她一个人。

明明他冒犯在先，怎么可以就这么把她丢下了？

咖啡很苦，尤其是当它的温度慢慢降下来，浓烈的苦涩便在舌尖蔓延开来。

苏美景无助地看着手中的杯子，这场婚姻来得太突然，与她之前所憧憬的婚姻生活大相径庭，她不知该如何经营才能平稳长久地走下去。

她承认，在见到齐天的时候，她的心里还是有些期待的，她以为自己能和他好好相处，可是现实却让人难以忍耐。

苏美景搅动着咖啡，看着上面浮着的一层咖啡油，这层油吸收了所有的光，所以下面的咖啡才显得深不见底。

正如她的未来，充满了迷茫和未知。

她忽然笑了笑，将咖啡一饮而尽，尽管苦涩，可是回味起来，却还能感受到唇齿间的留香。

既然木已成舟，她现在能做的也只有一心向前看，做好自己应该做的，无愧于心，相信所有事情都会慢慢变好的。

看看窗外，不知何时，天已经开始放晴了。

同一时间，国内。

E&V 公司里，莫嫣有些惊讶地看着走进来的齐天。

"天哥，你怎么回来了？"

齐天脸色阴郁，从飞机上下来直奔这里，脸上带着浓浓的疲倦，目不斜视，不发一语，径直走进了董事长办公室。

莫嫣泡了杯浓茶送去，注意到他的脸色，小心问道："天哥不是才去尼斯，怎么今天就回来了？"

齐天说起了和苏美景的"约法三章"，以及他一靠近，苏美景就进入戒备状态的事情。

莫嫣听了，不禁沉思："天哥，你觉得苏美景有问题？"

"我原本以为她只是装的，现在看来她可能真的不打算与我有什么牵扯吧。"齐天自嘲，明明应该庆幸对方的识趣，但对方对他丝毫不感兴趣，甚至是惧怕的时候，却让他有种莫名的挫败感。

他想起苏美景愤怒又惶恐的模样，忍不住自我怀疑，自己真有这么可怕？

莫嫣却不赞同地皱了皱眉："要我看，苏美景的伎俩已经得逞了。"

齐天不解地望着她。

"年初的时候，网上有个流传甚广的'最想嫁的老公排行榜'评选，你位居榜首，票数甚至比二三名加在一起还要多。苏美景空降成你的妻子，却对你一点儿兴趣也没有，是不是觉得这种情况特别的与众不同，甚至是好想知道为什么会这样？"

齐天没说话，但莫嫣分析得有点儿道理，他的确有点儿好奇苏美景到底怎么想的。

"这就是这个女人最高明的地方，看似无欲无求，实际上却牢牢抓住了这一点，勾得你一步步按着她的节奏来。所谓感情，向来是谁先动谁就输，若是天哥你对她动了心……"

"不可能！"齐天突然出声反驳，他怎么可能喜欢上苏美景！

莫嫣看他反应这么大，心里有些犹豫，但还是连忙温声劝道："其实我也就是随便猜猜，你别多想。"

齐天也意识到自己反应过激，忍不住皱起眉头："都说女人最了解女人，你认为苏美景是什么样的人？"

"我……"莫嫣犹豫着不知如何开口。

"说说你的感觉，不用顾虑别的。"齐天叹了口气。

"天哥，我就见过她两次，还谈不上了解……"莫嫣咬了咬唇。

"那就说说第一印象。"齐天凝视着她，语气有着毋庸置疑的坚决。

莫嫣点了点头："第一印象是温婉有礼吧。那次我去你家吃饭，她看到我的那一刻明明挺惊讶的，但很快就调整好了，还细致入微地照顾我，添菜加汤毫不含糊，好得我忍不住不多想……"

齐天想起那天的事情，也觉得有些奇怪。

"如果她真的一点儿都不生气，只有两种可能，一是她压根儿没把自己当成齐太太，二就是藏得太深。"

齐天等待着她的下文。

莫嫣却抚弄着自己的指甲，神色踌躇："天哥，你坐了那么久的飞机回来，现在肯定也饿了，要不我们出去吃点东西吧。"

齐天不悦地蹙眉："为什么不说下去？"

莫嫣装作听不懂："说什么？"

"说你的结论。"

莫嫣笑了笑："天哥，我就说说自己的感觉，哪有什么结论不结论。"

齐天明白她的意思，莫嫣是个聪明人，话说三分，点到为止。

齐天宽慰地拍了拍她的肩膀："无论你说什么都不影响你我。"

"天哥，你的意思是……"

齐天目光深远地看着前方，声音沉稳："比起她，我更愿意相信你。"

假期结束后，苏美景回了国。

尼斯的美让她短暂忘记了和齐天的不愉快，可是当她站在家门口的时候，还是有一瞬间的打怵，心怦怦跳着，紧张到不知道要不要进去。

站了十几秒，苏美景深吸了一口气，拿钥匙打开门。

"我回来了。"她努力发出愉快的声音。

齐天原本正在看书，听到她的声音二话不说，合上书转身上楼。

苏美景有些尴尬，对着他的背影道："你别走啊！"

齐天理都没理她，她想要道歉的话一直噎在喉咙里，说不出来。

"喂，你等一下，快来看看我买的礼物。"情急之下，她这样说道。

齐天居然停了下来，只是看着她的眼神着实耐人寻味。心里想，看来我不在尼斯的这段时间你一个人玩得也不错，居然还有心思买礼物。

苏美景兴冲冲地打开自己的行李箱，翻出一堆花花绿绿的小玩意儿，全是在尼斯老城闲逛时买下的，有香水、丝巾，还有精致考究的工艺品。

齐天看着那些乱七八糟的东西，不禁皱了皱眉头："买这些做什么？"

"出去玩自然要带点儿东西回来，不然不是白跑一趟？你快来闻闻，这香水的味道超赞的，香气独特留香持久，比阿玛尼博柏利还好闻呢！"

苏美景将礼物一件件拿出来，像得了新玩具的小孩子，迫不及待想要炫耀给齐天看。她庆幸齐天在管家那里留了不少钱，帮她解决了不少难题。

"你看你看，这是我在 JeanMedecin 大道淘到的 CD，累的时候听一听，仿佛又找到在尼斯那种惬意的感觉了。

"还有，这几个摆件是不是很有新意？我第一眼看到就觉得，怎么会有这么巧夺天工的手艺，简直精妙绝伦了！我还买了几瓶葡萄酒，还有这些香料，你闻闻喜欢什么味道，我帮你做一个香包放在衣柜里。还有，这是给叔叔阿姨的礼物，你看什么时候有空，我们给他们送过去？"

她滔滔不绝地说着，想以此来消除自己的紧张。她也没注意齐天是不是在听，等到所有的东西都展示完了，她才发现，他的脸色远比刚才更加糟糕。

苏美景觉得事情比她预想的还要糟糕……那天晚上的事情就如一个毒瘤，横亘在他们二人中间。他那么骄傲的一个人，一定到现在都难以接受吧。

苏美景想，还是应该她主动开口缓和："那个……那天的事……"

"是我留下的钱不够，所以齐太太出门一趟，就带回来这些破烂？"他打断了她的话，冷冷地凝视着她，毫不留情地讽刺。

"不是……"

他以为她带回来什么好东西，想不到竟然是这些不像样的小摆件。

"把你带回来这些烂东西收拾干净。"他丢下一句话，然后转身走了。

苏美景看着他的背影举手投降，看在他心情不好的份上，不再自讨没趣。

等把那些小物件归拢好了，苏美景才去敲了敲书房的门，探着头小心翼翼地问他："齐先生，我们什么时候去看齐叔叔啊？"

齐天从电脑后面抬起头："怎么？这么迫不及待想见我爸，想要讨好他？"

"我是觉得既然回来了就要抓紧时间探望一下，礼物还是要及时送过去，这样才显得比较有诚意。"

"我看你是醉翁之意不在酒吧。"他语气不善。

苏美景有些腼腆地笑了："还真是不在酒，我记得我爸之前说过，齐叔叔就喜欢一些稀奇古怪的玩意儿，我淘到了一个别致的摆件，想早点儿让他瞧瞧，看喜不喜欢。"

就好像用了十足的力气，结果却一拳打在了棉花上，齐天咬牙微笑道："可惜，我爸最近没空。"

"叔叔不是早就不理公事，在家养老了吗？"

"在你眼里，除了公事就没别的事情可做吗？"

苏美景委屈："我就是想去看看他……"

齐天瞥了她一眼，态度十分强硬："你去见我爸免不了就会被问什么时候办婚礼，什么时候要孩子，你应付得来吗？"

"我……"

"如果不会回答还是老老实实待在家里别乱跑。"

苏美景郁闷了，她就想表个心意，怎么就这么难？

"那……你帮我把东西带过去好不好？"她眼巴巴地瞅着他，好歹花钱买了，不能放在家里落灰。

齐天总算松口道："行吧。"

苏美景见他答应，松了口气，那么接下来她要面临的就是最严峻的问题了。她顿了一下，最终开口问道："齐天，你是不是在生我的气？"

"没有。"他一脸若无其事，语气却硬邦邦的。

苏美景看着他的表情，脸色凝重地说道："我为我之前的行为感到抱歉，但还有些事情，我想和你谈谈。"

他看着她："你想说什么？"

"那天的事情……是我反应太激烈了，但我也希望，以后你可以不要再开类似的玩笑。或许在你心里，有些事情是人之常情，可是在我看来，恨不得永远不要发生在我的身上。"

齐天不信："你是小学生吗？"

"是真的，我很讨厌这样。"

"齐太太，别跟我说你是柏拉图式爱情主义？"

苏美景认真地点了点头。

齐天打量着她，眼睛里不知弥漫着一种什么样的情绪。

苏美景重复道："我是认真的。"

半晌，齐天露出了一个微笑："既然齐太太这么说了，那我会记住，不再随便开玩笑。"

"谢谢。"苏美景说，她看着齐天的脸色，"那我就先出去了。"

齐天颔首："有劳齐太太帮我把门带上。"

下午的时候，苏美景吃过饭，又削了水果放在桌上摆好，才拎着东西回到自己家。本来应该他们夫妻一同回去，可她看着齐天紧闭的房门，实在不敢打扰他，只能自己孤零零地回家。

一进门直接给了爸妈一个大大的拥抱，她扬着灿烂的笑容："爸、妈，你们的乖女儿回来了！"

陈静摸了摸她的脸："出去一趟晒黑了。"

"是不是更健康了？"苏美景露出一排整齐的牙齿，"显得牙更白了！"

苏晨风接过她手里的东西，状似无意地问道："小天呢？怎么没一起来？"

"他啊，刚下飞机就接到电话，回公司忙去了。我们在尼斯旅游时激发了他不少灵感，这一阵子估计他又要着手筹备下一季的婚纱主题了。"

苏晨风听了只是淡淡地点了点头："小天是个事业心重的孩子，但你也不要让他太累了。"

"瞧您说的，这么快就开始心疼女婿了，那女儿呢？嫁出去了就不疼了？爸你偏心。"苏美景撒娇。

见状，苏晨风也不再多说，和陈静一起看苏美景带回来的东西。

"这些东西都是我和齐天孝敬二老的，他知道爸爱喝酒，这几瓶葡萄酒都是他亲手挑的，保准你喜欢。"苏美景笑眯眯地介绍，脸上淡定得一点儿也看不出心虚。

苏美景想，她演技也不赖，撒起谎来脸不红心不跳，如果当初学了表演，是不是现在也能成一名旦了。

看完了东西，三个人便坐在沙发上闲聊。

苏美景拿出相机，给他们看在尼斯拍的照片。

"怎么只有风景没有人？"苏晨风问。

"爸，我从小到大就不爱拍照，你忘了？再说了那儿的风景随便拍拍都能拿去参展，要是镜头里突然出现了我和齐天，多煞风景啊。"

苏晨风不赞同："一张合影都没留下，谁知道你们去过那里。"

"我们自己知道就好嘛。"苏美景吐了吐舌头，"美好记忆存于心，不限于形。"

"就你会说。"

苏美景笑笑就过去了，毕竟是新婚，老两口对苏美景的婚后生活很是关心，不停地询问近况。苏美景脸上一直挂着笑，不断地重复自己真的很幸福很快乐，重复了太多次，以至于就连她自己都快要相信，她和齐天是一对特别恩爱的夫妻。

"美景，下礼拜就是你的生日了吧，准备怎么过？"陈静问。

"当然是回家过啊，这么多年哪次不是你们陪我过的。"她不假思索地回答。

"傻女儿，今时不同往日，小天那边没什么安排吗？"

他能有什么安排，如果她不说，他都不知道自己的生日是哪天。苏美景在心里说，脸上还做出一副从容的模样："我和他说了，要回来和你们一起过。"

"那就叫小天一起来家里吃饭吧。"苏晨风接话道。

苏美景找不到理由推搪，只能讪讪地笑了笑："好，我会和他说。"

回到家里，齐天不在。苏美景看到桌上的水果少了一些，旁边还放了一张字条，龙飞凤舞写了两个大字：应酬。

她先是一愣，随即抿嘴笑了笑，想不到齐天虽然有些孩子气，但还挺有心的。

她玩心也起，拿笔在那两个字下面又加了两个字：批准。

然后，她回屋抱起笔记本，追起最近热门的古装剧。

等到更新的看完，齐天也回来了。楼下传来关门声，接着脚步声来到了餐厅，没过几秒，传来了他阴恻恻的声音："苏美景，你当你是在批阅奏折吗？"

苏美景"扑哧"一笑，从楼上下来，看到齐天捏着那张字条，恼火地瞪着自己。

"难道你不是在向我报备吗？"她笑问。

"大概是齐太太理解错了，我要去哪里应该不需要跟你报备吧？"

"那你写那两个字是什么意思？"

"不过是练字罢了。"

"好巧，我也是闲来无事，随便写写。"

齐天玩味地看着她："想不到，齐太太对我写字的纸也情有独钟。"

苏美景不想在这个问题上和他多纠缠，毕竟有些人口是心非也不是一两天了。她从厨房拿出早已泡好的蜂蜜水，递给他："你应酬回来喝一杯，对身体好。"

齐天怀疑地看了她一眼："你这么好心？"

天地良心！她苏美景可是立志要做一名贤妻良母，这点儿事情当然要想到了。

齐天试探地尝了一口，蜂蜜的甜度恰到好处，再加上柠檬片的点缀，倒显得有那么点儿意思。

"凑合吧。"他嘴上这么说，却还是喝下了大半杯。

苏美景见他心情还不错，想起生日的事，不禁问道："下周三你有没有安排啊？"

"有什么事？"

"那个……我爸妈希望我们那天能回家吃饭。"

齐天的目光在她身上扫荡了一遍："怎么，你说了什么？"

他总是用这种警惕的眼神看着她，苏美景心里不舒服，好像自己是个犯人，时不时就要面对齐天的审视。想到这儿，她的语气也有些不痛快："我生日。"

齐天看着她似乎有些难过的脸，想了想道："我知道了，我和你一起去。"

事情谈拢了，她心满意足地转身上楼，进屋关门，动作干脆利落。齐天愣了一下，不知怎么突然有种自己被用完就扔的感觉："苏美景，你长本事了，居然给我下套！"

但是房间门并没有再打开，他安静地站了一会儿觉得无趣，便也回到自己房间，故意大力甩上了房门，还落了锁。

苏美景听着对屋的动静，忍不住有点儿想笑。

这家伙，原来也蛮好玩的。

不仅是她，就连齐天也对自己的举动有些困惑。

他躺在床上，睁着眼睛看着天花板。

他一贯冷静理智，什么女人没见过，处理事情的手段也游刃有余，偏偏到了苏美景这儿，心智仿佛倒退了十年，总有种被她带了节奏的感觉。

难道真的如莫嫣所说，他掉进了苏美景的陷阱？

不可能，他怎么可能连一个苏美景都搞不定！

齐天翻来覆去想了一个晚上，愣是没想出个所以然。第二天起床，看着镜子里自己眼下的黑眼圈，对苏美景的厌恶又深了几分。

等他洗漱完毕，换好衣服，苏美景已经做好早饭在饭桌前等着他了。

看她的气色，昨晚倒是睡得不错。

齐天往桌上瞄了一眼，煎蛋、黑豆浆、全麦三明治、蔬菜沙拉，作为一顿早餐，内容和诚意完全可以打五星。

　　可是，他只是懒懒扫了一眼，不屑地哼了声："你这是做的什么？"

　　苏美景与别人不同，早上一觉醒来心情总是最好的，她估摸着齐天是起床气犯了，所以也没放在心上，只是热情道："你别看着花样多，吃起来几口就没了。快来吃吧，吃完还要上班呢。"

　　齐天闻着早餐的味道，香气扑鼻，让他立刻就觉得饥肠辘辘，可是他还是倨傲地理了理衬衣，披上外套，傲娇道："谁要吃你做的。"

　　苏美景还在劝："很好吃的，你尝尝。"

　　"不吃。"他虽是这么说，可目光还落在餐桌上，一副依依不舍的样子。

　　"你……"

　　为了避免自己心动，齐天倏地收回目光，果断穿鞋出门。

　　苏美景不禁对自己的手艺产生了怀疑，问道："你是不喜欢西式的早餐吗？"

　　"对。"

　　那就好办了，她明天做中式的好了。

　　苏美景坐在桌前，一个人吃光了两人份，撑得肚子圆圆的。一边吃还一边想，齐天真是不会享受，这么丰盛的早餐都不吃，真替他遗憾。

　　而被勾出了一身馋虫的齐天则是就近找了一家早餐铺子，要了油条豆浆，看着端上来油光光的油条，淡黄色的豆浆，忽然没了食欲。

　　光卖相来讲，和苏美景做的实在是天差地别。

　　他咬了一口油条，皱了皱眉头，太腻了，喝了一口豆浆，眉头皱得更深了些，太甜了。

　　他有些后悔，为什么要和苏美景置气，为什么要和自己的胃过不去。

　　重新点了一份菜肉粥和小笼包，虽然依旧难吃，但齐天还是将就着果了腹。

　　等到了第二天，看到桌上苏美景做的千层酥饼、绿豆粥，还有凉拌海带丝，竟然有种很感动的感觉。

齐天想起昨天在小店吃的早饭，心中忽然涌起一丝悲愤，倔脾气又上来了，不知道是和谁赌气。

"不吃。"

"又怎么了？"苏美景不解地问，"你不是说要吃中式早餐吗？"

齐天拧着眉："看着没食欲，不想吃。"然后，他穿鞋直接上班去了，留下苏美景看着热腾腾的早餐发愣。

她快被齐大少爷变化多端的性格给折磨疯了，一天一个样，吃什么不吃什么完全情绪说了算，实在是够任性的。

苏美景想，如果明天他还是不吃，那以后他的早餐她就不负责了。

第三天，苏美景特意没做很多，土豆饼、水果酸奶杯，干干净净地摆在桌上。齐天走下楼，目光迟疑地看了看她，最后竟然挪到了椅子前面。

"这次的早餐合你胃口了？"她问。

其实齐天是被外面的早餐折磨疯了，明明家里就有精致丰富的早餐，却偏要去吃外食。而面对外面的早餐时，那种落差感一下子就涌现出来，不光是口味的问题，更多的是内心的不平衡，导致他整个上午都心情不佳。

都说好的早餐是美好一天的开始，他要是再赌气下去，估计又要浪费一上午的时间了。

齐天坐下来，咬了一口土豆饼，酥香脆，果然不负它的美好外形。

不知不觉将一张饼吃完，他却还没有感到饱。

他眼睛望向苏美景："没了？"

苏美景低头看着自己盘子里的半张："就剩这点儿了。"

"你怎么不多做点儿？"

"我怎么知道你今天吃不吃！"

"我没说我不吃啊！"

"你也没说你一定吃啊！"

两人大眼瞪小眼半天，齐天败下阵来，将酸奶喝完之后，擦了擦嘴巴就要走。

苏美景喊住他："等一下。"

他回过头："怎么？"

她从冰箱里拿出了几块小点心，递给他："这是我昨天做的，你要是饿就吃了吧。"

有些时候，苏美景的贴心真的让人觉得不舒服。

齐天复杂地看了她一眼，拒绝了她的好意："不用，齐太太自己吃吧。"

"很好吃的，你尝尝看。"她以为他是谦让，劝道。

齐天觉得心里忽然又烦躁起来，面对着温婉体贴的苏美景，他觉得特别难受，心中郁结更甚，当即不客气道："你在冰箱里放了一夜，都已经不新鲜了，这种东西齐太太还给我吃？"

然而苏美景却不是这么想，她只觉得自己遭到了嫌弃，原本满怀期待的脸上顿时露出了浓浓的失落，她垂下头喃喃自语："原来是这样。"

齐天没有错过她一瞬间的表情变化，莫名地更烦躁了，他不想去思考原因，转身出了门。

苏美景听着关门的声音，心想齐天真是个难伺候的家伙。

这样的日子一直持续到苏美景生日。

这天，苏美景先独自去了父母家里，帮忙洗菜做饭打扫房间，虽然陈静一再说她是寿星，应该好好休息，可她依旧闲不下来。

苏美景给齐天打电话，却是秘书代接的，说齐董事长有紧急会议要开，开完会会第一时间联系她。

三个人坐在桌前，看着摆得满满当当的饭菜，面面相觑。

"要不，我们先吃吧？"苏美景试探着询问父母。

苏晨风低着头不说话。

陈静看了看他，婉言："不然还是再等等，小天应该很快就会过来了。"

苏美景打着圆场："齐天公司每天都有好多事情等着他决定，你们也不要太介意。他忙完了就会来，我们先吃吧，不用等他。"

苏晨风脸色阴郁，看着苏美景，手中的筷子突然放下。

苏美景心头一紧，顿叫不好，看这架势，他是要和自己长聊了。

"爸，那个……"

"美景，你实话跟我说，你和小天是不是关系不好？"

苏美景努力维持着脸上的笑容，苏晨风的目光如炬，知女莫若父，她就算掩饰得再好，可是细枝末节还是难以逃脱他的眼睛。

她还兀自强撑："爸，你怎么这么问啊，我们关系很好！"

"如果真如你所说，他又怎么会不记得你的生日？"

"不是不记得，是临时有事，他马上……"

"美景，你别替他辩解了。"苏晨风打断她的话，"其实我之前就有过担心，你们毕竟属于没有感情基础就结婚，想要短期内迅速建立感情也不现实，我也没想过让你们直接就如胶似漆，但至少不……美景，不管他对你做了什么，你都一五一十告诉爸，你是爸的女儿，爸绝不让你受半点儿委屈。"

苏美景感觉自己眼眶热了下："爸，你放心吧，我过得很好，齐天对我很好，一点儿都没委屈我。"

"美景……"苏晨风还要再问，这时忽然传来门铃声。

苏美景连忙站起来去开门，打开门首先被眼前一大束玫瑰花惊艳到，紧接着齐天走进来，给了她一个巨大的拥抱。

"美景，生日快乐！"

苏美景趁机在他肩膀上蹭了蹭眼泪，然后一脸幸福地接过玫瑰："谢谢。"

玫瑰由苏美景捧着，齐天又将放在门口的礼物提了进来，一边交给苏妈妈一边道歉："叔叔阿姨，今天公司临时出了点儿事情，让你们专门等我这么久，真是不好意思。"

苏晨风看着他们亲热的模样，神色稍霁，也不再深究刚才的话题，对齐天说："都是一家人还带什么礼物，年轻人工作重要也要注意身体，快洗手来吃饭吧。"

"好。"

席间，齐天一直主动给苏美景夹菜，温情脉脉如世上最贴心的丈夫一样。苏美景也配合地在一旁秀恩爱，时不时说两句小女儿的娇羞话刺激一下二老的感官。

苏美景基本不挑食，除了香菜是一大忌，可是齐天不明就里，夹了满满一筷子香菜给她。她看着碗里的香菜发愁，苏晨风可看着她呢，他那么了解自己，总不能硬撑着把香菜吃了吧。

一筹莫展之际，齐天忽然用胳膊捅了捅她。

"怎么了？"她问。

"我想吃香菜。"他眼睛看着她碗里的，坏笑道，"不如你喂我。"

明明知道是演戏，可苏美景还是忍不住臊红了脸："你干什么啊，别闹。"

齐天把脸凑近她，满满的都是笑意："我没闹，我就想吃你碗里的。"

"那你自己夹。"说着，她把碗递过去。

齐天不依："不，你喂我。"

苏晨风和陈静装作没看到两个人的窃窃私语。

苏美景感激地看了齐天一眼，把所有的香菜都喂给他，顺利解决了这个烫手山芋。

齐天一边吃，一边递了个眼神"看你怎么谢我"。

苏美景用眼神回应"那不也是你害的"。

齐天作势一瞪"你白眼狼啊你，早知道不帮你了"。

苏美景吐了吐舌头，装没看见。

"小天啊，最近公司事情怎么样？"苏晨风问他。

"有点儿忙，刚制定了新一季度的计划，主打沙滩风情。"

"嗯，叔叔也是看着你长大的，你如今事业有成，叔叔也很高兴。"

齐天笑了笑，举起酒杯："叔叔，我敬您。"

苏美景悄悄扯了扯他的衣服，小声提醒："叫爸……"

齐天懊悔地一拍额头，笑道："对，是该叫爸的。爸，我敬您。"

苏晨风赞许地笑了笑："好。"

吃完饭，苏美景陪陈静一起收拾桌子，苏晨风则带齐天来到书房。

关上门，只有他们两个人，没有了苏美景在中间调和，就显得有些生分了。

"小天啊，有些话我觉得还是应该和你谈一谈。"苏晨风开门见山。

齐天站得笔直，很认真地听着："您说。"

"美景总说和你关系很好，说她过得很幸福。她这孩子老实，有什么事情从来都是自己憋着，不肯让我们替她担心，可她越是这样，我才越是心里着急。你们的婚姻是我和你爸一手撮合的，自然也是希望你们能过得快乐，希望不会让你们出现什么逆反心理，彼此过不去。"

齐天低着头，半天不语。

苏晨风叹了口气："小天，还记得你小时候吗，我经常接你和美景一起上下学，你喜欢打篮球，总是把我当成球筐，在我身前身后带球，那时候我就想，你要是我儿子该多好。想不到现在，你也算是我的半个儿子了。

"记得有一次，你来我们家玩，家里大人都不在，外面下着暴雨，美景年纪小，害怕雷声，躲在被子里哭。你踩着凳子把窗户关上，然后把美景抱在怀里安慰，两个人依偎着等着雨停。你知道我和你爸爸看到时有多惊喜吗？我当时就想，如果你们愿意，我们两家就结为亲家，那真是好得不能再好的事了。"

经苏晨风一提起从前往事，齐天依稀找回了些印象。

只记得那时大雨滂沱，雨打在窗户上，发出擂鼓似的声响，苏美景在床上缩成小小的一团，而他则是在地毯上玩着积木。

忽然，一道闪电划过，接着就是惊雷震耳，垒得高高的积木倏地坍塌，噼里啪啦落下，乱成一团。这一倒似乎触动了苏美景一直紧绷的心弦，眼泪一落就再也收不住，哭得肝肠寸断。

"你怎么了？这么害怕吗？"小齐天问她。

苏美景抽泣着说不出话来，扬着一张小脸可怜兮兮地看着他。

齐天一下子心软了，跳上床轻轻抱住她："不怕不怕，大圣哥哥在这儿呢，我保护你，别怕啊。"

苏美景靠在他身上，竟然真的渐渐安定下来："大圣哥哥，雨什么时候停啊？爸爸什么时候回来啊？"

"美景别着急，大圣哥哥给你讲个故事吧。"

"好啊。"

"有道说，唐僧师徒四人前往西天拜佛求经……"

那个时候的他们年纪还小，他和苏美景在同一所小学念书，两个人在同一班级，还做过一阵子同桌，两家人经常一起出去玩，他们两个也算是青梅竹马、两小无猜，他们有过那么多天真烂漫的回忆，可是为什么如今变得如此陌生了呢？

齐天不禁陷入回忆中，那时的苏美景喜欢扎着两个羊角辫，在头上绑起花花绿绿的彩带，一天换一条，七天不重样，没事就绕在他身旁跑来跑去，虽然是个女孩子，却一点儿也不娇气，打打闹闹从来不哭鼻子，大大咧咧的性格像个傻大姐。

而他没事就喜欢使唤她，让她替他抄抄拼音汉字，算算口算题，或者跑个腿买点儿零食。苏美景每次都颠颠地去，没有一丝抱怨。后来别的小孩儿也学他使唤苏美景，苏美景也颠颠地去，被他知道了一通臭骂。

"你是不是傻？别人让你去你就去，你怎么这么便宜呢？"

她依旧傻呵呵地笑："助人为乐啊，再说，你让我去我不也去了。"

齐天捅了她一把："我们俩什么关系？你和他们什么关系？这有可比性吗？"

苏美景想了想："我们俩好像更好一些。"

算她还明白点儿事理，齐天怒瞪着眼睛，一副凶神恶煞的样子："所以你替我办事可以，他们，不行！"

苏美景点头如捣蒜："我明白了。"

"你干什么去？"

苏美景正要往小卖部跑，被他叫住。

"我答应了人家买烤肠……"

"刚说完不许替他们办事，你还去！"

"可是，我已经答应了，要不下次，下次我就拒绝他们的要求。"

齐天斜了一眼她手上的零钱，拖长声音："不行……"

"可是……"

齐天又附送了狠狠一记眼刀，苏美景吓得低下头，灰溜溜地回去："好吧，我不去了。"

就是这么一个毫无心机傻呵呵的姑娘，他怎么会觉得她是心机叵测想要图自己什么呢？齐天有些想不通，自己为什么钻牛角尖一样自顾自地以为她用心险恶。

……

苏晨风看着他，语气和缓道："小天，不管怎么说，我们这些做长辈的，是真心希望你们能够过得幸福。"

面对苏晨风的语重心长，齐天第一次觉得自己心胸太狭隘了。

Chapter4

天 边 眼 前

回家的路上，苏美景感受到了来自齐天满满的善意。

他将空调调至一个非常舒适的温度，打开音响，放起舒缓美妙的轻音乐，还细心帮她调好了座椅角度，方便她躺着。

"怎么样，今天生日还开心吗？"他开着车，目光时不时地瞥向她。

"嗯。"她累了一天，坐在车里昏昏沉沉只想睡觉，随意应付道。

"刚才吃饭我表现得怎么样？是不是给足你面子了？"

"嗯。"抛去迟到不谈，的确没露什么破绽。

"我和苏叔闲聊了会儿，想起了从前的一些事。"

"嗯。"

"你能不能不要总是'嗯'啊'嗯'的？"

苏美景抬起身子，勉强装出一副很感兴趣的样子："哦，那你们聊到了什么？"

面对她的敷衍，齐天忽然没了说下去的欲望，随口答道："没什么。"

"嗯，那我眯一会儿。"说着，苏美景又躺了下去。

齐天有些不甘心，又喊她："苏美景，怎么说今天也是你生日，我带你去庆祝一下吧。"

"刚才不是吃过饭了吗？"她嘟囔着，对他的提议不为所动。

"那怎么能一样？"齐天说，"刚才是家庭聚会，是例行公事，现在是我主动想为你庆祝，就我们俩，意义自然不一样。"

苏美景翻了个白眼，找了个舒服的姿势继续窝在座椅上，有什么不一样的，他又不是什么重要的人。

"去不去啊？"见她没反应，齐天追问。

苏美景以一种极其费解的眼神看着他，有些不理解他突如其来的示好，她清楚地记得他们之前都处于一种似敌非友的状态，不明白为什么一瞬间的工夫就转了性。

"齐天，你和我爸到底聊了什么？"

难道是苏晨风向他施压，要他无论如何必须对她好？不会吧，苏晨风说话对齐天这么管用？

"你别用这种看黄鼠狼的眼神看我行不行，搞得我好像图谋不轨一样。"齐天感觉自己受到了冤屈。

"你本来就有问题。"

"苏美景，你别不识好人心，我现在是真心实意想为你过生日。"

苏美景毫不嘴软："你天天阴晴不定的，我可不敢相信你。"

齐天狠狠瞪她，苏美景毫不避让。

对视间，火星四射。

两个人怒目相向，直到一辆皮卡车踩着刹车从旁边急速驶过，轮胎摩擦地面发出刺耳的声音。齐天反应迅速，将方向盘猛然一转，苏美景借着惯性跌回座椅上，惊出了一身冷汗。

"好……好好开车！"她惊魂未定。

齐天也是抿紧了嘴唇，神情严肃，一言不发。

原本他是想给苏美景一个难忘的生日，并借机冰释前嫌，可惜现在没了心情，最后只好草草了事，不再提及。

从地下车库出来，苏美景看着天上的月亮，停住了脚步。

"喂，齐天，你觉不觉得，今天的月亮比往常都要亮？"

齐天想着刚才的事情，没好气地回道："那又怎么样？"

"你刚才不是说想帮我过生日吗？不如就陪我坐着看会儿月亮？"

齐天不屑一顾："你只有这么点儿追求啊？"

"今天过生日的是我，你说陪不陪吧？"

齐天有些嫌弃地看着她席地坐下，嘴上依旧抱怨道："回去负责给我洗衣服。"

"你能不能再小气点儿。"

"洗不洗？"

"知道了知道了。"

夜晚的风凉凉的，给人一种很舒服的感觉。

月光向四周晕开，柔美恍若清辉流泻，几颗星星散布在月亮周围，点缀了靛蓝色的夜空，浸染出一股宁静无求的气息。

苏美景看向身旁的齐天，他双手搭在膝盖上，目光悠远地望着星空，神情安宁，收敛了所有锋芒，如同年少时心仪的邻家少年。她忍不住看呆了，一双眼睛落在他的脸上久久不曾移开，直到听到他喉咙深处发出一声低笑。

"我比月亮还好看啊。"他侧过脸看着她，脸上挂着若有似无的浅笑，眸光亮得如同星辰。

不知怎的，苏美景忽然想起了冬天窗户上看到的冰花，晶莹闪烁，片羽棱光，美得正如一个绮梦的开始。他的瞳仁就像那冰花一样，散出剔透的光泽。

苏美景仔细打量着他。

齐天见她不说话，唇边的笑意更甚，越发显得魅惑撩人。

"苏美景，我的眼睛里有月亮吗？你觉得，天上的月亮和我眼中的月亮哪个更好看一些呢？"

苏美景忽然想起了一句话。

一句仿佛瞬间勾起两人之间前尘往事的话。

远在天边，近在眼前。

那是什么时候的事情呢，大概是小学，电视上常年播放的那种电视剧里，女主角都拥有一双大得不可思议的眼睛，还有如银铃一样清脆明快的声音。

那个时候的苏美景可谓深深沉迷其中，难以自拔。

她和齐天还是同桌。

自习课上无聊，苏美景就问了他一个所有女生都关注的问题："齐天，我们班的女生里你最喜欢谁啊？"

齐天虽然年纪小，可已经学会了怎么四两拨千斤，轻飘飘的一句话就把话题绕到了苏美景身上。

"那你呢？我们的男生里你最喜欢谁？"

那时候的她根本意识不到齐天将问题又抛了回来，她兴兴致勃勃说道："你猜啊！"

齐天先说了几个和她玩得还不错的男生名字，他对她的了解让她感到惊喜，表面却故作平静地摇头。然后齐天就把班里所有可能、不可能的男生名字都问了一遍，直到剩下他自己，她还是一直摇头。

苏美景不知道那时的自己究竟是出于什么心理和齐天玩闹，或许真的是因为那一句唯美台词。

她听到齐天有些丧气却隐含着期待的颤抖声音："那你到底喜欢谁啊？"

继而，她就故作神秘，悠悠说道："远在天边，近在眼前。"

齐天一副很惊讶的样子："我？"

苏美景笑眯眯地点点头，看着齐天白净的脸上露出一丝腼腆，还故作镇定地瞅着她，一副"果然少爷我的魅力无可抵挡"的样子。

苏美景再也不给他转移话题的机会，问他："该你了，你喜欢谁？"

齐天学她的样子："你猜。"

苏美景按照座位的顺序将女生的名字讲出来，问到班花和他的前任同桌时，心里还小小地揪了一下，生怕他点头称是，不过齐天连犹豫都没有，直接摇头 Pass。局面变成和刚才的情势一样，问来问去，只剩下苏美景一个人。

苏美景也露出一副苦恼的表情，刻意忽略自己的名字："你到底喜欢谁啊？"

齐天一双眼睛定定地看着她，里面闪烁着春水一般的柔情。招桃花这种事情果然是由先天基因决定的，那个时候的齐天还那么小，毛都没长齐，眼睛却已经会放电了。

他压低了声音，稚嫩的声音变得沉稳起来，缓缓地，一个字一个字道："远在天边，近在眼前。"

苏美景已经记不清楚自己当时是个什么反应了，但是一定是受到了极大的冲击，以至于其他事情都记不得了，偏偏记起了这件事。

想到当年，再看看此时此刻的齐天，苏美景感觉自己的脸又开始燥热起来。不知道齐天还记不记得当年的事情，那些想想就会让人发糗，让她恨不得一头埋到地底下的事。

"那个……我突然觉得有点儿冷，我们回去吧。"

齐天疑惑地看着她："怎么会，你的脸明明很红啊！"

"是风，风吹的。"

他笑："哪里有风？"

他的笑让苏美景越发觉得窘迫，仿佛自己的心思在他的目光下无处遁形，她感觉自己像一个苞米，剥了皮之后剩下满满的都是尴尬和窘涩，这让她的脸往哪儿搁啊。

"我要回去了。"她迅速站了起来，转身往回走。

齐天在她身后，声音不大不小，刚好能让她清楚地听见每一个字。

"苏美景，虽然你这样走了很不礼貌，但我还是决定原谅你，你要感谢自己虽然别的长处没有，但至少眼光还不错。"

苏美景停住脚步，看着在黑夜中身形模糊的齐天："你也要庆幸自己脸长得还不错，不然我肯定不会放任你说这样自大的话而坐视不管。"

"不然你想怎么做？"他饶有兴趣地问。

"想试试吗？"苏美景挑高了眉。

齐天兴致盎然地看着她。

"比如，罚你不许进家门怎么样？"

齐天含笑凝视着她，像是在看调皮的猫，对他没有丝毫杀伤力。

苏美景顿时也有些恼，想到自己刚才脑中闪过的画面，不知道是对自己赌气，还是不敢面对他的紧张，说道："那就试试吧。"

她飞快转身进了公寓，然后利落地将门反锁，来到阳台，打开窗户颇有些得意地望着他。

"可怜齐少爷今晚要露宿街头了。"

齐天不见一丝慌乱，神情自若地凝视着她："你不会的。"

他怎么就敢笃定她不会？他凭什么一副成竹在胸的表情？

苏美景突然愤愤不平，她素来是个遇强则强的人，他越是笑里藏刀，她就越要强硬给他看，语气不禁也带着几分赌气的意思："谁说我不会？齐天，你太不了解我了。"

齐天笑了笑，阴影中的他面容并不清晰，但是直觉告诉苏美景，他脸上的表情绝对不会称得上是愉快的。

"你是想用这种方式让我了解你吗？"

"我只是想告诉你，我一向言出必行。"

齐天还在笑："苏美景，今天是你的生日，我不和你计较。"

"然后呢？"

他故意伸展了一下四肢，说道："已经很晚了，我觉得话题可以到此为止了。"

苏美景本意是不想搞到不可收场的局面，可是话已经说出去了，她不愿打自己的脸。

她扶着窗框的手已经开始发抖，在他看不到的地方，她的腿谨慎而小心地交叠在一起，仿佛这样就能让自己看起来不那么紧张，同时也有一种坚实的力量支撑她的躯体。

"我想莫嫣会比我更欢迎你的到来。"她脑袋一热，这句话莫名就说了出来。

尽管话一出口，苏美景就想咬掉自己的舌头。

"苏美景，你是认真的？"听到这句话，齐天的眼神顿时变了，声音听起来也已经有些危险。

苏美景不知道为什么自己一时冲动就说出这样的话，她也清楚现在自己最妥当的做法就是低个头，服个软，当成玩笑一笑而过。

她很想道歉，可话到嘴边已经变了样。

"对。"她听到自己这样说。

齐天静默地看了她一会儿，这种压抑让她浑身紧绷，她的手指因为用力已经开始泛白，可是表情依旧无动于衷。

"很好。"他扬起一抹冷笑。

看着齐天愤然离去，苏美景无措地站在原地，为什么前一刻还好好地坐在一起赏月的他们，却以这样一番局面收场。

"美景，美景？你想什么呢？"冯蓉蓉伸手在苏美景面前挥了挥，她一个人说了半天，苏美景连一点儿反应都没有，不知道在想些什么。

"哦，你说什么？"苏美景回过神，十分抱歉地看着她。

距离她过生日已经过去两天了，齐天虽然每天回来，可是两个人的关系再度跌至冰点。如果她在阳台，那他绝不会靠近半步；如果他在厨房，她也退避三舍。

她不知道这样的情况会持续到什么时候，可她实在没有勇气主动上前。

冯蓉蓉吃了一口华夫饼，语气有些哀怨："你都没有用心听我说话哎。"

"对不起嘛，刚才在想新故事。"苏美景编了个理由。

冯蓉蓉勉为其难接受了这个借口，说道："美景，我前两天去相亲了。"

这事冯蓉蓉以前和她提到过，她和苏美景同岁，家里对她的事情一直放心不下，从去年开始就安排了不少相亲对象给她，可惜每次都被她推掉，说是没眼缘。

这一次她肯主动提及，想必有些眉目。

苏美景好奇地问："感觉怎么样？"

冯蓉蓉眼中瞬间光芒四射，整个人都变得神采奕奕起来："简直好极了！我妈不知道从哪儿认识了这么棒的朋友，介绍来的这个男人简直是人中极品！美景，他帅得堪称完美，就是我一直很喜欢的那种类型的男人！"

苏美景看着她兴奋的样子，不禁也笑了出来："瞧你的花痴样，到底帅成什么样子，有没有照片拿来看看？"

"有，不过我是偷拍的，照得不太清楚。"冯蓉蓉说着，打开相册翻起来。

苏美景期待着。

忽然，冯蓉蓉手上的动作顿了顿，然后抬起头有些迟疑地望着苏美景。

"怎么了？"苏美景问。

冯蓉蓉笑了一下："美景，你还记不记得你之前给我看你老公的照片，能不能再给我看一下？"

苏美景突然有种不好的预感："为什么想看他的照片？"

"我觉得他们长得有点儿像。"

苏美景觉得自己喉咙深处像有一团火，无端地烧了起来，烧得她口干舌燥，说话的声音都带着一丝沙哑："有点儿像？"

而那边，冯蓉蓉已经找出了照片，将手机推到了她的眼前。

照片上的人，虽然低着头，可是苏美景一眼就认出来了，哪怕她已经有七年的时间没有见过他，可是她还是清晰地辨认出，他身上那股清冷的、疏离的气息。

冯蓉蓉的声音幽幽响起："这个人也姓聂，不知道和你家的聂先生有没有什么血缘关系？"

苏美景脸色苍白："蓉蓉……"

冯蓉蓉笑了一下："这个人就是你上次给我看照片上的人吧。不知道你口中的'丈夫'怎么就忽然变成单身，被别人介绍来相亲？"

苏美景低下头，眼睛重新落在屏幕上的那张脸上。

七年不见，他好像没有什么太大的改变，要说唯一的变化，恐怕就是更成熟了，给人的距离感更明显了，透着一股冷漠和生疏。

她知道冯蓉蓉一直看着她，耐心地等待她给一个说法。

内心思绪百转千回，苏美景终于抬起头："我讲给你听。"

"你是说，你嫁的人是 E&V 公司的董事长齐天？"冯蓉蓉瞠目结舌，简直不敢相信自己所听到的。

"嘘，小点儿声啊你。"苏美景作势要捂住她的嘴，"你生怕听到的人不够多是吧？"

冯蓉蓉环顾了一下四周，果然有人的目光被吸引过来，连忙低下头装作在喝咖啡："可是，你是说真的吗？齐天真的是你老公？"

苏美景苦笑："我骗你干什么，如果不是因为我之前说的话被你识破，这事我都准备烂在肚子里，谁都不说。"

"你还真厉害，瞒得死死的，换作别的女人，估计早就跳出来昭告天下了吧。"

苏美景叹息一声："我还不想被捅成筛子。"

"那聂晟伦呢？你和他之间，是不是有些什么没跟我说的？"冯蓉蓉犹豫着问她。

"没有，我和他真的就只是高中同学那么简单，上次给你看他的照片，也是纯属机缘巧合，拉来做挡箭牌罢了。我和他毕业之后就没怎么联系过，如果不是你刚才给我看的照片，我还不知道他现在是这个样子。"

冯蓉蓉长长舒了口气，整个人都放松了下来。

苏美景吃惊："蓉蓉，你……"

"美景，要是你和他只是普通的同学关系，那就太好了！"冯蓉蓉眼中重新放起了光，一双手紧紧抓住了苏美景的手，"我的终身大事可就全寄托在你的身上了！"

苏美景有些惊惶："你这是做什么啊？"

"美景，我真的好喜欢他，你能不能帮我跟他说说好话，再帮我牵牵线啊！"她恳求。

"我和他上次见面已经过去快一个星期了，可是他都没有再联系过我，就算我鼓起勇气主动发信息给他，他也是过了好几个小时才回，我感觉他好像对我没什么想法，可是我是真的很喜欢他，不想这么轻易放弃，你和他是老同学，你就做个中间人，帮帮我吧！"

苏美景露出为难的表情，面对如此积极的冯蓉蓉，她的心里冒出一种莫名的酸楚。这是一种很微妙的情绪，有一种自己心爱的东西被别人觊觎的感觉，即使她清楚地知道自己和聂晟伦永远都没有可能，即使冯蓉蓉是自己最好的朋友。

"蓉蓉，我和他真的不算熟，我们很久都没有联系过，就算是从前上学，也都是不怎么说话的那种……"

"美景，你可是我全部的希望啊！"冯蓉蓉可怜巴巴地看着她。

苏美景不好再拒绝，只得勉强点了点头："我试试，但是不敢保证。"

"没关系没关系，反正我本来也没抱太大希望，死马当活马医就好！"

苏美景感觉手机像有千斤重，她手一抖，屏幕朝下摔在了桌子上。她看向冯蓉蓉，脸上扯出一个怪异的笑容："我突然想起，我还没有他的联系方式……"

"我有。"

苏美景在冯蓉蓉热切的目光下添加聂晟伦为好友，接下来就是漫长而难熬的等待。

冯蓉蓉眉飞色舞地讲着那天相亲时的情况，详细地讲着和他相处的每一个细节，甚至连他笑了几次，几次是礼貌客套，几次是发自内心都数得清清楚楚。

　　苏美景觉得这真是一场劫难。

　　她不得不装出很感兴趣的样子，从旁人的口中了解关于聂晟伦的一切。聂晟伦就像是一根埋在她心底的引线，稍有不慎，就可能引爆雷区。

　　"美景，聂晟伦从前有过交往的女朋友吗？"冯蓉蓉问她。

　　"好像没有吧，不过有一个来往很密切的女生……"苏美景故意说得很暧昧。

　　冯蓉蓉浑身的细胞都警惕起来："那是什么样的女生？"

　　"是一个长得蛮可爱的女生，脸圆圆的、眼睛大大的，性格有点儿男孩子气，总是喜欢跟在聂晟伦身后，聂晟伦对她好像和别人不太一样，我也不清楚他们到底是什么关系。"

　　看到冯蓉蓉脸上露出沮丧和沉思的表情，苏美景竟然觉得有些莫名地欣喜。她连忙喝了一口咖啡，心里又笼上了一层愧疚和负罪感。

　　自己怎么可以这么阴暗。

　　"不过，据我对聂晟伦的了解，他应该不喜欢那样的女孩儿。"

　　"那他喜欢什么样的女孩儿？"

　　"知书达理，大家闺秀，温柔的淑女。"

　　至于苏美景为什么会知道，也是曾经无意中听到他的好友调侃："阿伦啊，他喜欢的可是淑女。"

　　冯蓉蓉拨弄了一下自己的头发："美景，你觉得我是吗？"

　　苏美景点点头："大部分时候不是。"

　　"喂！"

　　"你看看，原形毕露了，你这样谁敢说你是淑女！"

　　冯蓉蓉嘟起嘴，模样颇有几分娇嗔："没关系，我愿意为他变成淑女。"

　　苏美景看着她，喝下了最口一口凉咖啡："蓉蓉，以后催稿的时候记得也要淑女一点儿。"

"你要是不按时交稿，管你是不是齐太太，我照样杀到你家去！"她龇牙咧嘴。

"嘘！"苏美景皱了皱眉，"不是告诉过你，不要乱说话！"

"哎呀，他们就算听了也不知道我们说的是什么，你不要一直这么戒备森严。"

"不行……"

苏美景还没说完，余光忽然瞥到右手边几步远的桌位上，一个戴着眼镜的男人正盯着自己。苏美景从进店就有种不舒服的感觉，总感觉有一束莫名的视线落在自己身上，想来这目光的来源就是他了。

见被苏美景发现了，那名男子倒是笑了笑，起身走了过来。

苏美景心中顿生警惕。

对方走到她们桌前，无害地笑了笑："两位小姐，能打听一下刚才点的是什么糕点吗？看起来很好吃的样子。"

冯蓉蓉大方道："雪顶蔓越华夫饼。"

"谢谢。"他向冯蓉蓉致了谢，又看向苏美景，"小姐很漂亮，可以交个朋友吗？"

苏美景但笑不语，目光倒是极其沉稳。

男人见状，也不纠缠，知趣地道了一声："抱歉，打扰了。"

看着他的背影，冯蓉蓉一脸坏笑："美景，看不出你还挺招风的，看来齐天娶了你没有点儿紧张感也不行啊。"

苏美景面色凝重，若有所思。

等了好久，聂晟伦还没有答应她的好友请求，和冯蓉蓉又聊了一会儿。她答应了冯蓉蓉有了消息会第一时间联络，然后就说了再见各自回家。

等到了第二天，苏美景终于明白这种不好的预感到底是什么了。

该来的还是来了。

八卦版头版头条——

E&V 董事长齐天婚姻曝光！

不仅如此，版面上还有一张"某女"的正面照，虽然眼睛的部分打了马赛克，可是熟悉的人一看就知道是苏美景。

苏美景看到这一报道，心里只剩下两个字——完了。

她连忙打电话给冯蓉蓉。

冯蓉蓉刚到办公室，正在偷着往嘴里塞早餐，声音含混不清的："怎么了？"

她把事情简单地讲了讲，冯蓉蓉忽然反应过来："美景，你说那个男人会不会就是娱版记者啊？"

苏美景欲哭无泪，怎么就好死不死撞到枪口上了，谁能想到她们在咖啡厅喝杯咖啡，旁边都能坐着一个挖新闻的。

齐天肯定也知道了。

齐天坐在办公室里，看着新闻稿，面上的阴鸷久久不曾散去。

莫嫣小心地看着他，问道："天哥，这个应该不是嫂子故意放出去的，要不要打个电话问问清楚……"

齐天冷笑："不是故意的？那这正面照片又是哪儿来的？"

莫嫣解释不出，沉默地站在原地。

齐天想起和苏美景曾经的约法三章，那个时候她是怎么回应的，信誓旦旦说自己没兴趣当什么"齐太太"，也不想让人知道他们两个人的婚姻关系，可是现在呢，报纸摆在面前，就算他相信上面的文字有人杜撰出来的，那照片呢，还能有假吗？

苏美景，他果然是小瞧了她。

他马上拨通内线，吩咐秘书："通知新闻媒体，我有事情要澄清，另外，后天去意大利的机票再多订一张，莫嫣和我一起去。"

苏美景这一天都在懊恼和反思中度过。

她坐立不安，不知道齐天回来之后，该如何跟他解释这一场误会。

同时，她又害怕齐天回来，怕看到他漆黑的眼睛、冰冷的表情，自己会变得更加手足无措。

门口传来钥匙的声响，苏美景立刻正襟危坐，准备迎接即将到来的一场风暴。

出乎意料的是，齐天看都没看她，径直朝自己的房间走去。

苏美景意外地站起来，看着他走进房间，关上门，毫不拖泥带水，仿佛只是刮过了一阵风。这样的无视远比情绪的爆发更让她难受。

苏美景咬了咬唇，下定决心去敲了敲门："齐天，我有话想跟你谈。"

声音被阻隔在门板之外，门内悄然无声。

她不死心地再度敲门，可是仍然得不到半点儿回应。

苏美景心想，死就死吧，然后一鼓作气推开了门。

呈现在她眼前的，是一大片光裸身躯，齐天光着上身，弯着腰正在脱裤子。

"对、对不起，我不知道你在换衣服！"

她迅速转过身，脸上红了一片，大白天的，脱得这么光溜溜的，到底是想干吗啊？

齐天不紧不慢地去除掉身上最后一件束缚，唇边扬起嘲讽的笑容："怎么，齐太太想陪我一起洗澡吗？"

他这么说绝不是真的想要邀请她。苏美景立刻顿悟，背对着他摇了摇头："等你出来了我们再谈，我先走了。"

她关上门，脸上的红晕还没有散去，连忙给自己倒了一大杯水，消除心中的燥热。

苏美景觉得一分一秒都是那么漫长，好在，齐天总算是出来了。

他头发没有吹干，只是用毛巾简单擦了擦，发间还有亮闪闪的水珠。苏美景看向他，水汽氤氲了他的脸庞，看起来没有那么锐利，柔和了不少。

"关于报上的事情，我不是故意的。"她说。

齐天走过她身边，倒了杯水，慢慢喝着。

苏美景知道他在听，于是把昨天的事情原原本本说了一遍，她相信齐天不会随便冤枉她。

齐天听后只是笑："所以，齐太太是觉得告诉你的闺蜜，就不算违背我们的约定了吗？"

"我承认是我的疏忽，但是……"

"我应该相信你吗？"她的话还没说完就被齐天打断。

苏美景看着他审视般的表情，诚恳地道："我希望你能相信我……"

齐天觉得面前的女人还真是让他有些摸不透，每当他认定她是一个什么样的人，转瞬间她又会换一副面孔，颠覆他之前对她的认知。好比现在，他本想看看她在事情败露后会露出什么表情，却没想到她竟然大方承认了自己的过失，坦率得让他挑不出一点儿瑕疵。

"苏美景，你还真是理直气壮。"他说。

苏美景的脸上依旧是坦诚的模样："因为我并没有撒谎，这件事情是因为我的疏忽造成的，但我也确实不是故意的。如果需要我做什么来澄清，我很乐意。"

齐天看着她，眼神幽深不知道在想些什么。

两天后，报纸上又登出了新闻——

"齐天承认已婚事实，希望更多焦点聚焦在新品婚纱上。"

同时，对于上次的照片事件，齐天并没有给出正面回应，只是说齐太太不喜欢抛头露面，所以不会公开身份，至于那名女子是不是齐太太、是什么身份，一概不予回复。

处理完这则新闻后，齐天便带着莫嫣飞往意大利，谈新的合作方案。

苏美景看着报纸，有一种自己也说不出的感觉，是沮丧、失落，还是庆幸？她不想细想这种感觉到底是什么，比起那些，不如好好想想齐天不在的日子应该怎么过。

不用看齐天的臭脸，不用费心为他准备早餐，也不用尴尬地呼吸同一屋檐下的空气，她乐得清闲，一个人在家里想做什么做什么，简直是一种享受。

然而即便齐天不在家，还是制造了一个大新闻，声名在外的齐董事长这个月第三次登上了头版头条。被拍到了怀抱着莫嫣，两个人亲密地走在异国他乡的街道上。从照片上看，还真是郎情妾意，恩爱绵绵。

已经有人猜测，莫嫣才是齐天背后真正的女人。

而面对外界的猜测，齐天依旧选择不解释、不回应，一切任由外人猜去。

苏美景有点儿头疼，要是爸妈看到了要怎么办，但转念一想，齐天既然能如此高调，估计早有说辞，只希望本来对娱乐新闻不感冒的爸爸不要心血来潮关注最近的新闻，不然她还没想好应该怎么把这个事情圆回来。

一周很快过去，齐天还是要回来的。

齐天回家的时候，苏美景正在紧锣密鼓地码字，听到响声，连头也没抬一下，声音已经发出来："齐先生意大利之旅还愉快吗？"

齐天看着她蓬头垢面的样子，吃惊道："我不在的这些天里，齐太太生活得好像不是太好？"

"多谢挂心，好得不得了。"

齐天看着凌乱的房间，再度充满了怀疑："齐太太，你是在质疑我的判断吗？"

苏美景扶了扶快掉下来的眼镜，扭头看他，几日不见，容光焕发了不少，心情也很好，看来意大利果然是一个滋润人的国家。

"和齐先生相比，的确不是那么春风得意。"

她穿着睡衣，头发揉得乱蓬蓬的，说话的时候小嘴不自觉地噘起，一双眼睛透过圆圆的眼镜望着他，比平时多了几分可爱。

齐天突然觉得心中一动，走上前去，笑着问她："齐太太这是吃醋了吗？"

"我有什么好吃醋的？"苏美景说。

齐天只是笑："莫嫣穿高跟鞋崴了脚，我当时扶着她找坐的地方，谁知道居然有记者那么无聊，跑到意大利跟拍，还真是把我当明星对待了。"这些话说出来，竟然像是在和苏美景解释。

她愣了愣，回味了一下，问道："莫嫣脚受伤了？那现在怎么样？"

"肿了好大一块，我送她回家静养了。"

"哎呀，她一个人在家怎么能行，万一不小心再摔到自己可怎么办？我去找点儿消肿的药，你给她送过去，这段时间你就好好陪她，等她伤好了再回来。"苏美景说着就跑去找药。

齐天看着她的身影，微微皱起了眉："苏美景，你这是什么意思？"

苏美景没理他，依旧在药箱里翻来翻去。

齐天拔高了声音："苏美景，你是在赶我走吗？"

"啊，找到了！"苏美景捧着药走过来，往他怀里一塞，"现在莫嫣需要你，你快去吧，别让她一个人待太久。"

齐天恨得咬牙切齿："苏美景……"

她连拉带拽把他推到门外，脸上还笑眯眯的："别忘了带去我诚挚的问候，祝愿她早日康复！"

齐天看着在自己面前猝然关上的大门，还有手中治肿痛的药膏，心里只剩下一个感觉——

苏美景一定是疯了。

Chapter5

殷　切　示　好

傍晚，齐天回来的时候，苏美景正好吃完盘子里最后一点儿食物，满足地擦擦嘴。

"怎么回来这么早？莫嫣怎么样？"她问。

齐天看着她悠然自得的样子，想起自己居然在咖啡厅泡了一个下午，忍不住悲从中来，脸上依然是最无懈可击的笑容，犹如刚刚得了甜头的狐狸。

"陪她看了场电影，结果累得睡着了，我就送她回家好好休息了。"

"只是看了场电影？"苏美景有些狐疑，看他这个表情，好像不是看电影那么简单。

"齐太太还希望我做什么吗？"他挑眉反问。

她能希望他做什么！苏美景僵硬地笑："没有。"

齐天凑过来，一本正经地注视着她："齐太太放心，婚内出轨这种事情我是不会做的。"

苏美景张了张口，她总不能说"做吧做吧，我不在意"这样的话吧，只好转移话题："那药膏怎么样？管不管用？"

"她说很舒服，抹上去感觉很清凉，再配合我的独门手法，按揉轻捏，瞬间就忘了自己还伤着的事情。"齐天脸上的表情十分耐人寻味，"我问她我的力度怎么样，她说我手心的温度混合着药膏的清凉，有一种春风化雨润物无声的感觉，那表情别多沉醉了。"

他观察着苏美景的表情，不想放过她眼中闪过的任何一丝情绪。

可惜的是，她的眼中看不到半分他想要的波澜。

苏美景安静地听着，还有些意犹未尽："接着说啊。"

齐天有些惊讶："你就一点儿都不生气吗？"

"我生什么气？"

"你怎么能连生气的想法都没有？"

齐天觉得苏美景的反应很奇怪，而自己也很奇怪，为什么要那么在意苏美景生不生气，她生不生气和自己有什么关系？

他到底是怎么了？

苏美景没心思去想齐天脸上复杂难辨的表情是怎么回事，她径自站起来收拾碗筷，听到身后传来他幽幽的声音："齐太太，你都不问问我吃没吃饭？"

"我以为你会在莫嫣家吃完回来，怎么，不会没吃吧？"她头也没回。

齐天咬了咬牙，声音像是从齿缝中挤出来一般："当然吃了。"

"吃的什么？"

"鲍鱼龙虾扇贝海参。"

"你疯了吧？"苏美景擦干手上的水，吃惊地看着齐天，"脚肿了怎么能吃这些发物，你不怕莫嫣肿得更厉害吗？"

齐天没想那么多，只是纯粹瞎掰一气想要气气她，遭到质问连忙改口："没有，我只给她弄了清淡的蔬菜粥，那些是我吃的。"

"人家在床上养伤，你却好意思在那里大吃一气？"

齐天理直气壮道："那是我买的，怎么不能吃？"

"你买给莫嫣的？"

"对啊。"

"哪有给别人买的却被自己吃了的道理？齐天，你当自己还小吗？"

齐天被噎得哑口无言，这真不是一场愉快的对话，从一开始自己就不占上风，偏偏他现在肚子还强烈抗议，它哪有吃过那些东西，明明一个下午只喝了一杯咖啡！

齐天说不过她，只能干瞪眼。

冷不丁地，肚子传来一阵咕噜噜的声音。两个人大眼对小眼一阵，苏美景先没绷住笑了出来："你这新陈代谢可有点儿快啊。"

嘲笑！简直就是赤裸裸的嘲笑！齐天觉得苏美景简直可恶，而自己的肚子也不争气，居然在这么关键的时候给自己泄劲。

他瞪着眼道："怎么，照顾莫嫣不需要体力吗？哄她开心不需要花心思吗？你以为那些都是白吃的！"

苏美景似懂非懂地"哦"了一声，可是脸上一副"不要解释了，小心越描越黑"的表情，让齐天忍不住牙痒。

"你看什么看，家里还有什么吃的，快给我拿点儿！"他凶道。

苏美景打开冰箱，拿出一碗冰菠萝，递给他的时候还颇有些心疼："这个本来是我准备一会儿自己吃的，让给你了。"

她那副忍痛割爱的表情，让齐天简直要抓狂："谁要你的菠萝，我要吃正餐！"

"你不是都已经吃过了，再吃身材会走样的！"

"那不重要。"

"可是你身材走样的话，'最想嫁老公'第一名就要换人了。"

"苏美景，你怎么这么啰唆。"

"还是吃菠萝吧，热量低。"她再度把切好的菠萝递过来。

"我不喜欢吃！"

苏美景看他一脸嫌弃的样子，忍不住念叨起来："菠萝多好，味甜甘美营养高，含维 C 充足，你这样挑食不好。"

齐天不以为然："再好我也不吃，我要吃饭！"

"想吃自己去做。"

"苏美景，别忘了你的身份。"

"我什么身份？我是齐太太，可是我又没卖给你。"苏美景不乐意了，她不喜欢被人使唤着做事情。

"齐太太有责任有义务为齐先生做饭。"

"是齐先生自己错过了饭点，不要无理取闹好不好？"

齐天眯着眼睛盯着她："真的不做？"

苏美景用实际行动回答了他，她拿着菠萝从他身边走过，完全无视他的目光。

事实证明，苏美景的确有本事让齐天发疯。

好比现在，齐天胸口堵着一股气，明明自己也可以做一顿晚餐，但进了厨房就像认输了一般，最后他灌了一大杯水，自欺欺人地告诉自己已经饱了。

站在洗漱台前的齐天实在想不通，为什么苏美景对自己会完全不为所动。看着镜子里的自己，眉目英挺，器宇不凡，多少女人愿意为了自己赴汤蹈火前赴后继，偏偏和自己结为夫妻的苏美景却好像一点儿都不在乎一样。

或许，自己不是她喜欢的那一款？再或许，是她藏得太深了？

他想起之前苏美景用心照顾他起居的样子，每件事都做得尽善尽美，不像是对他一点儿感觉都没有。

也许苏美景心里期待得要命？齐天玩味地扬了扬唇，他期待看到苏美景露出马脚的时候。

第二天，苏美景正在码字，忽然接到了齐天的电话。

"晚上陪我出席一场宴会。"

苏美景想也没想就拒绝："不要。"

齐天难得好脾气，耐心地问道："为什么不要？"

现在已经下午三点了，她一没衣服，二没打扮，总不能素面朝天去参加宴会吧？而且，她要以什么身份去出席宴会？

"不想去，这种事情你找别人不行吗？"她说。

齐天的声音有些为难："以往都是莫妈陪同，可是她现在行动不便，我怎么忍心还要她陪呢？"

那又关她什么事啊。苏美景默默翻了个白眼："你身边还会缺女伴吗？"

齐天话语忽然变得严肃："齐太太，你觉得随便什么人都有资格做我齐天的女伴吗？"

"……那我是不是应该觉得荣幸？"

"你收拾一下，半个小时后我让司机接你去做造型。"

"齐天，我说……喂？喂？"

苏美景对着挂了线的电话喊了半天，终于无奈地放下手机，认命地收拾自己。

半个小时后，司机果然如约而至。

按照齐天事先的吩咐，司机把苏美景拉到了一处私人会所，早有造型师恭候一旁，手里拿着准备好的衣服："苏小姐，请您换上。"

齐天准备的是一件黑色系的晚礼服，比较保守的款式，但胜在低调简约。苏美景比画了一下，忍不住感叹齐天的审美确实很不一般。等到发型弄好了，司机也把齐天接来了，他看着打扮妥当的苏美景，脸上露出满意的笑容。

"Amy，手艺越来越好了。"

Amy笑了笑："苏小姐倒是跟之前的女伴不太一样。"

至于哪里不一样，她没有点明，但是齐天清楚得很。眉如远山，面若芙蓉，当她看着你的时候，眸中自有一种澄静淡然，那是一种不可言喻的美。

在路上，齐天简单说了一下宴会的情况。

其实，就是一场简单的生日宴，过生日的是齐天合作伙伴的妹妹，由于此人交际甚广，所以不少名流都会出席。苏美景一边听着一边点头，心里打定主意到了之后就安安静静做隐形人，尽量减少自己的存在感。

没想到，齐天似乎看出了她的心思，直接掐断了她的计划："不要以为你找个角落待到聚会结束就行了，你要一直跟在我身边，帮我拦下想要贴上来的交际花。"

"其实如果你的立场足够坚决，相信她们不会死缠烂打追着你不放。"

齐天笑了笑："那怎么行？我怎么能伤害那些崇拜者的心？"

苏美景明白了："你是要我做恶人。"

"是啊，想必齐太太应该也很乐意铲除情敌。"

"你要公开我的身份吗？"

齐天摸了摸眉毛："你希望吗？"

"当然不。"

齐天没准备公开苏美景的身份，可她如此干脆利落的回答着实让他心情不爽，她凭什么一脸想和他划清界限的表情，他是 E&V 公司的董事长，说出去是多么体面的身份，她到底知不知道多少女人羡慕她羡慕得要死。

他想了一路，完全忘了自己最初对她的避之唯恐不及。

直到下了车，齐天脸上的神色都没有丝毫缓和。反而是苏美景，下车后立马进入状态，脸上挂上端庄得体的笑容，轻轻挽住齐天。齐天的身体微微一僵，但很快便放松下来。

两个人一路走进宴会厅，齐天拿了高脚杯，和熟识的朋友打着招呼。

"这位是？"有人指着苏美景问齐天。

他一带而过："莫嫣的朋友。"

"齐董，怎么莫嫣没和你一起来？"

"受伤了，在家休息。"

"真的受伤了？不会是新闻炒得太热，躲起来不敢出门了吧？"

"是啊，齐董的夫人到底是谁，怎么连我们这些朋友都一点儿也不知情？"

一旁的苏美景恨恨地听着，挽着他的手对准手臂内侧的嫩肉，用力掐了下去。齐天扭头，皮笑肉不笑地凑在她耳边轻声道："苏小姐不是出身书香门第？怎么举止如此粗鲁冒失？"

苏美景感受到耳边他呼出的气息，觉得痒痒的，但依旧笑得温柔贤良："我从小就知道一个道理，人善被人欺。齐先生，当着人面说人长短不是什么好习惯。"

齐天扫了她一眼，没有接着她的话说下去，反而唇边扬起了好看的弧度："苏小姐今天这么好看，可是吸引了不少绅士的目光啊。"

苏美景自然也察觉到了周围那些男士对自己的打量，她只是礼貌地回应。她不想去应付那些有的没的，既然齐天要她对付名媛的纠缠，那她就专心做一张狗皮膏药，紧紧黏住他。

只是，他们一直在场地周边站着，除了一点儿红酒，什么都还没吃。

苏美景有点儿饿了。

齐天察觉了她的异样，便挪了步子，朝餐台走去。

苏美景看着上面的菜肴，放开了齐天，端起盘子准备品尝。只这一会儿的工夫，窥视已久的人便悄悄凑了上来。

冯美琳就是其中的一个，她身着嫩黄色抹胸小礼裙，裙摆堪堪包住大腿，显得腰细腿长，身姿曼妙，摇曳着身段来到了齐天面前，吐气如兰："齐董身边难得清净。"

意思就是碍事的家伙终于不在了。

齐天看着不远处正在吃东西的苏美景，笑了一笑："冯小姐好久不见。"

说起冯美琳，也是混迹于多个高级会所的名媛，而且不知哪里来的自信，坚信自己能够拿下齐天，所有齐天出席的宴会都能看到她的存在，但从来不做冲动冒昧的举动，慢慢地，也在齐天面前混个脸熟。

冯美琳有种预感，今天或许就是她的好日子。

"我听说齐董新一季的婚纱展要开始了，我这边刚好有些资源，不知道齐董有没有空，我们单独聊聊？"

齐天做出一个愿闻其详的表情，在冯美琳的引导下，来到了一处相对安静的偏台。

　　苏美景吃饱喝足，才想起来抬头寻找齐天。
　　刚才还在这儿，这一会儿怎么就不见了？
　　就在苏美景吃东西的时候，旁边一直有个男人跟着，此刻见她似乎寻找什么，走上前来问道："这位小姐可是在找齐董？"
　　苏美景看着他，面前的人戴着一副金丝眼镜，头发梳得整齐光亮，看起来文质彬彬的。
　　"是啊，你看到了吗？"
　　"我刚才看到，好像和张总他们谈事情去了。"男人说着，目光温和地落在苏美景脸上，语气轻柔，透着十足的善意。苏美景不禁卸下了心防，和他攀谈起来。
　　男人叫项元之，是做珠宝生意的，说起话来十分幽默风趣。
　　"苏小姐似乎是第一次来这种场合？"他问。
　　苏美景微微偏头看着他："我看上去格格不入吗？"
　　项元之没想到她会如此回答，忙道："是我冒昧了，只是看苏小姐有些眼生。"
　　"我确实是第一次来这里。"
　　项元之看着苏美景浅笑的模样，觉得自己似乎想得太简单，能跟在齐天身边的又岂会是泛泛之辈。
　　"苏小姐倒是和其他人不同。"
　　"项先生取笑了。"
　　"不知道苏小姐是怎么认识齐董的？据我所知，齐董这么久以来，身旁的女伴只有莫嫣一人。"
　　苏美景笑而不语。
　　项元之识趣地没有再问，不着痕迹地转了话题，和苏美景聊起自己所熟悉的东西。他年少时出国留学专修设计，回国后徒手打拼创业，成就如今这番珠宝事业，经历曲折颇有几分励志的元素，苏美景听得津津有味，只觉得现实果然比小说精彩太多，自己的素材库再度得以扩充。

"这个便是开启我事业大门的第一个作品。"项元之把手机中的照片给她看，那是一枚极其奢华的钻戒，由94颗配钻铺满花纹，运用了贝壳、卷叶、藤蔓花纹的图样，再现了复古华美的大气设计。

"好漂亮！"苏美景不禁惊讶地吸了口气。

项元之看着她，眼睛里有种晦暗不明的光："这次来我还专门带了两款最新的设计，希望能和齐董达成合作，作为他婚纱秀的配饰，只是不知道能不能得到齐董的满意。苏小姐可否愿意帮我参谋一下？"

苏美景心里忽然涌起不安的情绪："我……恐怕不能代表齐董的看法……"

"没关系，我只是希望，我的设计能够先让苏小姐看看。"他期待地注视着她。

苏美景兀自迟疑，项元之却已经轻轻挽起了她的手。

"苏小姐，这边请。"

冯美琳眼波流转，唇边始终噙着惑人的笑意："齐董觉得我的提议怎么样？"

齐天靠在墙上，轻轻抿了一口红酒："如果那个人真如你说得那么厉害，倒是可以见见。"

冯美琳娇笑："我费尽心力帮你牵线，有没有什么好处？"

齐天的脸在灯光的阴影下，有种亦正亦邪的魅惑，看得人一阵心痒："你想要什么好处？"

"其实，也不想要什么……"冯美琳靠近他，涂着丹蔻的手指轻轻抚上他的衬衫，隔着布料，感受他坚实而有力的肌肉纹路，手上传来的热度让她不禁面色发红，身上都开始躁动起来。

齐天并不阻止她的动作，眼神始终轻描淡写地落在别处，漫不经心地品着酒，声音沙哑，透着致命的性感："冯小姐，真的什么也不想要？"

"我……"

冯美琳抬起头，感觉自己像是不慎跌入酒坛中的猫，完全醉倒在那深沉的眸子里。

"我想要一个晚上，一个只有我们……"冯美琳话说了一半，突然顿住。

她看到齐天忽然变了神色，之前所有的慵懒放纵忽然消失殆尽，变得剑拔弩张。她有些不敢相信自己的眼睛，她居然在齐天的眼中看到了愤怒？

几米开外的地方，苏美景的手正被一个男人握在手里，半拉半哄地朝宴会厅外走去。

苏美景脑袋拼命转着，想着该怎么样才能礼貌稳妥拒绝。她意识到这人并不像他表现出的那么和善，事情正在朝着某个不好的方向发展。

虽然项元之依旧保持着温文尔雅的绅士模样，可她还是无法劝说自己和他去一个未知的地方看什么新款设计。

"那个，项先生……"她思忖着措辞。

"项先生要把我的女伴带到哪里去？"

苏美景一抬头，只见齐天挡在两人面前，微笑地看着项元之。

苏美景第一次觉得，齐天这么帅、这么有安全感。看着他，她忽然就有了如释重负的感觉。

齐天脸上带着笑，可是给人一种无形的压迫，他的眼神像两道锋利的刀光，直直地看向项元之拉着苏美景的手。

"齐董。"项元之面不改色地放开了苏美景的手，"我和苏小姐很是投缘，忍不住聊了两句。"

"因为投缘，所以项先生就顺便牵带她离开？"他似笑非笑地注视着项元之。

"我……"

还没等项元之解释，齐天已经朝苏美景努了努嘴："你是我的女伴，现在还站在那里干什么，还不过来？"

苏美景路过齐天身边，还被他狠狠瞪了一眼，然后老实地站在他的背后，做一个沉默的观众。

项元之有些不是滋味："齐董对苏小姐还真是与众不同。"

齐天讳莫如深："我一向不喜欢别人动我的东西。"

项元之努力让自己看起来镇定平和："齐董，其实我是想让苏小姐帮忙对新款设计做一下品鉴，我一直想和您合作，不知您是否有空，不如现在就去看看？"

齐天露出为难的表情："我刚刚和梅家的老三谈妥了下一季的合作，项先生恐怕是来晚了一步……"

项元之一愣，转瞬又恢复了标准式的笑容："那还真是不凑巧……"

"哦，对了。"齐天仿佛又想起了什么，"听说项先生之前一直在争取弘景的那个策划，我前两天刚刚得到消息，也被梅家老三拿到了。"

项元之脸上的从容彻底绷不住了。他做珠宝行业这么久，认定自己天赋异禀，只是怀才不遇，他合作的多数都是中小企业，而每次只差一步就能和大型公司签署合约，却总是被临时撤换了企划案，追根溯源都是那个梅家老三抢了先。这个人仗着自己出身珠宝世家，几乎垄断了所有的大型企业，生生断了他的财路。

每次想到这个人，他都恨到牙痒痒。

这次宴会，他就是为了和齐天详细谈谈自己的设计，却没想到希望再度落了空。

齐天看着项元之脸上的表情变幻不定，嘴角扯出了一个笑容。

敢碰他的人，就得有承担后果的思想准备。

齐天转身看着苏美景，目光凛冽。这个女人还真是了得，居然敢趁他不注意和别的男人勾三搭四，要是他发现得不及时，是不是自己头上已经多了一顶帽子了？想到这儿，他就气不打一处来。

她到底有没有点儿本分意识，难道她不清楚自己已经嫁人了吗？就算他不喜欢她，可他不喜欢也是他的，别人想碰？没门！

苏美景被齐天看得莫名其妙，碰了碰他的胳膊。

"干吗？"齐天冷冷道。

她指了指右手边。齐天顺着她指的方向看过去，看到冯美琳有些哀怨地盯着自己。

"交给你了。"齐天说。

见苏美景露出惊讶的表情，他佯装不耐烦道："怎么，你忘了你这次来的任务吗？还是说，你觉得会耽误你和其他男人调情？"

苏美景沉默了一下，还没等做出反应，冯美琳已经袅袅而来。

"齐董！"她娇俏地唤了一声。

齐天睨了苏美景一眼，意思就是说，看你的了。

苏美景轻轻挽住了齐天的手臂，以一个占有者的姿态看向冯美琳，果然发现对方停驻在齐天身上的目光成功转移到了自己身上。

冯美琳娇笑着道："刚才苏小姐和那位先生聊什么呢？谈笑风生的模样我和齐董看着都好羡慕呢。"

你和齐董？

苏美景不禁笑了一声："没想到这位小姐跟我们齐董这么熟，不知道小姐你是跟谁一起来的，怎么没见你的男伴相陪，反倒跑来围着我的男伴转了？"

苏美景没搭理对方满怀佯装羡慕的疑问，反而把难题扔了回去，特别是那个"我的"，铿锵有力、掷地有声。

冯美琳怎么也不曾想到，居然有人敢形容齐天是"自己的"。她不禁去看齐天的表情，但齐天对于苏美景的言语好像并没有什么不满，眼角眉梢竟然还带着丝笑容。

冯美琳不甘心地转向齐天："齐董，我们刚才……"

苏美景上前一步，挡在了两人之间："抱歉，我和齐董还有其他事情要办，所以我想，他现在大概没空。"

苏美景的直接让冯美琳脸上红一阵白一阵，不甘心这么退缩平白让人看了笑话。

苏美景却没打算再给她说话的机会："我们就先走一步了，祝你今晚玩得愉快。"说完，她拽了下齐天的胳膊，挽着他转身走了。

齐天配合着她的动作，一边走，一边笑吟吟地凑在她耳边轻轻道："苏美景，你话说还真有点儿捍卫领土的感觉。"

冯美琳看着两个相携而去的背影满心不甘，但也只能不甘而已，之前的动静早引起了周围人的注意，被三三两两聊天的人打量着这边的情况，独留在原地的冯美琳虽然听不见他们说的，但想必也不会太好，最后她只能恼羞地退去。

苏美景挽着齐天走到宴会厅的一角，她看着齐天，简直想要挠花他那一脸的笑，但最终还是忍住了，端起桌上的红酒品了一口，懒懒道："恶人我来做，这下你满意了吧？"

齐天和她碰了碰杯，她此番表现的确出乎他的意料，平日低眉顺眼的，没料到关键时刻还挺强悍的。

"你平时对我不咸不淡的，是不是都是装出来的？"

错觉，都是错觉，她只不过演技比较好而已。

苏美景瞥了他一眼，但是这一眼却被他理解成了含羞带怯、欲语还休。齐天顿时心情大好："苏美景，说说你想要什么奖励？"

她什么都不想要，只希望以后再也不参加这种要命的宴会。但看齐天的样子，这种话她说了也是白搭，于是她问："我们什么时候回去？"

"这么着急干什么，害怕出现第二个第三个冯美琳？"齐天轻笑，"放心吧，你那么紧张我，我现在安全得很。"

苏美景看着他的样子有些无语，没好气道："我才不是紧张你，我累了，想回去睡觉。"

齐天没想到她会这么说，不由得皱了下眉头："苏美景，你知不知道口是心非多了，会让人信以为真？"

"信什么？"

她脸上的表情太无辜，如果是装的，那她未免也装得太像了点儿。齐天审视地看了她一眼，竟然拿不定她到底是不是喜欢他。

他喝干了杯中的最后一滴酒："走吧，齐太太，我们回家。"

宴会之后，苏美景总觉得齐天在某些方面和以前不一样了。

又是一个周末，苏美景因为前天晚上赶稿子赶到凌晨，破天荒地起来晚了。她推门出来，扑鼻而来的是一股牛奶鸡蛋的香味。齐天从厨房探出头来，脸上挂着一抹笑："早啊，齐太太。"

她受宠若惊："早。"

齐天将早餐摆好，对她说："快来吃饭吧。"

他系着围裙，衬衫随意地挽起来，头发蓬松柔软，透着一股朝气，看着愣在一边的苏美景，还对她眨了眨眼睛："来啊！"

苏美景有些狐疑，齐天这是发了什么疯，为什么突然想起来给她做早餐？她脑中闪过了一句话：无事献殷勤，非奸即盗。

"你是不是……有什么事要我做啊？"她小心翼翼地问。

"我哪有什么要你做的，你是齐太太，我照顾你难道不应该吗？"

"是、是啊……"

"别想那么多，你天天码字那么辛苦，我帮你分担一点儿压力。来，吃吧。"

苏美景看着齐天的样子，心里越发觉得不对劲，心中警铃大作，提心吊胆吃完了一顿饭，主动抢着去洗碗。

齐天看着她的背影，意味深长道："其实这样也挺好，一个做饭，一个洗碗，男女分工，干活不累。"

苏美景手一抖，差点儿把手里的盘子打翻。

收拾完毕之后，按照惯例，苏美景冲了一杯咖啡，然后到阳台上码字。

齐天也搬了把椅子坐在桌子的另一侧，桌上的盘子里还放着洗好的樱桃，一个个浑圆的红樱桃上面还有水珠，十分可爱诱人。

看着齐天闲适的样子，手里还拿着新一期的设计杂志，苏美景觉得头大，今天从她起床开始，齐天就显得各种不正常。

"呃，你要打算在这里的话，我去房间好了。"她端着咖啡想了想说。

"齐太太觉得我在这里会打扰你吗？"齐天偏头看着她，声音里还透着一丝淡淡的委屈。

苏美景摇了摇头，脸上一副憨笑："不是啊，我是怕打扰你。"

齐天笑笑："没关系，我不怕打扰。"

见状，苏美景也不好再推辞，拿着东西坐在了齐天的对面。等待文档打开的间隙，她忐忑地瞄了瞄。

齐天凝神看着杂志，一副很认真的样子，好像没有注意到她乱飞的眼神。可是，怎么就这么别扭呢。

苏美景一直静不下心，光标停在新起的一行，久久没有思路。短短几句话写了又改，改了又删，半天过去了，进度条依然为零。

齐天就像一个大型的屏蔽器，成功截断了她头脑中所有灵感。

半晌，她愁眉苦脸地看向他，发现他也正看着自己。

"写不出？"

苏美景点点头。

齐天说："今天难得休息，要不然我们出去放松一下？"

这可真是破天荒头一遭，结婚将近三个月，除了上次帮莫嫣救场，这还是齐天第一次主动提出要和她两个人出去玩。

曾经苏美景还是想象过自己会和齐天像好朋友般相处，偶尔出去逛个街、吃个饭，或者哪怕只是在家里，一起看个电视也好，却从来没有实现。

她甚至都已经不抱什么希望，觉得就这么风平浪静地生活也好，他却突然热情起来，让她一时半刻难以接受。

"齐天，你这几天怎么了？"为什么突然对她这么好？

齐天摸了摸鼻子："没怎么啊，就是觉得你天天待在家里太闷了，想带你出去透透气。"

"是这样吗？"

看着她谨慎的模样，齐天不禁露出了受伤的表情："苏美景，你是觉得我还会伤害你不成？"

苏美景索性关上电脑，既然齐天主动示好，她也不能总是泼他冷水。或许是齐天想开了，愿意和她好好相处。苏美景这样想着，从现在开始认真了解彼此，似乎也不算晚。

他们一起去影院看电影，是新上映的动作片。

齐天买了果汁，细心地帮她将吸管插好。

"谢谢。"她说。

等待入场的时候，齐天无意中碰到了苏美景的手。

"这么凉？"他皱了皱眉。

现在已经是五月份，天气正是和煦温暖的时候，可是苏美景手上的温度却好似还停留在秋冬。

苏美景下意识要收回自己的手，冷不防被他一把握住，手指尖被一处温暖包围，他的手心炙热，如同热源不断传递着热量。

她怔怔地看着他，却见他的神色透着关心，深切地注视着自己。

"苏美景，你的体寒这么严重吗？"

苏美景心跳骤然变快，不敢看他："有、有一点儿。"

"我看不是有一点儿，是很大一点儿。"齐天似乎有些不高兴，"你平时都是怎么照顾自己的？写书写到身体状况都不顾了吗？是不是我不在家就饥一顿饱一顿，在阳台上一坐就是一天，也不知道给自己加件衣服。"

苏美景惭愧，他猜得都对，可是这话听起来怎么就那么让人不自在。

她抽回了自己的手，左顾右盼："怎么还不开始检票？"

齐天看着票上的时间："马上了。"

话音刚落，广播里就传出了检票的提示，他们找好位置坐下，苏美景尽量让自己看起来不那么拘谨，她总觉得齐天在看自己，可是当她装作不经意看向他的时候，他却正一本正经地看着大银幕上的广告。

或许是她多虑了，苏美景心中道。

随着剧情的推进，苏美景渐渐放松下来，一心一意跟随电影的主角体会片中的爱恨交织。当反派带人烧了主角爱人的房子，那一把火骤然落下，火光之中刀光乍现，苏美景吓得身体一颤，不自觉就朝齐天的方向瑟缩了一下。

齐天伸手挡在她的眼前："不怕。"

黑暗中，他的眼睛那么亮："一个电影把你吓成这样，难不成是齐太太故意找个理由，好对我投怀送抱？"

苏美景反唇相讥："我怎么感觉好像是齐先生乘人之危，对我图谋不轨？"

齐天饶有兴趣地看着她，目光绚烂，宛如流光溢彩的霓虹："对，齐太太说得没错，我就是想一亲芳泽。"

幸亏是在黑暗中，不然苏美景觉得自己肯定会脸红。

齐天歪着头笑着："齐太太怎么不说话了，是不是觉得我这个提议还不错？"

他一寸一寸地凑近她，晦暗不明的光线映衬着他的脸部轮廓，整个人俊美邪肆，看得人心跳如鼓，如遭电击。

苏美景强自镇定，目光越过他："对不起，齐先生挡住屏幕了。"

"哦，是吗？"

齐天唇边的笑有些僵，看到苏美景一副真的在很用心看电影的样子，顿时无趣地坐回了自己的位置。

一旁的苏美景却是长长舒了口气，虽然眼睛一直盯着屏幕，可心里早就被搅得天翻地覆。电影后面讲了什么她根本记不清，出场的时候别人都在感叹剧情最后的反转，只有她好像还沉溺在之前的心动中。

齐天叫住她，刚才的拒绝对他似乎没造成什么影响。

"吃点儿东西吧。"他说。

苏美景最后选择了一家比较经典的粤菜馆，从前她经常和朋友来吃，对几个特色菜都比较熟悉。她给齐天盛了一碗鲜蔬什锦汤，齐天看在眼里，又是一抹意味不明的笑意。

脸上装矜持，其实还不是喜欢他。

"多谢齐太太好意了。"他说。

吃得七七八八之后，齐天叫服务员把桌上的盘子撤掉，又点了一份杧果奶酪。

他先吃了一口，然后示意她也尝尝。

苏美景不疑有他，拿起勺子尝了一口，清甜可口，十分好吃。

他笑着看苏美景："在国外有这样一种说法，如果两个人饭后共吃一份甜点，就代表两个人关系亲密，是情侣关系。"

她微微一愣，看着齐天，不明白他这么说是什么意思。

"我们已经是夫妻了啊。"

齐天眼神挑逗："是啊，是夫妻没错。可是，你见过哪对夫妻像我们这样？"

苏美景咬着勺子，怔怔地看着他。

他到底是什么意思？

Chapter6

创　意　泄　露

因为齐天那句"甜点论"在，苏美景很快就没了胃口，虽然杜果奶酪很好吃，可是她总觉得如鲠在喉。

齐天始终笑眯眯的，这模样很像一只笑面虎，苏美景觉得他不怀好意。

临走之前，他去结账，故意把手机留在桌子上。他刚走几秒，就有消息传来，苏美景发誓她绝不是故意去看的，只是消息好像开了闸的水库，一条接着一条，而且发信人还不是一个。

她的目光被吸引了过去：莫嫣、万川贝、兰兰、喃喃……

谁能告诉她这都是哪里来的妖魔鬼怪啊？

齐天结完账回来，就看到苏美景一脸古怪地看着自己的手机。

"想什么呢？"他在她面前挥了挥手。

苏美景一副探究的表情："你手机里无名氏还挺多的啊，这么多人名你都能对上号吗？"

齐天大概扫了一下自己的消息记录，除了莫嫣的点开回复了一下，其他的看都没看。

"打广告的，没什么。"

"给齐董推销的人还挺多的。"

"你嫉妒?"

呵呵呵,她才没工夫嫉妒呢,她是怕他肾虚。

苏美景不屑一顾地笑了笑,拎包站起来:"我们回去吧。"

齐天说:"莫嫣说有事要和我商量,现在得去公司一趟。"

苏美景十分善解人意:"好,我自己回去。"

"你就不能表现得不舍一点儿吗?"齐天蹙眉。

苏美景最终还是冷静地搭车离开,留下齐天百思不得其解。或许她真的是那种闷骚到极致的人,有什么话都憋在心里不肯说出来。

一直到见到莫嫣,他脑子里还在思考这个问题。

"天哥,下周五就是新品婚纱发布的时间了,我听说我们的竞争对手花冠公司最新一季的主题也是沙滩风情,发布的日期是下周一,而且和我们一样也参加了寰球举办的'The most beauty'主题婚纱大赛,我们现在该怎么办?"

"撞车了吗?"齐天不禁收回思绪,微皱了皱眉。

莫嫣的脸上是异于平时的紧张,她茫然地看着齐天,一点儿主意也没有:"现在可如何是好啊?"

齐天显得很镇定:"别慌,现在是夏季,沙滩风情为主题倒不一定是抄袭。以前不是也有类似的情况,虽然主题相似,可是设计内容却完全不同,我们要对自己的设计有信心不是吗?"

"可是这不一样啊,如果只是推出当季新品,我们可以放松一些不予理会,可这毕竟是涉及了寰球的比赛,要是真的因为他们提前推出影响了我们的新品,那岂不是出了大事?"

齐天笑笑:"莫嫣,你还不了解我们的设计吗?放心吧,就算有雷同,也只能是微小的细节,我们的精髓是绝不可能被抄袭的。"

"可是,我还是担心……"

齐天打断了她:"莫嫣,不要再想了,相信我,没事的。"

看着莫嫣依旧有些僵硬的表情，他忽然开口问道："你说，一个男人什么样的举动会让你动心呢？"

莫嫣以为自己听错了："天哥怎么问这个？"

齐天说："只是想起来你这些年一直单身，很好奇你究竟喜欢什么样的男人。"

莫嫣捋了捋头发，露出柔美的颈部线条，眼睛静静地看着他。

"身边有天哥这样完美的存在，什么样的男人出现都会逊色的。"

齐天笑了笑，这才是他想听到的答复，也是在他心里一直坚定着的想法。可是为什么他看不到苏美景被他迷得七荤八素的模样呢？

他又问莫嫣："如果有人想送东西给你，那什么是最能打动你的呢？"

莫嫣想了想："应该是花吧。"尤其是当心爱的人将一捧鲜花送到自己手里，那种感觉自然不同。

"那你最喜欢什么花？"

"蓝色妖姬，我喜欢那种透着一丝神秘感的。"

置身于花海中，齐天最终没有选择蓝色妖姬，而是挑选了一束"天使之恋"。白玫瑰、紫色勿忘我的组合，纯洁中带着优雅和神秘，带有一种远离尘世的美。

走进花店，他第一眼看到这一束，就觉得很适合苏美景。

苏美景一开门就看到了齐天手上的花束，脸上有些讶异："今天是什么节日吗？"

齐天笑看着她，目光温和如水。

"因为今天没能和你一起回家，所以补偿给你。"

齐天绅士般牵起她的手，在上面落下轻轻一吻，抬起头来，神情忽然有些不对，而苏美景的眼神也透着些许怪异。

"不觉得腥吗？"

她这么一问，齐天果然觉得有股鱼腥味，再看她的手，上面还沾有一丝血腥。

"你在杀鱼？"

苏美景点了点头。

齐天感觉自己要杀人，想要玩一把浪漫，没想到弄巧成拙。他把花往墙角一丢，就奔到洗手池，漱起口来。

苏美景无奈地叹息一声，谁叫他回来得这么不巧，正赶上她的做饭时间，将花束找好地方安置，然后转身回到厨房继续未完成的"杀鱼大业"。

齐天看着桌上放着的红烧鱼，感觉腥气又从嗓子眼里冒出来，果断转了方向，选择了看起来比较清爽的开胃小菜。

苏美景倒是吃了不少鱼，丝毫没有被刚才的事情所影响。

吃过晚饭，苏美景靠在沙发上看综艺，她这几天一直感觉脖子斜方的位置酸痛，大概是久坐成疾，伸出手揉捏。她捏了一会儿，齐天走了过来，看着她有些难受的样子，伸出了援助之手："我来帮你。"

接着，他就将手放到她酸痛的位置，轻轻按摩起来。

齐天以前学过推拿，虽然不专业，但是手法还算精准，准确找到了不通的穴位，稍用点儿力，苏美景就感觉好像一股电流划过身体，整个人都比之前舒畅许多。

她不禁感叹："齐先生真是全才。"

齐天很是受用，得意道："那当然。"

"齐先生要不要吃点儿水果？"她问。

他点了点头，苏美景就走到厨房，切了香蕉，然后淋上一层酸奶，上面还撒了几粒葡萄干。

齐天神情满足，看着她温柔的样子，心想她果然是喜欢自己，不然不会这么费心思。

"真是辛苦你了。"他说。

苏美景摇摇头："这有什么。"

齐天拿起手机，看着上面的消息，忽然抱怨："我是最近才发现，原来我好友里有这么多别有用心的女人。"

苏美景状似无意地插了一句："不是说都是打广告的吗？"

"是啊，做广告推销的长得很漂亮的女人。"

"推销什么？"

齐天看向她，答道："自己。"

他的语气那么自然，苏美景无言以对。

齐天如愿以偿看到了苏美景默默翻了个白眼，当然，他把这失控理解为吃醋。

"如果齐太太不喜欢，可以帮我把这些人全部拉黑。"他意有所指。

结果，只见苏美景瞪着他，眼神带着痛心疾首的失望。

"齐天，想不到你居然是这种人！"

齐天不解地问："我是哪种人？"

苏美景觉得自己被他道貌岸然的外表给骗了："龌龊！肮脏！无耻！下流！"

齐天被骂得一愣："你什么意思？"

"就是你想的那个意思！"

"苏美景，你把话给我说清楚了！"

苏美景才不想说，她现在才知道，原来齐天之前那么多次夜不归宿都是去做这些广告交易去了。有了莫嫣不算，还有那么多莺莺燕燕，一天换两个都不嫌多。

苏美景气愤难平，掉头就回了自己房间。她喝了满满一杯水，躺在床上，闭上眼睛，直到黑暗袭来，才渐渐觉得自己的理智重新回归。

她何必生气呢，从一开始不就知道齐天的心不可能拴在自己身上吗？

况且，她给不了齐天的东西，注定是有别人要替她给的，她干什么这么在意这个"别人"到底是一个还是一堆？

苏美景以为自己的心情已经不会有太大的波澜，她已经习惯了这样的婚姻。但万万没想到，齐天远比她了解的还要差劲，在看到那么多暧昧对象之后，她觉得很生气，这其中不止因为觉得齐天这样是对莫嫣的不尊重，似乎还因为感觉自己被齐天伪装出来的模样欺骗了。

第二天，冯蓉蓉约了苏美景出去逛街。

苏美景顶着黑眼圈，还遭到了冯蓉蓉的嘲笑："怎么，昨天被你家那位折腾了？"

"才没有。"苏美景否认，"不过你倒是怎么有心情出来逛街，你不是最讨厌买衣服的吗？"

冯蓉蓉晃着她的胳膊，撒娇一般将脸贴在她身上："美景，我要约会啊，现在所有的衣服都穿过一遍，没有衣服穿了！"

"你是说和聂晟伦？"

"是啊。"

苏美景迟疑地问："你们……出去几次了？"

"三次而已，可是你也知道，我平时都穿工装，自己衣服很少的，才见三次，总不能穿之前的旧衣服了吧，太没新意了。"

苏美景回想起来，上次聂晟伦同意添加自己为好友之后的情景。

那是一个十分忐忑的开场，苏美景躺在床上，打开与聂晟伦的聊天界面，发了许久的呆。她实在不知道应该说些什么，她做不到只发送一个简单的"Hi"，也不知道发完"Hi"之后接下来又该说什么。

纠结了很久，竟然是聂晟伦先发来了一条消息。

"你好吗？"

苏美景打下了一个"很好"，然后又删掉，重新写道："挺好的，你呢？"。

"我也还好，想不到我们同学一场，竟然现在才有彼此的联系方式。"他像是随口一说，苏美景却有些紧张。

其实苏美景早就知道他的联系方式，她从前还经常通过他的号码进入空间查看近况，几次犹豫要不要加他，顾虑太多，担心自己的想法被他看出来，最后一次次败给了自己的胆怯。

简单的几句聊天之后，苏美景提及了冯蓉蓉的事情。

聂晟伦有些惊讶，想不到她找自己竟然是为了之前一个印象不深的相亲对象。

"她是你的朋友？"

"是的。"苏美景不知道自己是以什么心情打下这句话的，"她很喜欢你，如果你暂时没有特别喜欢的对象，不妨试试和她接触看看。"

没过多久，她就接到了冯蓉蓉的电话，冯蓉蓉雀跃的心情通过电话准确无误地传到了她的耳朵里。

"美景，聂晟伦他答应和我约会了！"

说到底，他们俩的事情还真是她一手促成的。

苏美景有些神游，直到冯蓉蓉将手伸到她眼前晃晃，她才回过神来。

"美景，你看看这件好不好看嘛，我知道你昨天没休息好，可是既然出来了，拜托你也用点儿心好不好？"她说。

"挺好看的。"苏美景看着她手上的白衬衫，点了点头。

"那我去试试？"

"好。"

苏美景坐在沙发上，目光却被旁边挂着的一件深蓝色印花卫衣吸引。她记得从前上学的时候，偶尔看到聂晟伦穿着类似的衣服，觉得特别好看，总是忍不住去留意他，写字的时候看两眼，看黑板的时候瞥两眼，下课了还要装作不经意地朝他的方向看两眼。

她是那么喜欢他穿着卫衣的样子。

苏美景忍不住走到衣服跟前，拿了自己的尺码，在身上比对。

她没有这个颜色的衣服，因为觉得太暗，可是如今一看，竟然有种说不出的顺眼。

冯蓉蓉从试衣间走出来，嚷嚷着："不好看不好看，显得我这么胖。美景你看，是不是我的肩太宽了，不然怎么穿起来就不是那样的呢？"

苏美景看过去，其实整体还好，只是衬衫下摆有些长，纯白的衬衫虽然干净，却不及带竖条纹的衬衫修身。

她指了指旁边的另一件："你试试这个。"然后，她对营业员扬了扬手上的卫衣，"帮我把这个包起来。"

冯蓉蓉走出来，这一次果然比刚才那件好看多了。她在镜子前照了又照，各个角度都不遗漏，还让苏美景帮她拍下了背影，研究了半天，又忐忑地向苏美景征求意见："美景，好看吗？"

"好看。"苏美景说。

冯蓉蓉欣喜地买下衬衫，忽然发现了苏美景手上的袋子："你买了什么？怎么没穿给我看看？"

苏美景不着痕迹地将袋子往身后送了送："帮朋友买的。"

冯蓉蓉也没有多问，拖着苏美景又跑去试裤子，试完裤子试裙子，试完裙子试鞋子，一天下来，手上的袋子已经有六七个之多。

苏美景累得气喘吁吁，冯蓉蓉却异常兴奋，看着两手的战果，吆喝着请苏美景吃甜品。

坐在柔软的沙发上，苏美景总算能够好好歇歇脚了。

冯蓉蓉给她点了抹茶相思豆，自己来了一份香镇木瓜奶，一口下去，冰冰凉凉，去热解乏。

"美景，今天真是辛苦你了。"

苏美景说："像我们这种平时久坐的人，偶尔逛个街都觉得吃不消。"

"是啊，如果不是我家伦伦支撑着我，我恐怕也逛不了这么久。"冯蓉蓉提到聂晟伦，眼睛又开始放光，"算一算啊，三件上衣、一条裤子、一条裙子、两双鞋，换着搭配够我穿一阵子的了，我准备明天晚上就约他出来，就穿你推荐的条纹衬衫，怎么样？"

"好啊。"

"哦，对了，美景，你知不知道他喜欢吃什么菜系，我们之前一起吃过日式、韩式、西餐，可是感觉他好像都没什么胃口的样子。"

"这个……我也不知道，不如试试粤菜？"

"粤菜哪家比较好吃啊？"

苏美景给冯蓉蓉推荐了一家，又根据自己对聂晟伦的了解，讲了讲过去的事情，冯蓉蓉听得意犹未尽，等到商场即将打烊，才终于恋恋不舍地和苏美景告别。

苏美景回到家里，齐天竟然在沙发上坐着，听到开门的声音，他黑着脸就迎了上来："这么晚才回来，去哪儿了？"

苏美景没想到会遇上这样的场面，呆呆地看着齐天拎过购物袋，翻出里面的衣服，然后嫌弃地丢到沙发上。

"就这么一件衣服，值得你逛这么久？"

苏美景不明所以，顺口道："是啊，怎么了？"

"苏美景，我等了你一晚上，你居然用这种语气跟我说话？给你打电话还关机，你再不回来我就要去公安局报案了！"

"拜托，公安局找人需要失踪二十四小时好吧？而且，现在不过才十点，又不是夜不归宿。"苏美景不懂齐天着急什么劲儿，拿过衣服准备回房间。

齐天看她毫不在意的样子，更加生气了，忍不住抬高声音："你还想夜不归宿？"

苏美景觉得今天的齐天简直莫名其妙，她停下脚步眯起眼睛道："这种事情，齐先生以前好像没少干过吧。"

齐天从前为了试探苏美景，的确没少做过类似的事情。他语塞了一下，接着辩白："男人和女人怎么能一样？你要是不回来，我肯定要担心你的安全……"

"难道我就不需要担心你吗？"

苏美景下意识地说出了口，但马上意识到自己说了什么，话锋一转道："哦，对了，我的确用不着担心，因为齐先生不定在哪个温柔乡里徜徉，根本就舒畅得很！"

"我没有。"

"没有？"苏美景觉得有些好笑，"齐先生不是号称万花丛中过吗，手机里那么多推销商，难道你想说你们大晚上都是纯聊天的？"

不知怎么话题绕到了自己身上，齐天看着苏美景有些冒火的眼神，也懒得解释了，整个人忽然就放松下来，抓过手机，若无其事地摆弄起来。

"既然齐太太说我手机里推销商太多，那我来数一数，到底多到什么程度。"

苏美景瞪圆了眼睛："不要脸！"

齐天装没听见："一、二……"

苏美景懒得再搭理他，转身就往房间走，齐天在身后懒洋洋地叫她："齐太太，捉奸必须在床，你如果每天都自己胡思乱想，可是会累死的。毕竟你也知道，齐先生我可是那种身边从不缺女人的类型。"

苏美景再次停下脚步，在楼梯上转过身看他："齐先生，你身边有多少女人我不关心，不过还是奉劝你自己要照顾好身体，花边新闻不要传得满城风雨，长辈们看到了可不好解释。"

齐天玩味地看着苏美景："我怎么不知道城里什么时候传过我的新闻？我可是一直很低调的，还是说，齐太太暗中关注过？"

这简直是在胡搅蛮缠，苏美景不想和他争辩："齐先生请自便。"

齐天忽然快步上了楼梯，从身后拉住了她的手臂。苏美景转过身，正看到他幽深的眼珠注视着自己。

"苏美景，这件事我们今天一定要说说清楚。"

"有什么好说的？"苏美景皱着眉。

齐天笑了笑："其实你完全不用装作一副不在乎的样子，我知道，你心里想知道得不得了。如果你问我，我告诉你也未尝不可。"

他高高在上的样子实在可恶，苏美景觉得齐天一定是被捧惯了，不知道什么叫作真的不感兴趣。

想到这里，苏美景不禁也笑了，她换了一个舒服的姿势，手肘支在栏杆扶手上，好整以暇地看着他。

"那我能有幸知道，齐先生到底交往了多少女朋友吗？"

齐天唇边的笑容放大，她终于问了。

"想知道的话，不妨拿出点儿诚意？"他进一步接近她。

"什么诚意？"苏美景问。

"比如……"他伸手抚上她的下巴，修长的手指轻轻摩挲着她的皮肤，感受着光滑的触感，然后凑近她，暧昧道，"齐太太小说里经常描写的那种……"

苏美景的身子被他半包围在怀中，处在一个极其微妙的距离，只要一个低头，或是她再稍微踮起脚，两个人的脸就会贴到一起。

齐天觉得自己能够闻到她发间好闻的清香，她的眼睛很亮，亮得仿佛照进了他的心里，勾起了心底最原始的欲望。

他看着她的眼睛，缓慢地低头，一寸一寸……

她忽然露出了笑容，微微上扬的嘴角散发着说不尽的魅惑。她极少露出这样的表情，一直以来他都以为她是端庄温婉的大家闺秀，却不知道她也有这么妩媚的时刻。

"齐先生，真的想体验我小说里经常描写的情景吗？"她竟然伸出手，微凉的手指轻柔地抚弄着他的脸颊，让他有一种痒痒的感觉。

齐天眼睛里流露出了些许期待，他喜欢苏美景现在的样子，很诱惑，很吸引人。

苏美景展露了自认为最完美无缺的笑容，眼睛好像冬日里闪耀的雪光，光芒四射而又晶莹纯粹。

齐天怔怔地看着她。

甚至不知道事情是怎么进展到这一步的。

他只觉得脸颊一痛，接着听到她的声音冷酷地响起："抱歉，这就是我的小说里出现最多的情景。面对齐先生这样的人，似乎疼痛更能让你从过度的自我崇拜中清醒一点儿。"

"苏、美、景！"他咬牙切齿。

"什么事？"

"我这辈子从没被谁连续打过两次的，你还真是敢？"

苏美景觉得现在的模样实在是好笑："我一向信奉动口不动手，能被我打两次，你也是独一无二了。"

齐天气极反笑，眼神像刀锋一样："你应该庆幸我从不打女人。"

他恨恨地瞪着她，拿出自己的手机，将联系人的界面给她看："苏美景，睁大你的眼睛给我看清楚了。"

当着苏美景的面，他将那些"推销商"的名字全部选中，然后没有一丝犹豫地点中了"拉黑"。

游戏到此为止，他不想再和她玩了。

"你以为我真是那种来者不拒的人吗？苏美景，你未免太看不起我了。"

苏美景看着他重重地关上了自己的房门，"咣"的一声，仿佛就此隔开成了两个世界。

她站了一会儿，仿佛受到了什么驱使，下楼走到餐厅。桌上是已经放得冰凉的牛排，酱汁已经凝固，一层黏腻的浮油粘在牛排上，散发着颓废的气息。

苏美景又转身在客厅将手机充上电，开机的一瞬，看到来自齐天的三个未接电话，还有两条消息。

"我做了西餐，回来一起吃。"

"齐太太，你是和人私奔了吗？"

怎么会这样？

她有些颓然地跌坐在地上，忽然觉得很难过。

究竟是为什么，他们之间总像是缺了一点点的运气，在有机会改善关系的时候戛然而止。

齐天又不回家了。

苏美景早晨起来，看到空荡荡的家，心里没来由地难过。

她想把这一切归咎于错失得到好友机会，但她和齐天之间算哪门子朋友。她明白齐天屡次三番气她的用意，所谓的"推销商"无非只是想要她嫉妒罢了。

齐天的表现就像一个幼稚的孩子，想引起她的注意，迫不及待想要窥探她淡然的面具下，究竟是怎样的心潮起伏。正是因为一切都看在眼中，她才不愿去配合，看到他故意露出浪荡风流的样子，还是会忍不住生气。

怎么可以那么幼稚呢？

苏美景忍不住就会想起聂晟伦来，他总是清清冷冷的样子，却能给人信服和安全感。

苏美景曾经和聂晟伦相处的经历总共也就那么几回，但每一次她都记得。有一次她去办公室取作业，作业本厚厚的一摞，她一个人抱回去。聂晟伦迎面走过来，也是去取作业的，看到她小心翼翼的样子，不禁停下来说了一句："等我一下。"

苏美景站在窗户旁边，将本子放到窗台上。聂晟伦很快就出来了，他拿着的是一沓卷子，递给苏美景："帮我拿一下。"

然后，他顺手就把窗台上的作业本抱了起来，扭头说："放上面。"

苏美景摇摇头："没事，这个我拿就可以。"

"放上面吧。"

见他坚持，苏美景就依言把卷子放在了最上面。

在安静的走廊上，她和他并排走在一起，觉得每一步都走得前所未有的开心。

还有一次，她和几个男同学去找老师补习，只有她一个女生，她远远地跟在他们后面。聂晟伦特意放慢了脚步，甚至还走回来，陪着她一起走。

"怎么走这么慢？"他问道。

她当时脸就红了："你可以不用等我的……"

"那怎么行？"他皱了下眉，"女生一个人掉队是很危险的。"

苏美景低着头，偶尔瞟一眼身边的人，他比她高一个头，面庞在夜色中不甚清晰，却带给了她从未有过的心安，她甚至想，就这样该多好，就这样走下去，哪怕不说话，只是这样走着也好。

在高中时代，聂晟伦的存在，就是苏美景所有的力量和希望的源泉。

然而现在，面对齐天的时候，苏美景总是不可避免地将他和聂晟伦作对比，他们之间的差别那么大。

苏美景也承认，自己有的时候确实挺冲动的，就好比那天的一巴掌，她明明有更好的办法，可是她控制不了自己不去生气。

她一度以为齐天是精明稳重，可是他的举动却总是让她惊讶。

苏美景不太想承认自己有一点儿喜欢齐天了，如果不是喜欢，为什么要在意，为什么要忍不住生气？

大概是害怕吧，她不确定齐天的举动是喜欢自己，还是纯粹地觉得看自己变脸有趣。

这么多年，从聂晟伦到齐天，她从来都是个胆小鬼。

她发了道歉的消息，齐天没回，打电话，他也拒接。她已经在考虑要不要去 E&V 看看。

苏美景没有关注过时尚界，不知道短短一天的时间里，外面的世界发生了什么样的变化，也不知道这样的变化给齐天乃至整个 E&V 公司带来了怎样的影响。

这天晚上，莫嫣来了。

"怎么回事？"苏美景惊讶地看着她。

莫嫣脸上带着疲倦，撑着笑容道："我来替天哥取点儿东西。"

苏美景心情有些低落："他……怎么不自己回来？"

莫嫣径自朝齐天房间走去："天哥太忙了，走不开。"

"是吗……"苏美景忽然想起什么，"你等一下，我给他做了点儿吃的，我热一下，你帮我带过去吧。"

说完，她就跑到厨房，迅速生火，将之前准备好的意面放进去，然后又在旁边的锅上快速炒了一个青菜，装进保温盒里，还在忙碌之中抽空切了水果。等到都装好了，莫嫣已经在沙发上等了好久。

"麻烦你了。"她对莫嫣说。

莫嫣眼神复杂地看了她一眼："我替天哥谢谢你了。"

"莫嫣。"送她出门的时候，苏美景有些局促地说，"帮我转告他，忙完了就回来吧，我为我之前的举动感到抱歉。"

莫嫣没说什么，只是神情依旧透着苏美景看不懂的沉重。

隔天一早，齐天回来了。

苏美景还在床上，就听到卧室的门被人打开，接着就听到齐天气势汹汹地走进来，恶狠狠地把她从被窝里拽了起来。

"怎……怎么了？"她迷糊着问。

"苏美景，我真是千算万算也没有算到，我身边那只狐狸居然是你！"

"出什么事了？"

他的声音就好像一颗炸弹落下，让苏美景一下清醒了。

"你少装蒜！"

苏美景看着齐天快要喷火的眼神，心中的不安不断地放大，有一种不祥的预感。

"到底发生了什么？"她疑惑。

齐天眼神凶狠，如同伺机而动的狼，随时准备扑上去撕裂苏美景的喉咙："'碧海蓝天'主题设计是不是你泄露出去的？"

碧海蓝天？苏美景蒙了："那是什么？"

齐天怒到极致："苏美景，你是不是以为自己做什么事情别人都不知道？非要我明白说出来，你才肯反省吗？"

苏美景接受不了被一盆脏水从头灌下，她抬眼看他，看着他眼中的失望至极，还有对她无比的痛恨。

"如果不是你泄露出去，花冠公司怎么可能发布了和我们同款的婚纱设计！"

苏美景已经大致猜到发生了什么，她告诉自己千万要冷静，她遏制住自己声音的颤抖，目光尽量镇定地注视着他："所以，现在你是觉得，是我将你的设计图纸交给了花冠的人？"

齐天一言不发，可是表情已经明确告诉她，他就是这么认为的。

苏美景有些心寒，她想不到齐天有一天会怀疑到自己身上。

"齐天，你先想想清楚，我对时尚界一无所知，不认识花冠公司的人，更不曾看过你的婚纱设计图纸！"

"没有看过图纸？那你之前在我房间看的是什么？"他嗤笑一声，"你说谎之前也要想想清楚。"

苏美景想起来了，有一次她去齐天房间打扫，的确看到桌子上有一堆画稿，她出于好奇还翻看了一下，那时候齐天还一脸得意地问她："怎么样，是不是画得很好？齐先生厉害吧？"

看到她脸上表情变化，齐天唇边嘲讽更深："怎么，想起来了？"

苏美景看着他的眼睛："我是看过那些画稿，可是我并不知道哪一张是你说的主题，而且我也根本没有记清楚其中的细节……"

"这些话你以为我会信吗？"

"齐天，我……"

"你知道这个设计有多重要吗？寰球举办的'The most beauty'主题婚纱大赛，这是奠定公司地位的重要比赛，先不说是不是稳拿冠军，就说创意被别人抢先，我们就成了那个众人眼中的'剽窃者'，你知道在业界的口碑和形象会变成什么样吗？"

"齐天，我说了不是我！这样做对我有什么好处？说我泄露有什么证据？"

"星期天晚上，你去了哪里？"

"我和冯蓉蓉去逛街，我们逛了一天，她可以作证。"

齐天看着她言之凿凿的样子，一时间有了稍许疑惑。

难道，真的是自己误会了？

然而下一刻，他的视线停在了桌上一个不起眼的角落。那是在一堆书本的下面，露出了一张名片的一角，名片的颜色是金黄色的，很惹眼的设计，他一下就能认出来。

"花冠，王传杰？"他抽出名片，"你还有什么可解释的？"

"我不认识这个人。"

"苏美景，不知道你是愚蠢还是天真，还把名片留在身边，你是自信到认为我查不到你身上吗？"

"正如你说的，我不是傻子，如果真的是我做的，那我一定会把名片销毁，还会留在这里等你来查？"苏美景觉得浑身冰凉，所有的温度都消失了，虽然她一时也说不清为什么自己房间会出现这张名片，但这明显是陷害。

然而，此刻的齐天却已然在心里认定是苏美景做的，他被她平静否决的样子气到，连着两夜没有休息，他的眼睛透着野兽一般的血红色，他唇边的笑容近乎嗜血，恨不得将她生吞活剥："苏美景，你推卸得倒是干净，可是怎么办，证据就摆在眼前，你说你和时尚界的人没有交集，你说你不知道什么花冠公司，可是这张名片为什么会出现在这里？王传杰，花冠公司的创意总监，你敢说你不认识他？"

苏美景扬起脸："我不认识他……"

"你还狡辩！"

"我说，我不认识他……"

"啪——"一记耳光以迅雷不及掩耳之势倏然落下。

声音响亮，让苏美景震惊，他竟然就这么打了她。

脸颊左侧的头发扑簌簌落下，脸上一阵木木的痛，她维持着右偏的姿势，久久没有动，不用想，一定会肿得很难看。

多好啊，这一下终于是还回来了。

她打他两下，他还回来一掌，呵呵，还好，她还不亏。

苏美景忽然想笑，她看向齐天，看着他眼中的山雨欲来，还有微微颤抖的手。

"齐天，因为一张名片，你就认为是我泄露了设计稿？你自说自话的风格还真是符合齐董事长的一贯作风。"

她不顾齐天有些僵硬的神情，狠狠推开他，抱着衣服走进浴室换好，然后一句话都没说，拎着自己的包就要走。

她凭什么要遭到这样的诬蔑，齐天凭什么就这么肯定是她出卖了他？

他也不想想，她到底有什么理由，有什么目的要置他于万劫不复！

"你要去哪儿？"齐天从身后拉住她，"事情还没完，你就想这么走了？"

"你罪名都定了，我说什么都没用，还留在这里做什么？"

"你不能走。"

苏美景奋力从他手中挣脱出来，目光令人不寒而栗。

"不要碰我。"

"苏美景！"

苏美景站在门口，忽然转过头看着齐天，声音一字一顿，句句清晰："齐董事长，我祝 E&V 在你的领导下，蒸蒸日上，前途无量。"

苏美景在咖啡店坐了许久，身体一直在不可遏制地颤抖，咖啡很快就凉了，她一直在发呆，好像整个人都不是自己的了，不知过了多久，忽然被旁边人的聊天内容吸引。

"听说了吗，花冠周一公布的婚纱设计好像和 E&V 撞车了。我也是听圈内的朋友谈到的，现在 E&V 内部整个都要疯了，好像是创意泄露。"

"怎么会这样啊？谁泄露的？"

"就是不知道才着急啊，听说这是齐天亲手设计的，准备靠这一件问鼎'婚纱教父'呢，这下完了。据说花冠也没把事情做绝，不知道来不来得及再挽救一下。"

"应该来不及了吧，如果关键元素都一致，不知道的还以为 E&V 做高仿呢。"

"哎，不过也不知道是不是本来就没有把握，才故意放出这种消息炒作的……"

"F&V 不需要靠这种炒作吧。"

"谁知道呢……"

苏美景的两只手绞在一起，因为太过用力，手指都已经发白了。不管创意是谁泄露的，齐天现在的处境一定非常艰难。齐天之前有多费心思她都知道，她还记得他向自己展示设计稿时高兴的模样，现在不仅被抄袭，还要承受这种莫须有的阴谋论。

她想起临走时说的狠话，忽然有些后悔。如果自己能够冷静一点，帮他把事情好好分析一下，而不是赌气出走，说出伤人的话，是不是能给他一点儿帮助。

她做不到对他的事情置若罔闻，虽然她不清楚事情的具体经过，可是她知道，如果这一仗败了，可能在这个行业，齐天之前做出的全部业绩，付出的全部心血就要土崩瓦解。

很多时候，世上的事情都是不堪一击的，稍有不慎，就会从天堂跌到地狱。

她不知道齐天能不能够承受这些，可是她不想让他承受。

Chapter7

心 生 异 情

　　齐天颓然坐在阳台上，面前的烟灰缸里堆满了烟头。

　　他很少抽烟，可是现在除了用尼古丁来麻痹自己，他不知道该怎样消除心里的烦闷。

　　房间里很安静，安静得有些压抑，就连空气里都流淌着让人难受的沉闷，仿佛多待一秒，都会因空气稀薄而窒息。

　　齐天将剩下半截的烟熄灭，长长地吐了口气。

　　窗外是一片阴郁，沉沉地看不到阳光，他闭上眼睛，在摇椅上轻轻地摇晃，脑中重新理了理事情的脉络。

　　昨天晚上莫嫣从家里取文件回来，神色晦暗地对他说："天哥，嫂子好像有些不对劲。"

　　"别跟我提她。"他当时正处于烦躁暴怒的边缘。

　　莫嫣却没有因为这句话而放弃谈论，她说："我在过去的时候看到一辆车，感觉很眼熟，不知道花冠王传杰的车是不是银色宝马？"

　　"你说什么？"

　　莫嫣语带迟疑："我只是看到一辆银色宝马从小区内开出来，具体的车牌没看清楚，大概是我太敏感了吧。"

如果那时齐天能冷静下来好好观察一下莫嫣，会发现她的眼神因为紧张而逃避他的视线，会发现其实她的手是在微微颤抖的。

然而，当灵感陷入枯竭，所有创意都被推翻，一切都已经开始束手无策，他终于难以抑制心中的愤怒，他感觉有谁在他的心底放了一把火，瞬间就将他的血液点燃，将所有的理智焚烧殆尽。

他冲回家里，不分青红皂白就草率地定了苏美景的罪。

他很想相信她，可那张金色的名片刺痛了他的眼睛，如锋刃一般残酷，划破了他仅存的一点儿理智。

其实，从那一巴掌打出去的瞬间，他就后悔了。

他看着苏美景脸上的红痕，看着她眼中的失望、疼痛、恨，还有不可置信，那么多的情绪仿佛一双无形的手撕扯着他的心，只有他自己知道，在那一刻，他的手抖得多么厉害，好像所有力气都被抽走了一般。

他觉得自己一定是疯了，才会这样冲动地做出打她的举动。

他靠在椅背上，如果两天后想不出补救的措施，他甚至已经做好了一无所有的准备。

只是，苏美景该怎么办呢？

如果他真的身败名裂，那要如何给苏家一个交代？

他看着自己的婚纱图纸，裙身从四分之三处分成左右两个部分，左侧是精致的浮纹刺绣，如蛋糕裙一般一层一层叠起，透着大度华贵，而右侧则是几近透明的轻纱，飘逸朦胧，合适的剪裁使其如同一抹轻盈顽皮的云彩，抑或是那一朵朵浪花，亲昵地凑了上来，与右侧的精细华丽融为一体。

可是，原本应该是他用来奠定自己地位的创意，却被人无情地剽窃。

这种心痛，又有谁能够理解？

他明白这种时候自己应该振作起来，然而内心只剩下深深的无力，大脑就像锈住的机器，怎样都转不起来。

苏美景这一天一直没有回来，齐天想，可能她不会再回来了。

第二天，当阳光从阳台照进来，洒在齐天的脸上，他听到了钥匙转动的声音。

　　苏美景拎着热腾腾的早餐，小心而谨慎地站在离他几步远的地方，试探性地问道："齐先生，我可以过去吗？"

　　齐天还有些迷茫，没有完全从睡意中清醒过来。他揉了揉眼睛，确定自己看到的是苏美景本人没错，看着她脸上柔和的笑容，宛如带着一道光，一下就点亮了他的心。

　　"你回来了？"

　　"我忽然想起来，我还有稿子要赶……"

　　齐天听着她假得不能再假的借口，竟然觉得很温暖，配合她道："是吗？那你快去吧。"

　　苏美景把早餐放到齐天面前的小桌子上，香气扑鼻，他感觉自己的饥饿感开始膨胀，一天没有进食，现在已经觉得饥肠辘辘。他打开袋子，拿出一只小笼包，咬一口，热乎乎的汤汁流入口中，鲜香好吃。他缓慢地咀嚼着，看着苏美景上楼的身影，心中那股说不清楚的感觉缓缓蔓延开来。

　　等到他吃过早餐，将空袋子丢进垃圾桶，苏美景从楼上走下来。

　　她怀里抱着电脑，还有一沓设计样稿，紧张地抿了抿唇。

　　"齐先生，我昨天咨询了几个做设计的朋友，虽然她们的设计方向不是服装，但是我觉得不管是什么设计，总是有共通点的，希望能给你带来一些帮助……"

　　齐天诧异地看着她。

　　原来她彻夜不归，竟然是为了他的事情在奔波。

　　他以为，她一定是生他的气了，可是，她不仅不计前嫌带了早餐，还做了与他共进退的准备。

　　苏美景来到他身边，电脑上是花冠推出的新品婚纱设计，手中的草稿有些是齐天过往的手稿，还有一些是其他设计师的作品。

花冠公司的新设计与齐天设计终稿的整体相似度非常高，苏美景将图纸推到齐天面前，思考了一下才说道："裙摆轻纱和蛋糕裙相撞的设计明显是他们抄袭，不然上下半身不会那么违和。你的设计本来就只保留了裙部的重点，正是上半身的简约才突出了裙子部分给人的视觉冲击感，如果我们把这一部分再加重呢？"

齐天听到这番话有些意外，点点头，示意她继续说下去。

苏美景看齐天肯定她的说法，心中的忐忑顿时少了大半，继续说："既然主题是'沙滩风情'，为什么没考虑鱼尾裙和轻纱相撞呢？"

苏美景又抽出一张图纸，是齐天之前弃掉的草稿之一："虽然我不知道为什么你选择了放弃这个版本，但我觉得这种包裹型和开放型的纱裙结合，比你现在的最终版本更加夺人眼球。"

齐天拿过那张被他弃掉的草图，就婚纱本身来说，这版设计的完成度已经非常高了，这是他最后的几版设计之一。

他指了指头纱的部分："放弃掉这一个版本的原因，是整体。"

苏美景一愣，顺着齐天指的方向看过去，她一直只关注着裙摆部分，忘了一件好的婚纱并不仅仅是裙子好看就够了。

齐天最后选择的头纱是海星纹路的设计，在头顶的斜上方，然后从海星的五个角延伸出细碎的珍珠串，最后绵延成纱，披散在背部，美而梦幻。和俏皮的轻纱与华贵蛋糕碰撞出的裙摆形成了最大程度的融合，两者缺一不可，而最终的亮点是由头纱来实现的。

所以，花冠几乎把头纱部分的设计抄了个一模一样！苏美景有些丧气，她以为自己找到了好的解决方法，没想到疏忽了最大的问题。

她拿出齐天之前的草稿，一张一张摊在桌子上，那些头纱或华贵或简约，或梦幻或轻灵，但如果改变了裙子部分的设计，这些头纱中却没有一款配得上的。

苏美景现在完全懂了为什么那么亮眼的设计会被放弃，她苦着脸看向齐天问："齐先生，你没有别的办法了吗？"

齐天绷着脸，想了好久，最后终于神情严肃道："唯一的办法，就是不要头纱。"

"不要头纱？"苏美景愣了一下，她以为头纱是婚纱里必不可缺的部分，"没有头纱是不是太素了？实在不行纱带、珍珠冠什么的呢？"

齐天若有所思地听着，忽然他眼中焕发出光彩，抽过纸笔二话不说地画了起来。

苏美景被他的举动吓了一跳，见他伏案疾绘，识趣地选择了不再多问，而是凑到他身后默默围观。

只见一顶王冠的雏形已跃然纸上，齐天选择了贝壳的形状，而贝壳的纹路则是用碎水晶串成线细细勾勒出来的，即便是图纸，也能感受到其中的精致华美。

可是下一刻，齐天却停了笔，看着草稿皱起了眉头。

不对，美则美矣，可看着总觉得欠缺点儿什么。

"为什么我感觉有点儿像海洋风了？"苏美景提出自己的疑惑。

齐天眼睛一亮，忽然觉得醍醐灌顶。

现在的他思路好像被什么局限住，有种被束缚住的感觉，他必须跳出之前那个圈子，重新开始考虑这个问题。

他再度审视自己的图纸，大刀阔斧进行删减。

裙摆处的轻纱可以保留，而之前的鱼尾裙上面的贝壳类点缀则可以去掉，换成碎钻模拟出细沙的效果。然后，给模特手臂上套上了薄如蝉翼的手套，上面拉扯出或大或小的孔隙。最后，对于头部的处理，他正在思考要不要采取贝壳王冠的设计。

苏美景忽然说："你记不记得我们在尼斯的时候，看到的英国人漫步大道？"

齐天看着她："记得。"

他突然反应过来，眼中闪过一丝惊喜："你是说，棕榈树和花床？"

苏美景点了点头，她很喜欢尼斯给人的感觉，那么美好的地方为什么不能转换为素材用到设计当中去呢？

齐天拿出笔，在图纸上画来勾去。

很快，花冠的雏形便显现出来。

那是再简单不过的花环，四周是大片的棕榈树叶子，而叶子中央则是大团锦簇的花朵。原本以为过于简单单调，可是图案的效果倒是比想象中要好一些。

齐天觉得自己的血液又重新回来，他看着苏美景，眼中流动着的是自己都没察觉到的异样情愫。

苏美景看着他的脸，觉得这才是她认识的齐天。

"你……"

话还没说完，苏美景就被他一把抱住。

他双手紧紧搂住她的背，仿佛要把她压进自己的身体里去。

"谢谢，苏美景，谢谢你。"他反复说。

苏美景笑了一下，轻轻地拍了拍他："没什么的，还有两天时间，你现在去修改应该还来得及。"

齐天点了点头，拿起图纸："等我的好消息。"

苏美景目送他离开，终于有了浑身放松的感觉。她坐在沙发上，疲惫地闭上眼睛，奔波了一天，查阅了一堆资料，虽然结果未知，可是她有一种预感，一切都会好的。

齐天连轴转了两天，完全没有回家的时间。苏美景知道他会特别特别忙，所以也没有去打扰他，而是默默地等待着。到了发布会当天，她特意在网上找了直播。

当婚纱被模特穿出来的时候，她觉得之前所有的付出都得到了应有的回报，险些喜极而泣。

花冠和婚纱无比和谐，鱼尾的端庄与轻纱的俏皮竟也相得益彰。

就像是鱼和水，一切都那么顺理成章。

镜头切到齐天的脸，他看着台上自己的作品，眼中流露的是苏美景从没看到过的骄傲和欣慰，那是他的孩子，也是她的。

苏美景关掉了直播，心里只剩下一个念头。

他们赢了。

办公室里。

齐天沉默地注视着莫嫣。

莫嫣如坐针毡，她第一次面对这样的齐天，一直以来她都以他的红颜知己自居，她美丽，她聪明，她具备所有女人梦寐以求的一切，在她心里一直认为，如果这个世上有一个人能配得上齐天，那个人一定是她。

她甚至觉得，齐天自己也是这样想的。

可是现在，他们面对面坐着，她竟然觉得齐天的眼神陌生无比。

"天哥……"她嗫嚅着。

齐天没有回话，只是唇边扬起一丝冰冷的笑。

莫嫣忽然就想起了那一次，她和绿云集团董事吃饭的情景。

其实莫嫣能够混到如今这个地位，E&V公司当家模特，出席了大大小小的时尚走秀，在世界范围内都小有名气，她的身后除了齐天，还有另一个人。

绿云集团的董事，于总。

在她还只是模特学院的学生的时候，她就已经认识于总了，可以说，能够在才人辈出的模特圈混出头脸，与于总的帮助密不可分。

他帮了她很多，然而，一切的帮助都需要她付出相应的代价。

比如，做他背后的女人。

莫嫣一直想，究竟什么时候才能彻底摆脱这样的关系，她想或许有一天，齐天愿意娶她，只要她成了齐太太，那么就可以彻底摆脱那些不光明的过去。她一直等待着，从来不曾任性妄为，乖巧懂事，只做自己该做的事，不逾矩，不张狂，维护自己的好人缘，即使齐天送了她限量版的粉红大奔，也没有表现出丝毫的恃宠而骄，依旧和他保持着进退有度的关系。

可是没想到，忽然之间，他的身边就多了一个名不见经传的齐太太。

一个她从未听说过的人，甚至就连齐天自己都觉得莫名其妙的对象，就只是简单的三面，就成了法定的夫妻。

速度之快，让人咂舌。

那一顿饭，莫嫣是怀着戒备之心的。因为坐在于总身边的人她也认识，花冠的总经理林砾。

她不是不知道在这样敏感的时候要谨言慎行，可是于总接连不断地灌酒她无法拒绝，尽管她的酒量很好，可是不知怎的那一天她的脑子就昏昏沉沉，几杯下肚，已经有了眩晕的感觉。

酒中有药。

那是她的第一反应。

可是一切已经来不及了，那个时候她刚刚试完了新品婚纱，对婚纱的感官体验十分清晰，几番不着边际的聊天，总是兜兜转转回到了婚纱上，终于还是被对方套了话。

第二天醒过来时，莫嫣看着床上孤零零的自己，忽然有了一种世界末日的感觉。

她一度抱着侥幸心理，那天她说得并不多，也许并不会影响什么。

可是等到花冠新品发布会的那天，她看着有些熟悉的设计，心彻底跌到了谷底。

思虑了许久，她决定趁着帮齐天拿资料摸进苏美景的卧室，将那张名片放到了一堆书里，然后告诉齐天，仿佛在小区门口看到了王传杰的车子，将这一场风暴引到苏美景的身上。

"天哥，我从没想过事情会变成这样……"她看着齐天，已经有眼泪在眼眶中打转。

齐天漠然地注视着她，声音冰冷："莫嫣，你应该清楚我最讨厌什么。"

莫嫣看着他，泪水忍不住流下来："天哥，你也知道，我这辈子最不愿意做的就是伤害你的事情。"

齐天无法做到对她脸上的泪水坐视不理，她即使在哭的时候，也美得让人心悸，那种楚楚可怜，让人不能不心疼。

何况，她本就不是惹人讨厌的人。

齐天叹了口气，走到她身边，半蹲下身，与她对视："莫嫣，你看着我。"

莫嫣抬起头，看着齐天眼中清晰的自己，无措地问："天哥，你能原谅我吗？"

齐天轻轻抱住了她的肩膀："算了。"

事情已经过去了，他这样想。

莫嫣却好像有点儿不理解他的意思："算了？这是什么意思？"

齐天拍了拍她的肩膀，安慰性地说："幸好我有了新灵感，而且时间也还来得及，我比之前更有信心了。"

莫嫣有些愣愣地看着他："灵感？是因为苏美景吗？"

齐天点了点头。

莫嫣扯出一个苦笑，喃喃自语："为什么是她呢？"

齐天没听清，答非所问："幸好有她。"

齐天不知道自己说这话时，眼中有一种异样的光，莫嫣看着他的眼神，感觉自己就要失去齐天了。她忽然挣扎起来，不，她不要这样，一直以来她都不争不抢，可不代表她真的是一个不会争取的女人。

她爱齐天，她不会眼睁睁看着齐天离开自己而什么都不做。

她一把握住了齐天的手："天哥！"

齐天被她突然的举动吓了一跳："怎么了？"

莫嫣眼中的泪水汹涌而下："我该怎么办？天哥，我觉我已经混不下去了，我以后该怎么办？"

齐天不知道哪里触到了她的敏感神经，面对她的痛哭有些束手无策。

"莫嫣，你怎么了？你想说什么？"

"我想离职。"

齐天皱了皱眉："不行。"

"这次的事情都是我的错，如果不是我，就不会惹出这么大的事情，差点儿让整个公司为我的过失受损。"

齐天摇了摇头："说到底，还是化冠不择手段，你不要有太强烈的负罪感。"

"可是，我在业内的名声全被毁了，从此以后，可能都无法再出现在T台上。"

"这件事到此为止，除了你我，公司里没有人会知道这次的危机是因为你的关系。"

莫嫣眼中闪着希冀，看着他："天哥，我从来没有求过你什么事，可是我现在求求你好不好？"

"什么事？"

"给我一个名分。"

齐天神情变得严肃："什么意思？"

莫嫣声嘶力竭："天哥，我爱你啊！"

齐天脸上的表情凝固了，他不知道自己的目光渐渐变得冰冷，也不知道莫嫣看着自己眼神的变化，心痛得快要死掉。

"莫嫣，我已经结婚了。"他这样说。

如果说有什么事情能让苏美景忘却赶稿子瓶颈期的烦恼，应该只有吃了，如果有什么能比吃更让苏美景开心的，应该就是在吃美食的时候，旁边还有一个帅哥贴心周到地为她服务。

苏美景嘴里咬着新鲜的三文鱼，看着齐天辗转在各个餐台之间。

她想来这家五星级酒店吃自助已经好久了，所以当齐天问她想吃什么的时候，她连思考都没有，就报上了这家酒店的名字。

虽然一开始齐天是拒绝的，但是当他看到苏美景坚定而渴望的眼神时，他还是点了点头。

不就是吃个自助嘛，没什么好丢人的。

既然苏美景喜欢，那他自然要好好奉陪。

于是，在这家五星级餐厅里，就上演了吃货苏美景一盘接一盘地吃，而帅得发光的齐董事长则奔波在各个餐台间拿菜的一幕。

"我要吃明虾、刺身、北极贝。"

"我要吃牛排、羊排、炸猪柳。"

"我要吃鹅肝、参粥、燕窝汤。"

"还要沙拉、面包、冰激凌……"

齐天几乎没有停下来，刚坐下塞了个虾饺，新的任务又传达了过来。而对此，他却一丝怨言都没有，看着苏美景说完，然后笑嘻嘻地就朝着餐台去了。

苏美景有些过意不去："齐天，你也吃点儿，别一直帮我取餐。"

齐天只是笑："我不饿，你多吃点儿。"

苏美景摸摸肚子，吃不下了。

齐天朝她扬了扬酒杯："苏美景，这事真是谢谢你了。"

"不客气。"她说。

齐天看着苏美景被红酒映得发红的脸颊，不禁有些心神微荡，他忽然想起下午在办公室的时候，他对莫嫣说的那番话。

"莫嫣，我已经结婚了。"他说。

"天哥，我知道你不喜欢她，一直以来，所有人都认为我们俩郎才女貌，是最佳伴侣……"

"莫嫣，我从未这么认为过。"

莫嫣看着他，明明近在咫尺，却偏有一种很遥远的感觉："可是天哥，你喜欢她吗？"

齐天一时不知如何回答，换作从前，他一定是毫不犹豫地否决，可是就在这一刻，他迟疑了。

迟疑代表什么，莫嫣怎么会不明白。

"天哥，怎么会呢……不会的……"

齐天也蹙着眉，脑中浮现出的是一脸笑容的苏美景，还有她帮助他设计图纸的时候，那一脸认真的表情。或许从那一瞬开始，她在他心里，再也不是那个需要防备警戒的女人了，他终于可以对她彻底卸卜心防。

苏美景问他："你在想什么？"

齐天收回思绪，笑了笑："没什么。"

时间过得很快，转眼已是一周后，齐天带着团队到国外参加"The most beauty"主题婚纱大赛，苏美景在家赶稿子。

她咬了一口苹果，心里想作家还真是个劳心费神的职业，每天坐在家里没有消遣不说，还得接受催命鬼编辑无情的骚扰。

冯蓉蓉还在网上催她："两天之内不交，就赶不上这批审核了。"

苏美景瞬间就从沙发上弹坐起来，她还有两万多字没写，这个消息简直就是晴天霹雳，连忙爬起来开电脑苦思冥想。

就在她纠结女主角是上来就手撕小三，还是扮作楚楚可怜的时候，门铃响了。她跑过去一看，又是莫嫣。

莫嫣今天打扮得可以用四个字来形容，光芒四射。

苏美景感觉自己一瞬间有了一种被晃到的感觉，她本能地开启了一种防御模式，手握着门把手，有些警惕地看着莫嫣。

"有什么事吗？"

莫嫣露出一抹高贵的笑容，她看着穿着家居服，比自己矮了近一头的苏美景，心中有一种难以名状的悲愤。

莫嫣笑了笑："不请我进去坐坐吗？"

苏美景想了想，自己实在没有拒人门外的理由，于是大方地打开了门："请进。"

莫嫣看到电脑上的文档界面，说："早就听说嫂子是作家，嫂子下次再出版新书记得告诉我一声，我好买几本支持一下。"

苏美景客气道："好。"

莫嫣在屋子里转了一圈儿，最后在沙发上坐下。

苏美景静静地注视着她，知道她这次来绝对不是简单看看而已。她认真等待莫嫣即将要说出的话。

莫嫣沉默了一会儿，终于开口："苏美景，你和天哥不合适。"

"你想说什么？"苏美景愣了一下才问。

莫嫣说："我希望你们离婚。"

"这不可能。"

"你爱他吗？"莫嫣问。

"这不是爱不爱的问题，莫嫣，这场婚姻并不是简单的只由我来决定要或不要，我不可能随意结束它。"

"可是，你知道你的存在会伤害到别人吗？"

苏美景沉默地看着莫嫣，她当然明白，也很清楚自己位置尴尬，她当然很想大度一点儿，成全莫嫣和齐天这对真正的有情人，可是这不单是两个人的事，更是两个家庭的契约。

"莫嫣，我知道你和齐天的感情，绝对不会干涉你们。只是，这婚无论如何都不能离。"

"苏美景，你是想让我背上小三的骂名吗？"莫嫣冷笑。

"我不是这个意思……"

"那你是什么意思，占着正妻的位置，却把自己老公往外推，你以为你这样就是大公无私成全我们吗？"

苏美景哑口无言，她忽然觉得这真是一场无意义的谈话，她自己一定是脑子坏了，不然怎么会说出这样的话。她应该做的是捍卫自己的婚姻不是吗，如今"小三"都找上门来，她怎么还能一副任人宰割的模样，说什么不会耽误他们在一起？

"莫嫣。"她神情严肃地看着莫嫣，"我和齐天是合法夫妻，不管你出于什么理由来找我，我只有一句话，这婚我不离。"

莫嫣笑了笑："好，我知道了。"

又过了两天，齐天回来了。

他一进门，愉悦的声音就传了进来："苏美景，还不快来迎接我！"

苏美景穿着拖鞋跑过来，看着他手中拿着几瓶洋酒，连忙接过来："成绩怎么样？"

齐天从身后将她一把抱起来，吓得她差点儿把手里的酒扔了。

"当然是冠军。"

苏美景被他晃得有些眩晕，催促他把自己放下来，双脚着地后，才有了一丝安全感。

齐天把洋酒放在桌子上，打开其中一瓶，给两个人倒上："我们今天要好好庆祝一下。"

苏美景看着他脸上的笑容，觉得之前被莫嫣搅得混乱的心情都舒畅了许多。

"好。"

她听他说着在国外的事情，说着林砾和王传杰得知比赛结果时不可置信的模样。她不禁笑道："这些人肯定做梦都想不到，你会拿出一份更加完美的设计。"

"是啊，苏美景，你要是在就好了，看看那些小人受挫的样子。"

苏美景装作不经意地问："这次，怎么没带莫嫣去？"

"你怎么知道我没带？"

"她来把饭盒送回来了。"

苏美景不知道，那天晚上莫嫣根本没把饭带给齐天，而是在第二天的时候才将里面的饭菜倒掉，将盒子洗好放在一边。

"齐太太还真是好心，什么时候趁我不知道偷偷地送饭给莫嫣？"齐天笑问。

苏美景听到他这样说，也笑了笑："之前她脚伤的时候。"

两个人都默契地没有追究事情的来龙去脉，有些时候，打个马虎眼儿远比追根溯源更让人觉得舒服。

　　这一晚上，苏美景再没提过莫嫣，齐天也一直说着最近发生的趣事，什么婚纱走秀的时候有个男人看得鼻血横流，有个富家女天价想要拍下他的设计，却被另一个富商以更高价格买走。

　　苏美景在厨房切水果，冷不防被他从身后拦腰抱住，他轻轻在她脖子后面磨蹭，炙热的呼吸喷洒在她的耳朵上，让她觉得痒痒的。

　　"你干什么？"她问。

　　"苏美景，你是我老婆……"他喃喃。

　　今天的齐天好像有些不对劲，苏美景挣扎未果，她把手中的刀放下，生怕弄伤他："齐天，我们只是挂名夫妻。"

　　"那从今天开始，把名分坐实好不好？"他问。

　　在国外的几个夜晚，他辗转难眠，满脑子都是苏美景。他忽然觉得，自己大概是有些喜欢她了。

　　苏美景半晌没有说话，只是僵硬的动作让齐天准确地察觉到她的内心。

　　她听到他轻笑了一声，好像只是开了个玩笑："苏美景，你紧张什么？"

　　他的声音如常，让苏美景放松下来，转过头看他："谁叫你玩笑开得那么逼真。"

　　齐天耸了耸肩，然后坏笑着逼近她："说，你刚才是不是心里很期待来着？在想接下来会发生什么？"

　　"我在想要是你真的发狂，我该怎么对付你这个色魔。"

　　齐天不以为意："我真是色魔，也不会对你怎么样。"

　　"那我要谢谢父母给了我一张安全的脸咯。"

　　"说实话，苏美景，你怎么一点儿也没遗传到苏伯伯的好基因？"

　　"大概是我只遗传到了我爸爸的内涵和灵魂，所以外表上就有所欠缺吧。"苏美景自黑也很有一套。

　　齐天看着她，白皙的皮肤，圆而有神的眼睛，整个人由内而外透着一股知性的气息。不可否认，苏美景是漂亮的，但不是莫嫣那种一眼就能看出很明显的漂亮，她如同淡雅的百合花，馨香温婉，需要日久才能慢慢展现。

他说："你转过身去。"

苏美景疑惑地看了看他，然后背过身。

她看着一条银色的项链出现在自己眼前，坠子是简单的几何形图案，第一眼看上去就很柔和，很符合她的审美。

齐天温柔地帮她将项链戴好，他的手指温暖，不经意触碰到她的皮肤，还带来一种过电般的战栗感觉。

"好了。"他说。

苏美景脸上染上少女般的羞涩，齐天的眼神炽热，目光灼灼地注视着她，让她有些不好意思。

"谢谢。"

"齐太太跟我不用这么客气。"他笑道。

"这个是我帮忙所得到的奖励吗？"

齐天看着她，他明白她的意思，时至如今，她已经学会什么事情都和他算得清楚，绝不会接受模棱两可的礼物，不会让他们之间的交往有朝一日变得暧昧不清。她小心翼翼地守护着两个人之间的那条友谊之河，不允许有任何其余的感情牵扯进来。

她一直对两个人的关系有着明确的定位，之前是他把她想得太过狭隘。

齐天诚挚地看着她："苏美景，这是我的歉意和谢意。"

苏美景看他郑重其事，愣了两秒，然后轻轻拍拍他的肩膀："干吗弄得这么严肃，我知道啦，我都知道。"

"哦，对了，"齐天忽然说，"我听说今晚西斯廷有意大利乐队来演出，我有入场券，走，我们去看。"

"现在都七点多了。"

"没事，演出八点才开始，现在走还来得及。"

苏美景在齐天的催促下迅速换了衣服，等到了西斯廷的时候，时间刚刚好。

音乐都是一些经典曲目，意大利的风格主要以重金属交响乐居多，苏美景听着激昂的旋律，充满了力量的音符，仿佛一记记重锤，敲打着她脆弱的耳膜。她不得不承认，音乐很好，可是她有点儿欣赏不来。

好不容易熬过了最后一曲，她跟着散场的人群走出来，脚步还有些沉重，由于没看清脚下的台阶，还险些被绊倒，多亏齐天手疾眼快，把她一把捞住，这才没有丢人现眼。

苏美景讪笑了下："音乐太好听，有点儿醉。"

齐天哼了一声："我看某人都快睡着了吧。"

"没有没有，音乐闭着眼睛听才更有感觉。"

"你倒是给我形容一下？"

苏美景在脑海中搜索着词汇，齐天看着她皱眉的样子，不禁笑出声道："苏美景，亏你还是个作家。"

苏美景憋了半天，最后说："只可意会，不可言传。"

两个人散步回家，路上偶然遇到了从超市出来的冯蓉蓉。她拎着大包小包正要拦车，一个不经意就看到了远远走近的苏美景。

她朝苏美景挥手："美景美景，看这里！"

"蓉蓉，你怎么跑到这边来买东西了？"苏美景记得冯蓉蓉家住在另一个区，离这里有一段距离。

冯蓉蓉一边说话，一边偷瞄着齐天："我刚和朋友吃完饭，看到超市就顺便逛逛，结果买了这么一堆东西，累死我了。"

苏美景很想问问是什么朋友，但是顾及齐天在场，还是忍住没问。

冯蓉蓉一脸贼兮兮地看着齐天："这位倒是比电视上看起来帅多了。"

齐天似笑非笑地看着冯蓉蓉："冯小姐是觉得电视上的我不够英俊潇洒吗？"

"没有没有，我是觉得你比电视上看起来更英气逼人……哎？你知道我姓冯？"冯蓉蓉受宠若惊。

"托苏美景的福，了解了一点儿。"

苏美景想起之前新闻的事情，不禁讪笑了一下，看着冯蓉蓉手上的大包小包，转移话题，问道："蓉蓉，你东西沉不沉，我帮你拎。"

"不用不用，我一会儿打个车回去，不过，你们在这边干吗呢？"她笑着问，"散步吗？好浪漫哦！"

苏美景笑了笑："不是。"

冯蓉蓉凑近她，故意在齐天看不见的角度用胳膊捅了捅她："哎，你们关系不错哦，不像你之前说的那样啊。"

"嗯，我们俩的关系有所缓和。"

"为什么我好像嗅到了一股'奸情'的味道。"

苏美景赧然："你能不能用点儿好词？"

"那就是一朵激情的花即将开放了！"

齐天忽然凑过来："你们在说什么？"

苏美景吓了一跳，冯蓉蓉镇定自若："齐先生，我有一件事要嘱咐你。"

"愿闻其详。"他做了一个请说的手势。

冯蓉蓉一本正经地看着他："美景是我们公司的当红作家。"

"然后呢？"

她忽然一笑，像只狡黠的狐狸："当红作家是不可以随便怀孕的哟。"

Chapter8

确 认 心 意

苏美景捂住了冯蓉蓉的嘴："你胡说什么！"

冯蓉蓉一脸无辜地看着她，然后求助般转向齐天。

齐天轻笑一声："放心吧，你们的当红作家正处于事业黄金期，我不会让你们为难的。"

苏美景瞪了他一眼，然后在冯蓉蓉哀求的目光下松开了手。

冯蓉蓉吐了吐舌头："我这也是关心你们。"

"用不着。"苏美景没好气地说。

齐天意味不明地看着她，道："人家冯小姐也是好心，你何必那么大反应。"

"就是就是，你不会没听过一个词叫欲盖弥彰吧？"冯蓉蓉补刀。

苏美景敌不过两个人联手攻击，举手投降："好好好，八爪鱼编辑，我谢谢你行了吧！"

冯蓉蓉的编辑名字叫"八爪鱼"，据她所说，取这个名字就是为了牢牢抓住每一个作者，让他们不许拖稿，不敢拖稿，不能拖稿！

冯蓉蓉的目光在两个人之间扫来扫去："那我就不打扰你们夫妻漫步

了，先走一步！"

"慢走不送。"苏美景哼着。

"我帮你叫车。"齐天与苏美景同时出声。

苏美景和齐天对视一眼，一个脸上是羞愤，另一个则是温文友善。

冯蓉蓉"扑哧"一笑，觉得这两个人越看越好玩："还是不用了，我自己来就好。"说着，她一伸手，就有出租车来到眼前。

"我走咯，有空出来喝咖啡！"她对苏美景说。

苏美景点头，看着车子消失在夜色中。

齐天瞥了苏美景一眼："你脸红什么？"

"你又为什么那么殷勤？"

齐天嗤笑一声："拜托，齐太太，这是作为一个绅士最基本的礼节好不好？"

苏美景当然知道这是礼貌，可偏偏就是很想说他一下："蓉蓉是那种招人喜欢的类型，不过已经名花有主了。"

"齐太太，你觉得我是那么随便的人吗？"齐天直直地看着她。

"我只是提醒你，不要打人家的主意。"

"齐太太，你这么关心我，莫不是因为害怕我被别人抢走？"齐天意味深长地看着她。

苏美景望着他的眼睛。

他的眼睛浩瀚如无垠的深海，仿佛有种莫名的引力。

她一时语塞，思考了片刻，才支吾道："我害怕什么？我才不害怕呢！"

她的脸颊飞上两抹红霞，在灯光的映衬下显得分外好看，齐天看着她此刻的样子，眼中流露的是自己都没察觉到的温情。

苏美景被他盯得有些不自在，忍不住推搡他："看什么啊，还不快走！"说完，自己率先走了几步，感觉对方的视线一直落在自己身上，她不得不把步子放得很慢，才不至于让脚步变得凌乱。

过了一会儿，她听到他跟了上来，终于不再觉得如芒在背，一直挺直的背脊才终于慢慢放松下来。

回到家里，苏美景习惯性地摸到厨房找东西吃，她摸来摸去，最后对着一个火龙果发呆。

齐天看到她这样，问道："饿了？"

她点了点头："有一点儿。"

齐天说："我给你下碗面吃。"

苏美景一愣，齐天说要给她下面？这是太阳打西边出来了吗？

"为什么？"她问。

齐天已经从柜子里拿出面来，留给她一个背影："哪有那么多为什么。"

"可是……"苏美景还是有点儿云里雾里，"我还是想问……为什么啊？"

齐天懒得回她，这边烧着水，那边已经换下了衣服，穿着一身简便的T恤，开始着手洗菜切葱花。他手法娴熟，刀刃仿佛根本没有离开菜板，已经在上面开出了一片白绿相间的花朵

"想吃水煎蛋还是煮蛋？"他问。

"水、水煎吧……"

齐天掐好了时间，这边面条煮好了，那边汤汁和水煎蛋也弄好了。他将面条盛到碗里，然后浇上一层汤汁，最后把水煎蛋放在上面，端到桌子上。

"素汤面，吃吧。"

苏美景不知道说什么好，眼神闪闪一脸感动地看着他。

齐天笑："不是饿了吗？怎么不吃，看着我干吗？"

苏美景低下头，夹了面条，不知是不是心理作用，总感觉吃起来口感恰到好处，比以往吃过的面都要好吃。

又咬了一口水煎蛋，蛋清嫩滑，蛋黄咬下去还有金黄的油淌出来，她吸溜了一下，浓稠的蛋液流进嘴里，说不出的好吃。

正吃着，她忽然感觉面前一道阴影落下，她抬眼向上看，看到齐天正好整以暇地看着她。

"看着齐太太吃面的样子，我忽然也觉得饿了。"

他不知从哪儿变出一双筷子，也挑起其中一缕面条。

苏美景瞪大了眼睛看他，两个人头挨得那么近，吃着同一碗面，她听到自己的心跳一点点加快，手也不受控制地开始轻颤。

苏美景吸溜着面条，可是嘴中的面好像没有尽头，纠缠在那一堆面中间，越是努力，下面却越好像有一股力量在拉扯，而突然她意识到了那股力量的来源，正是在齐天的口中。

齐天静默地与她对视，他的嘴里正是她努力吸吮的面条的另一端。

齐天看着她，忽然眨了眨眼睛。

天啊！他这是在做什么？勾引她吗？

苏美景吓得咬断了面条，还险些咬到了自己的舌头。

齐天意犹未尽地吃完面，看了看她："我做的面果然好吃。"

她放下筷子："我吃饱了。"

"就吃了这么一点儿？"齐天惊讶地问她。

"嗯，不吃了。"

"是不合你胃口吗？"他单手撑着下巴，微微眯起眼睛看着她。

苏美景在他的注视下忽然丧失了说真话的骨气，婉转道："不是，很好吃。"

"那为什么只吃这点儿？"

"那个，我在减肥。"她认真道。

齐天瞄了她一眼："唔……是有点儿胖。"

什么叫"是有点儿胖"？苏美景瞬间变了脸，她自己说可以，那叫自谦，但是谁叫他附和了？

她身材明明很匀称，哪里胖？哪里胖？！

齐天装没看见她的黑脸，继续说："但是我做的面，你真打算不吃完？"

"你做的面吃了就能不长肉吗？"苏美景撇撇嘴。

齐天觉得和她讲道理本就是一件浪费精力的事情，他扫了一眼剩下的面条，再看着她时，眼睛里流淌出一种令人莫名心悸的光。

"苏美景，老实说吧，你喜欢我。"

"我才没有。"苏美景下意识地接话。

"否认得这么快，明明就是确有其事。"齐天说得言之凿凿。

"是因为这个问题根本就不需要想，我的答案很明确，就像你问我一加一等于几，我眼都不眨就能回答你等于二一样。"

"苏美景，你知不知道口是心非的女人一点儿都不可爱。"

"你觉得我可爱吗？"她问。

"不可爱。"

苏美景看着齐天的样子，忍不住笑了笑："那可怎么办呢？我说的是实话啊。"

齐天躺在床上，脑海中一直都回想着苏美景那个笑容。明明是喜欢他，偏偏还要一副镇定自若的模样，她表现出来会死吗？让他知道又不会怎么样，他又不会嘲笑她！

而且那么多次了，他已经看到她露出羞怯的笑容，她会因为他的逗弄而紧张，因为他的靠近而面红耳赤，她的这些反应一次次告诉他，她对他是有感觉的。

她会贴心地问他喜欢吃什么，在看到他手指干燥时会细心拿出营养油帮他涂抹，会提醒他及时护肤，会帮他把穿过的衣服洗熨后挂好，会嘱咐他睡前喝一杯牛奶……她无微不至的照顾如涓涓细流滋润着他，为他的生活带来舒适和体贴。

齐天不相信，如果不是因为喜欢，还有什么能让她这样心甘情愿地为他付出。

他不得不承认，不知道从什么时候起，自己开始变得在乎苏美景的感受。他忍不住会想，苏美景的眼神中究竟藏着什么情绪，她的笑容背后又有着怎样的心情，她的口是心非究竟是因为害怕还是羞涩，她不肯承认自己的感情到底是为了什么？

齐天发现，曾经只想着用尽方法让苏美景爱上自己，可事到如今，自己倒像是越陷越深了。

他为自己的变化感到惶恐，他是社交场上的多情浪子，处理男女之事向来游刃有余，他认定自己不会被情感左右，但现在苏美景的存在，却好像是一根拔不掉的刺，扎进他的心里，越挣扎就越是扎得深。

他发觉当初莫嫣对自己说的话不是毫无道理的。

苏美景的确对自己无欲无求，但也是他主动跳进了这个坑里，拔不出来了。

第二天，苏美景刚起床，齐天已经晨跑回来了。他脱下汗湿的衣服，露出结实而紧致的胸膛。堪比模特的好身材就这么赤裸裸地展现在苏美景眼前，刺激着她还没有完全苏醒过来的荷尔蒙。

她咽了咽口水，装作没看到的样子，从他身旁擦肩而过。

齐天却凑过来问："齐太太，我们早餐吃什么？"

他身上的热气包围着她，带来一股异样的感觉，苏美景打开冰箱，两种气流稍微中和，这才稍微放松了些。

"你想吃什么？"她问。

"齐太太做什么我就吃什么，不过最好快一点儿，因为我现在……"他微微低下头，轻轻地咬了一下她的耳朵，刺激得她浑身一个激灵，"很饿。"

他大笑着去冲澡，留她犹自在刚才的调戏中凌乱不已。

下午的时候，他们一起去超市采购。齐天推着车子跟在她身后，看着她在冰柜前挑挑拣拣。

"这个太小，这个太大，这个虽然个头正好，可是长得好像有点儿畸形，这个血流得太多，这个鳞没有刮干净……"苏美景举棋不定，齐天看着冰柜里的鱼已经被她翻来覆去扒拉了好几个来回，终于忍不住走上前。

"随便拿一条差不多的不就好了，有什么好挑的？"

"怎么是随便哪一条都行？要挑当然就挑最好的。"

齐天的目光在鱼堆里扫了一圈儿，最后果断地捡起一条放进车里，正是之前苏美景说长得畸形的那条，然后不顾苏美景的纠结，推着车就往前走。

"齐太太，幸好上天眷顾，直接给了你世界上最好的老公，免去了选择的麻烦。"

苏美景被他的话弄得有些脸红，跟在他身后，半天都一声不吭。

齐天还特意回过头望了她一眼："齐太太觉得我说的不对吗？"一双黑眸闪着笑意，里面星光闪动。

她立马别开目光："自恋也要有个限度。"

"好吧，我知道，总有些人喜欢口是心非的，尤其是齐太太这样的。"他转过头去继续推车，"那么，还要买些什么呢？看看刺身吧？"

他顺手拿起旁边的厚切三文鱼看了看，撇撇嘴："好像不太新鲜呢。北极贝倒是不错，齐太太要吃吗？"

苏美景不理他，他笑了笑："不说话我就当你默认要吃了。"

他挑了几种不同的刺身放进车里，然后看向苏美景："走吧，现在去看看蔬果，你不是喜欢吃蔬菜嘛。"

两个人来到蔬果区，苏美景很喜欢逛这里，满眼都是绿油油、鲜亮亮的颜色，充满了清新和活力。有些菜她不会买，可就是喜欢多看几眼，仿佛这样心情都会变得很好。

今天的生菜很新鲜，叶片大而嫩，一掐都能掐出水来。她挑了两把，又拿了一只塔花菜，塔花菜长得像翠绿的宝塔，和西兰花一个种属，但是营养更丰富一些。她看见口蘑白白嫩嫩很可爱，也顺手拿了一盒。

齐天看着她一边走一边往车里塞东西，不一会儿购物车里就被一堆蔬菜占满，忍不住说道："齐太太，我们是要回去涮火锅吗？"

苏美景看着一车的蔬菜，不禁也有些怔忡："我没想买这么多来着。"

所以，要一一放回去吗？

她犹豫了一下，将两个西红柿放了回去。

想了想，油菜和苦苣好像也可以不要。

嗯，胡萝卜一根就够了，洋葱家里好像还有一点儿。

豆腐小块的好像就够吃了，海带结留下，海带丝可以放回去。

两个人倒着走回去，车里总算比之前干净了很多，齐天看了她一眼："挑完了？"

"嗯。"她点点头，然后朝水果的方向走去，"齐先生，你喜欢吃什么水果？"

"都行。"

"世界上哪有叫'都行'的水果？"

"买你爱吃的就好。"

"可是如果我爱吃的你刚好也爱吃，那不就要面临争抢的问题了？你要提前告诉我，这样我好买双份的。"她一边说一边拿了一个杧果，询问的目光看向他，"喜欢吃吗？"

齐天摇摇头，于是苏美景放心地只买了一个。

回到家里，苏美景抱着削成小块的杧果看电视，结果就遭到了齐天魔爪的攻击。

"你不是说你不吃杧果的吗？"

"你只问我喜不喜欢，又没问我吃不吃。"

"你不喜欢你吃这么多干吗？"

"你挑的这个比较甜，我喜欢吃。"

苏美景抢不过他，气得在一旁干瞪眼。

"你喜欢吃自己再去买，不要来跟我抢！"

"苏美景，人要学会分享，不能这么小气知不知道？"

"我只知道我的杧果要被你吃完了！"

齐天叉子也不用了，用手去拿，鼓着腮帮子像只仓鼠，心满意足地把碗还给她："还你还你。"

苏美景定睛一看，就剩五块了。

"谁让你都吃了的！"她的声音委屈，还透着一股哭腔。她的杞果啊，她最喜欢的杞果啊！

齐天笑嘻嘻地看着她，大手一挥："赔就赔，大不了晚上给你做红烧鱼！"

"我不吃红烧鱼！"

"那就清蒸鱼！"

"我要杞果！"

"那你不要我的赔偿了？"

苏美景刚想说不要，话还没出口连忙收住，那样就太便宜齐天了，于是转了主意："要！"

齐天没想到她比自己想象的机灵一点儿："苏美景，你还真是没什么骨气。"

"吃需要什么骨气。"苏美景说得理直气壮。

晚饭时间，齐天依言在厨房做饭，苏美景则靠在沙发上看电视。听着厨房里传来窸窸窣窣的忙碌声，偶尔感受一下角色互换的世界也不错，她终于可以偷个懒，好好使唤一下齐天了。

"快点儿做，我饿了！"她朝厨房喊道。

"知道了，啰唆什么！"齐天回。

苏美景惬意地伸了个懒腰，换了个更加舒服的姿势，手里抱着靠垫，朝沙发角落一窝，耐心地等待着。

没过一会儿，就见齐天从厨房走了出来，面容有些踌躇。

苏美景直觉有什么事，问道："怎么了？"

她第一反应是，齐天是不是把什么搞砸了。

"出什么问题了？"

齐天摇了摇头："我有些事要出去一趟。"

苏美景听他这么说有些失落，唇边的笑容有些僵硬："那你去吧，鱼做到哪一步了，还需要我做什么？”

“再等五分钟关火就好。”

“好。”

“那我走了，你自己吃，不用等我。”齐天说完，就拿了件外套出门了。

苏美景关掉电视，在沙发上坐了一会儿，她刚才应该问一句的，他有什么事？和什么人一起？可她问不出口。

她去厨房关了火，鱼的香气很浓，他还切好了青菜，应该是准备拌给她吃的。

苏美景呆呆站了半晌，压抑住心里难言的落寞感，挽起袖子，看来她又要亲自动手了。

她安慰自己，没有什么，那么多次都是一个人吃晚餐，她不是早就习惯了吗……

齐天是因为接到了一个电话。

电话那头一个低沉富有磁性的男性声音说：“猴子，我回来了，六点钟老地方，不见不散。”

齐天一进门，就看到梅玄璋的身影。

梅玄璋坐在小羊皮沙发上，手中拿着一杯鸡尾酒，跷着二郎腿，悠闲地等着他。

“好久不见。”梅玄璋说。

齐天一拳敲在他的肩膀上，笑着从他手里接过鸡尾酒，喝了一口：“国外潇洒了半年，终于知道回来了？”

“可不是，国外的妞都太火辣，我还是喜欢温柔似水的。”梅玄璋笑嘻嘻地搭着齐天的肩膀，“还有你这样的。”

齐天被他一个媚眼抛得鸡皮疙瘩掉一地：“你可算了吧，我看是你家的老爷子看不惯你不务正业，逼你回来接班呢。”

"怎么叫不务正业了？我可是每天都送她们大把大把的珠宝，这也是一种市场调研嘛！"

"败家子。"齐天笑骂。

"哎，珠宝能不能做成功，最主要还是取决于那些女人的眼光，我这些都是有目的的投资。"

"这次回来，是准备全力开展事业了？"

梅玄璋神秘地挤挤眼睛："别的先不提，我们半年不见，是不是该找找从前的感觉？"

齐天知道他说的是什么。他们二人还有靖辰、霍孜木是在国外念书时结交的好友，交际场上的常客，吃喝玩乐少不了在一起。现在，由于各自所处领域不同，偶有联系，但聚的次数也越来越少了。

梅玄璋和齐天比较好，同在一座城市，生意上也有交集，可以说是目前最要好的伙伴。

齐天笑了笑，摇晃着手中的酒杯，不自觉地想起了苏美景，但他只犹豫了一下，还是点头说道："好啊。"

梅玄璋早就计划好了，一个电话叫了车，两个人就来到了一场单身Party。齐天看了梅玄璋一眼，笑道："梅老三你还敢自称是单身啊？"

他白了齐天一眼："我本来就是单身。"

"那你是准备把关小姐置于何地啊？"齐天调侃。

"她啊，在她眼里我恐怕根本就可有可无吧。"梅玄璋撇撇嘴，露出一抹苦意，"别想她了，走，咱们进去。"

齐天看了梅玄璋一眼，没说什么。他太清楚梅玄璋和姓关的那些事，见好友的脸色并不好，便缄口不言。他没告诉对方，在对方不在的这段时间，自己也坐火箭一样多了个妻子。

一切就如从前一样，吃、玩、调戏姑娘。

"齐董，真是好久没看见你了，E&V前阵子推出的婚纱设计真是太好看了，简直无与伦比，谁要是能有幸穿上那样的婚纱，那可不就羡煞旁人了！”

齐天看着面前的女子，她化了很浓的妆，夸张到如蒲扇一般的眼睫毛，轻轻一眨，就盖住了本应该是清澈的眼睛。

他微不可察地皱了皱眉，想起那天出席宴会，明明也算是精心打扮，但苏美景完全不会给人浮夸的感觉，反而有一种恰如其分的美感，仿佛人生来就该如此，所有的装扮无非是给本人增添光彩罢了。

他笑了笑："以后结婚的时候，让你先生给你定制一套独一无二的婚纱。"

"那当然了！一定要齐董亲手设计才行啊！"女子崇拜地看着他。

齐天笑而不语，喝干了杯中的酒："我失陪一下。"

他看着大厅里的莺莺燕燕，每个人都是各有特色，可是不知为何，他就是找不到从前游戏人间的心情。身边若有似无的暗示，眼含春水的勾引，令他觉得半点儿兴致都无，打算早早抽身离去。

他寻找着梅玄璋，心想和梅玄璋说一声，还是早点儿离开的好。

他找了半天，都没看到，不禁嘀咕。

"我说你烦不烦人，这里那么多人，你怎么就非得追着我不放？"

齐天忽然听到了熟悉的声音，闻声望去，果然看到了角落里的梅玄璋，他的身旁，还有一个与这里穿着打扮格格不入的小丫头。晚礼服，平底鞋，简单的丸子头，素净的脸还透着未脱干净的稚嫩和青涩。

齐天饶有兴趣地看着这一幕，这样的戏码可是不多见。

颜如玉一只手紧紧抓住梅玄璋的西装下摆，手里使了十足的力气，确定他跑不掉，才再一次铿锵有力地说道："我要采访你，你们这些所谓的上流人士，有钱为什么不去资助贫困山区的孩子，跑来这里搞'单身派对'？"

"喂，拜托，小姑娘，我只是参与者不是主办方OK？要问也不该是我对不对？"梅玄璋无路可退，靠在柱子上。

"你只要来了，就和你有关。"

"难道山区的孩子一天解决不了读书问题，我们这些未婚男女就一天不能找对象？"梅玄璋仗着自己人高腿长，居高临下地俯视着颜如玉，"小丫头，你一定还没有男朋友。"

"我有没有和你有什么关系？"

"那我干什么又碍你什么事了？谁规定说有钱就一定得把钱都捐出去了，我的钱也是自己辛苦赚的。你怎么不把你的生活费捐出去？"他语含嘲讽，讥笑道。

颜如玉见这个问题上问不出什么，就话锋一转："那换一个话题，你们这样虚度时间不觉得很腐败吗？"

"不觉得。"梅玄璋诚实地摇摇头。

"那对于煤老板为某名媛刷爆卡，最后欠了一屁股债，身败名裂，你怎么看？"

梅玄璋皱了皱眉："愚不可及。"

"你到底是干什么的？"他忍不住问。

一开始她跟在他后面，他还以为是哪里来的追求者，年纪轻轻但是眼光不错，在心里还暗自得意来着，可是没想到他故意引她到了偏僻地方，想要调戏一下，却被她一把抓住，问了一堆莫名其妙的问题。

"那你又是干什么的？"她反问。

梅玄璋指了指自己的鼻子："你不知道我是谁还问一堆有的没的？"

"我不需要知道你是谁呀。"颜如玉问得差不多了，准备转移阵地，一个偏头，刚好看到了旁边看热闹的齐天，拔腿就冲来。

"齐先生，你不是结婚了吗？怎么还来这里消遣？"她没压低声音，语速又急又快，让人根本来不及防备。

齐天愣了一下，梅玄璋也瞪大了眼睛："猴子，你结婚了？"

齐天看着颜如玉奔着自己就来了，下意识要转身离开，可是已经太迟了。颜如玉像刚才对付梅玄璋一样，抓住了他的衣摆，不仅如此，梅玄璋也上前一步，牢牢挡住了他的退路。

"说，到底是怎么回事？"梅玄璋逼问。

齐天苦笑："是啊，我结婚了，差不多就在你刚走不久的时候，我现在是有妇之夫了。"

"是谁？怎么没听你提起过？"

"我不是没找到机会跟你说……"

"借口！行啊你小子，瞒我还瞒得这么严实。"

"是你不关心我，之前新闻报道沸沸扬扬，你都当看不见，我以为你醉倒温柔乡出不来了。"

颜如玉看着两个人说来说去，忍不住插嘴："齐先生，我有问题想问你。"

齐天低头看着她，问了一个和梅玄璋相同的问题："你到底是干什么的？"

颜如玉笑了笑："你就当我是你的崇拜者好了。"

梅玄璋不乐意了："你是他的崇拜者，到我这儿就成了不认识的人？"

颜如玉没看梅玄璋，问齐天："作为一个有妇之夫，你来这种场合不会觉得心里愧疚吗？"

她的眼睛亮闪闪的，透着难得的干净。苏美景也有这样的眼睛，她也会这样看着他。

颜如玉的话提醒了他，他已经结婚了，即便他什么都没有做，出现在这样的场合对苏美景本身就是一种不尊重。

他看了颜如玉一眼，很郑重地回答："是，我觉得了，所以我现在要回家，负荆请罪。"

梅玄璋看着齐天拔腿就走，一时没有接受这样的变化："喂，你什么意思？就这么丢下我走了？"

颜如玉也没有去追，目送齐天离开，嘴里喃喃："不错啊，简直是完美男神。"

梅玄璋听到她的话，气不过地回了一句："完美男神又怎样，还不是已经结婚了？"

颜如玉瞥了他一眼："就是因为结婚才完美。"

梅玄璋看不得有人在自己面前反复捧别人的脚，当即恶狠狠地盯着她："你是从哪儿混进来的，不知道私人会所闲杂人等禁止出入吗？我看你就是对齐天图谋不轨，我告诉你，现在就给我消失，我还能放你一马，不然……"

颜如玉理都没理他，竟然转身就去找下一个对象。

学校布置的毕业任务还没有完成，她好不容易才进来了，才没有闲工夫和这个人扯淡。

齐天在回去的路上想了很多，他必须承认，他是真的动心了，通过和梅玄璋去派对这一遭，他可以完全确定，他喜欢上她了。

他在楼下枯坐了许久，看着苏美景房间亮着的灯，竟然生出一个胆怯的想法。

他有好多话想和她说，可是他却不敢上去。他的心跳有点快，看着暖暖的灯光，想象着她靠在床上码字的样子，那样的场景，竟让他心里多了一种温馨的情意。

是家的感觉呢。

齐天觉得自己现在就像一个不经事的大男孩儿，明明离她这么近，却感觉走不到她的身边，不是不能，而是不敢。

他自嘲地弯了弯唇，齐天，你在紧张什么，苏美景是你的妻子，喜欢自己的妻子有什么好害怕的。

他回到家里，正好看到苏美景从屋里走出来。

四目相对，还没等齐天想好怎么开口，苏美景已经先开了口："你回来了，还要吃点儿什么吗？"

他摇了摇头："不用了。"

"嗯。"她点点头，给自己倒了一杯水，然后就要回房。

"今天梅家老三从国外回来，我和他出去聚了一下。"他在她身后说。

苏美景愣了愣，随即明白他是在和自己解释，然后面向他笑了一下："跟朋友出去玩儿也是应该的。"

齐天有些难以启齿："你今天没不高兴吧？"

"我为什么不高兴？"

"因为我、我突然走了。"齐天大概觉得吞吞吐吐的自己有些矫情，实在不像自己一贯的作风，又问，"鱼还好吃吗？"

"嗯，挺好的。"

"嗯。"

两人一时间都没有话说，就这么呆呆站着。

苏美景觉得齐天有些奇怪，把他从头到脚看了一圈儿，最后目光停留在他衬衫上的褶皱上，不禁皱眉问道："这是怎么回事？"

齐天顺着她指的方向看过去，正是之前颜如玉抓的，他伸手抚平，讪笑了一下："闹着玩弄的。"

"闹着玩？你和那个梅玄璋？"

苏美景摆明了不信，齐天竟然有些期待，她接下来会问什么，会不会质问他是不是在外面拈花惹草，然后他就可以顺理成章地将今天发生的事情好好讲给她听，然后再轻轻把她揽入怀中安抚，接下来的一切就可以水到渠成。

可是苏美景竟然不再发问，只是撇撇嘴，一句"你们还挺会玩的"成功地堵住了齐天准备好的所有解释。

他有些郁闷，只好说："我们平时就喜欢开玩笑。"

苏美景笑了笑："既然没事了就早点儿休息，我先上去了。"

她回到自己的房间，继续码字。没过几分钟，听到敲门的声音，齐天走进来，手里还端着一杯温牛奶。

苏美景有些诧异，这些平时都是她在做。

齐天做这种事情还有些生疏，将牛奶端到她的床头，道："你天天码字辛苦了，喝杯牛奶晚上能睡个好觉。"

"齐先生，你这是在补偿我吗？"苏美景不禁调侃。

齐天坐在旁边的椅子上，说："说到补偿，一杯牛奶怎么够？"

苏美景没想到他会理所当然地留下来，便停下了手中的事情，转头看着他："那齐先生的意思是……"

"你这段时间赶稿紧张吗？"他问。

"还 OK，刚刚提交审核，下周应该会出结果。"

齐天斟酌了一下，缓缓道："我最近不是很忙，要不要趁这个气候适宜的时节，一起出去玩几天？"

"你想和我一起？"苏美景惊奇地看着他。

"怎么了，不可以吗？"齐天有些不满。

苏美景确实觉得不可思议，有尼斯的前车之鉴，齐天居然会再次邀请她一同旅行。

苏美景想了一下才开口道："你最近是因为没人陪吗？"

齐天不悦："你这是什么意思？你是不是觉得在我眼里，你应该是没选择的选择？"

苏美景没说话，但是表情告诉了他一切。

齐天又郁闷了，原来在苏美景的心里，自己是这样的人。

他没有再提旅行，在临走之前，深深地注视着她，企图要让她看清楚自己眼睛里的认真。

"苏美景，你是我的妻子。"

Chapter9

前　嫌　冰　释

苏美景被齐天那句话折磨了一个晚上，他到底是什么意思？基于他最近的种种表现，难道是因为突然发现了她的好，开始考虑如何把她煮熟下肚了？

苏美景打了个寒战，自己一定是最近总裁文看多了，连这样的念头都冒得出来。

第二天早上，她刻意在被窝里磨蹭了很久，直到听到玄关处传来关门的声音，这才小心翼翼地爬起来。看看门口，齐天的拖鞋摆在那里，人确定已经走了后才放心下楼。

桌子上已经摆好了早餐，面包片、煎鸡蛋和牛奶，虽然简单，却很用心。

齐天果然是只大狐狸，居然想要温水煮青蛙。

苏美景觉得自己太难搞了，作为一个写书的，看过写过那么多男女之间的事情，有些想法一眼就能看穿，真是少了很多惊喜和乐趣。在她的眼里，齐天的举动不自觉就转换成了一个又一个套路，人生在世，就不能少一点儿套路，多一些真诚吗？

不过话虽如此，她还是坐下吃了这份难得的早餐。

有时候，苏美景觉得自己很可怕，好像对所有事情都已经麻木了，尤其是对于感情，想得太多反而犹疑不定，像是失去了爱人的能力，明明知道对方想要得到的是怎样的回应，却不愿意前进。

她慢慢咀嚼着面包，将最后一口牛奶一饮而尽。

她看着手机上齐天刚刚发来的消息，漠然地选择了忽视。

其实也不过是很简单的两个字：早安。

齐天坐在办公室里，怔怔地看着手机发呆。

他给苏美景发了两条消息，一条是"早安"，另一条是"吃饭了没"，可是已经过去快一个小时，依然没有收到回复。

他看着秘书准备的设计稿，却感觉每一幅都画得毫无美感可言，不仅创新意识不强，就连笔法都显得毫无章法。

"都是些什么东西！"他烦躁地将稿子推到一边，正好莫嫣推门进来。

"天哥，怎么了？"经过上一次的谈话，莫嫣很久没有出现在齐天面前，一来是觉得尴尬，二来她一直找不到合适的借口。这一次，她是带着几个新晋模特的资料来的，为了讨论接班人的事情。

齐天眼神古怪地看了她一眼，最后说："没什么。"

莫嫣苦笑："天哥，我们现在都这么生疏了吗？"

一直以来，齐天把莫嫣当作很好的朋友，在为数不多的异性朋友里，莫嫣可以算作是一个特例。在他曾经事业起步最关键的时候，是莫嫣伸手拉了他一把，并且她处事稳妥，这是他一直欣赏她的地方，并且也愿意时常和她说说话，有些心事也愿意找她倾诉。如今这般田地，不是他希望看到的。

他叹息一声，不知该不该和她说。

莫嫣眼中流露出一丝恳求："天哥，我们就像从前一样，坦诚相待，好不好？"

或许是莫嫣的表情实在太过诚恳，或许是此刻齐天极其需要一个能够帮自己分忧的对象，他看着莫嫣，最终点了点头。

莫嫣顿时笑了："天哥，谢谢，谢谢……"

齐天的下一句话一出口，莫嫣脸上的笑容就凝固了。

他说："莫嫣，我好像喜欢上一个人了。"

她感觉就像有一只拳头，对准她心脏的位置，狠狠地捶了下去。

"是苏美景吗？"她的声音都在发颤。

他点头，脸上露出无奈而困惑的神情。

她了解那样的表情，那是一个人在陷入爱情中茫然无措时最常见的表情。她没有想到有一天自己会在齐天脸上看到这样的神情，而且是为了另一个女人。

齐天执着在自己的情感中，并没有用心分辨莫嫣脸上浓烈的忧愁，他只是望着她，等待她能帮自己解忧。

"你说，我怎样才能让苏美景也喜欢上我呢？"他问。

莫嫣觉得自己的舌尖都是苦的，所吐出的每一个字都带着浓重的苦涩。

"所以天哥你的意思是，苏美景还不喜欢你，是吗？"

齐天又看了一眼手机，还是没有新消息，点点头："至少，不是我想要的那种喜欢。"

多讽刺的一件事啊，她竟然眼睁睁看着自己喜欢的男人，询问自己如何才能让他喜欢的人反过来喜欢他？

如果真的有人知道问题的答案，那她也想问，究竟怎么样才能让她喜欢的男人喜欢上自己？

莫嫣想，应该就是那一刻，嫉恨在她的心底开出了花。

苏美景突然收到了冯蓉蓉的消息，一个大大的哭脸，还没等她回一句怎么了，就有第二个、第三个哭脸接踵而来，霸占满屏。

苏美景不禁汗颜，到底是有多大的忧伤，才能让她一口气发这么多。

"到底怎么了？"苏美景问。

"美景啊，我对不起你！"

"新稿子没过？"

能让冯蓉蓉觉得对不起她的，应该就是这一件了。

"嗯。"冯蓉蓉回复。

苏美景虽然有些失望，却还是装出一副轻松的样子。这篇稿子本身题材就不是很新，不能脱颖而出也不算太意外。

"还有一件事。"冯蓉蓉又说，"这才是最严重的事情。"

苏美景愣了一下，还有更严重的？

"那是什么？"

"就是之前那本重点书，突然被出版社勒令取消出版了。"

苏美景傻眼了："怎么回事？"

已经板上钉钉的事情，怎么说取消就取消了？

"我也不知道，只说是可读性有欠缺，被压下来了。"

"稿子你都看过，哪里敏感了？"

"我也觉得没有，可出版社就是不给过，现在正在尝试其他出版社，希望近期能有好消息。"

苏美景向后一仰，无力地靠在椅背上，手下打字道："蓉蓉，你说这是怎么回事？怎么好端端的，两个稿子都被毙了呢？是不是水逆又到了？"

苏美景看着还打开着的文档，胸口袭来一股闷气，不由分说就按下了关闭的按钮。

面对着干净的桌面，心里一口气还是出不来。最后一生气，她关了电脑，回到房间，把自己丢到床上，狠狠地发泄了一通。

稿子被毙，意味着收入没有了，意味着最近一段时间没有稿子要赶，意味着无事可做。

苏美景心一横，拿出手机就买了去云南的机票。

一直以来都跟自己说要赶稿，没时间出去消遣玩耍，现在好了，不用码字，她可以好好给自己放个假。说走就走，距离飞机起飞还有六个小时，她爬起来收拾行囊，拿了几套衣服，将相机装好，检查好了行李，该带的东西都带了，干脆利落地锁门离开。

临上飞机的时候，她还是通知了齐天一声。

"我现在要去云南，少说也要十天半个月才回来，你不要管我了。"

她无视齐天在那边"喂、喂"了半天，果断地关机。这段时间她要与世隔绝，最好谁也别来烦她。

她在飞机上睡了一觉，醒来的时候已经到了昆明。

昆明，无愧于"春城"这一雅称，春光明媚，天空碧蓝又高远，每一位在这座城中漫步的人，迎着这样的景色，俨然是一种视觉享受。

苏美景找了家快捷旅店住下，先下楼去街上转转。旁边有几家小店，她随便挑了一家，点了一碗稀豆粉，白豌豆磨粉煮制成稀粥状，十分爽口。

她不由得食欲大开，又点了几样特色小菜，外加一份烧饵块，吃得不亦乐乎。

询问了当地人有什么特别值得推荐的地方，苏美景最后决定去周边的梯田看看。五个多小时的车程让她倍感疲惫，可是下车的一瞬，感受着扑面而来的风，看着蔚蓝的天空，忽然觉得所有的劳顿都消失殆尽。

映着蓝天的哈尼梯田就在她的脚下，像一朵巨大的花蕊。

那边，太阳还挂在天上，这边已经惊喜地看见了一弯月牙儿，在如此碧蓝、日月辉映的天空下走着，绿树青山做伴，不禁让人步履轻盈，心情愉悦。

时间徐徐流淌，她站在最高点，看着群山之下的梯田，景色慢慢地随光褪去，变幻万千，她忍不住大声感叹起来："好美啊！"

苏美景一路前行，村子里有很多穿着传统民族服装的小孩子，一个个机灵可爱，活蹦乱跳地围在人们身旁，说着一些可爱的俏皮话。

苏美景很喜欢一个扎着高辫的小姑娘，忍不住想要和她合影留念。

小姑娘乖巧地倚在她的身旁，甜甜地笑着。

苏美景拍完照，摸了摸小姑娘的头，说了句"谢谢"，却被小姑娘拉住不让走，还伸出小手，手心朝上，眼神执拗地看着她。

"她是想让你给钱呢。"身旁，传来一个淡淡的提醒。

苏美景回过头，看到一个青年男子，他的脖子上挂着相机。

苏美景愣了一下，忽然明白了是怎么回事。

在这里，似乎照相收钱已经成了一个传统。

她手忙脚乱想从包里拿钱，而那个人已经伸手掏出一张十元的纸币递到了女孩儿手里："去吧。"

女孩儿欢喜地跑走了，苏美景怔怔地看着面前的人。

"想不到，这里居然是这样的……"

他却平静地说道："很多事情都是会慢慢改变的，人性也是。"

接下来的行程两人结伴同行，男人叫苏青，是个摄影师，大学毕业就一直走南闯北，国内外的地方走了很多，这一次来到云南，是有几幅要拍摄的插图。

两个文艺青年在一起，总是有说不完的话题，讲不完的谈资。

哪怕只是在街边的小茶馆坐一下午，或是坐着小船漫无目的地漂泊几个小时，在苏美景心里都是舒畅的。

然而，这样的惬意和自在，在别人的眼里就成了一片火种，蠢蠢欲动地等待时机。

齐天已经跟了苏美景好几天了，从她回到昆明的旅店开始，到她来到大理、丽江，他都一直尾随其后，看着她和不知从哪儿冒出来的男人成双入对，谈笑风生。

齐天气得牙痒痒，却还是耐着性子静观事态发展。

苏美景和苏青江上泛舟，齐天就戴着渔夫帽，举着望远镜，在码头远远地望着。

苏美景和苏青茶馆品茗，齐天就坐在对面的茶馆里，举着报纸打掩护，时刻注意两人的动作。

到了晚上，更是一天中最严峻的时刻，他必须亲眼看着苏美景回到房间，然后订下苏青隔壁的房间，时刻留意着隔壁的动静，一有风吹草动，马上开门察看。

几天下来，齐天感觉自己快要神经衰弱了。

盯梢这种事情，果然不是一般人干得下来的。

偏偏这一天，苏美景和苏青的种种举动让齐天感觉自己气愤得要爆炸了。

苏美景，居然，喂他吃东西！

齐天在几步远的地方跟着，眼珠子都要瞪出来了，相处了半年时间，苏美景都没有喂过他东西！

齐天觉得自己再不出现，绿帽子就要戴到头上了。

他气势汹汹地走到两人身后："齐太太，你一个人玩得开心吗？"

苏美景看着他强硬地挤到自己和苏青之间，眼中闪过一丝笑意，却故意露出惊讶的表情。

"齐先生怎么也在？"

齐天快速地瞥了苏青一眼，然后长臂一揽，就把苏美景揽入怀中，捍卫自己的主权，一边瞧着苏青的脸色一边说："你忘了，我们不是说好了，你先来，我随后就跟上。"

他虽然在笑，可是眼中却藏着一丝恼火和威胁："不知道这位是谁？我怎么没听说齐太太路上还有其他的朋友一起？"

苏青笑了笑："偶然碰到，萍水相逢的朋友而已。"

"萍水相逢？萍水相逢也要适可而止，从昆明到大理一起，从大理到丽江一起，接下来是不是也要一起回家？或者干脆双宿双飞？"

苏青脸上是淡定的浅笑："我们还要去一趟西双版纳。"

齐天转头看向苏美景，她耸耸肩，肯定地点了点头。

齐天在心里又将苏美景骂了一遍，她还真不给自己省心。

"现在不用了，齐太太想去西双版纳，我陪她去就好。谢谢你这一路上对我太太的照顾。"

"不用客气，苏小姐思路活泛，和她这一路的相处十分愉快。"

齐天只想冷笑，苏美景有多少优点他知道，用不着一个外人来提醒他。

"没什么事就不送你了。"他皮笑肉不笑。

苏青淡淡地看着他，然后对苏美景说："有缘再会。"

"好。"

目送苏青走远，齐天这才狠狠和她算起账来。

"苏美景，你知不知道你还有一个称呼是齐太太？怎么可以一个人跑来丽江这种地方？"

"丽江怎么了？"

齐天气得咬牙："你想用这种方式告诉我，你打算要红杏出墙吗？你和那个人才认识多久，居然都已经发展到需要喂的程度了？"

苏美景看到他的样子不禁笑出声来："齐天，你还是我认识的那个齐天吗？"

完全就像个争风吃醋的孩子，幼稚却也很可爱。

苏美景其实早就知道齐天跟着自己了，就是为了引他出来。她知道他已经几个晚上没有好好休息，让他现身，是为了让他能够好好地享受这里的慢节奏轻生活。

齐天眼神哀怨，抿紧了唇，一言不发。

已经有十天没有好好看看他了，苏美景发现他的下颚已经长出了青青的胡楂，和商业精英形象相差甚远。此刻的齐天，不再是从前那种浑身散发出高贵倨傲的形象，用通俗点的话来讲，就是接地气了。

她笑了笑，忽然举起相机，对着他"咔嚓"就是一张。

"你干什么？"齐天慌忙去抢，"谁让你随便照我的？"

苏美景抱着相机不撒手："要的就是这种真实的感觉！"

"什么鬼？删掉！给我删掉！"

"偏不！"

两个人在街道上你争我抢，为了一张照片发生了争执。他们谁都没有抢过谁，彼此的手却乱七八糟地抓在了一起，都感受到了对方的体温，四目相对，从彼此眼中看到了异样的感觉。

苏美景愣了两秒，先一步抽回了手，齐天眼疾手快一捞，才没让相机掉到地上。

"你紧张什么？"他声音微微有些不悦。

苏美景不去看他的眼睛，装作无所谓的样子："你想删就删好了，我不拦你。"

齐天傲慢地一撇嘴："我干吗要删？颜值高的人无论什么样都好看，这照片就赏给你偷着舔屏用吧。"说着，他把相机还给她，"拿好了，可别摔坏了，不然就看不到你老公的帅脸了。"

苏美景默默接过来，将保护绳套在手腕上，把相机牢牢抓在手里。

两个人又吃了点儿当地的小吃，决定在当天夜里打道回府。

"苏美景，你为什么突然想要出来散心？"飞机上，齐天问苏美景。

"我写的两个稿子被毙了。"

"什么意思？"

"就是可读性稍差，不予出版了。我根本就不知道是怎么回事，而且对方还没有给修改的机会，就是说不能出。"苏美景委屈极了。

齐天看着她的样子，不知道如何安慰，唯一能做的就是让她知道，还有自己在身边陪着。他轻轻拍了拍她的肩膀，声音里透着一丝坚定，宛如磐石般坚定不移。

"放心，我会帮你弄清楚是怎么回事。"他说。

烦躁的心绪忽然安静下来，苏美景看着他，他陪在她的身边，拥有着能够让人安心的力量。她一直觉得他是幼稚的，可是此时此刻，却忽然有了一种想要全身心依赖的感觉，他有他的担当，他还有坚实可靠的臂膀、广阔的胸襟，容纳得了高山汪洋，也包容得了她的敏感脆弱。

"谢谢。"她说。

齐天愣了一下，没想到她会道谢，一时有些不好意思，伸手摸了摸她的头，笑道："谢什么，我是你丈夫啊。"

苏美景觉得，他们两个人真正开始相处融洽，应该就是从这一刻算起的。

辗转到家，已经是破晓时分。

苏美景拖着沉重的身子，脱鞋，放置行李，齐天阻止了她想要整理衣服的举动，语气坚决地对她说："进屋睡觉，明天再说。"

然后苏美景听话地爬上了床，没多久就沉沉睡去。

齐天放了一杯水在她的床头，看着她睡着的样子，身子蜷曲成一团，大半张脸都埋在被子里，微不可察地皱了皱眉。

他帮她关好门，打了一个电话："帮我查查……是怎么回事？"

苏美景醒来的时候已经到了中午，她匆匆忙忙爬起来。

齐天正在楼下准备吃的，看到她出来，顶着蓬松凌乱的头发，拖鞋还穿反了，在脚上趿拉着，不禁皱眉："你这是在干什么？"

"都……都中午了！"

齐天不觉有些好笑："你又不上班，中午又能怎么样？"

是啊，她又不用上班。

苏美景还是觉得好像有什么重要的事被遗忘了。齐天看她还愣在原地，催促道："还不快去把衣服穿好，洗漱一下，过来吃饭，我做了意面。"

"哦，好。"她点了点头。

刷着牙，看着镜子中的自己，她大约明白自己为什么会有做错事的感觉了。

虽然她很不愿意承认，但是心底里，准备早饭已经成了一件每日必做的任务，甚至在这半年多的时间里已经融入了她的生活，成为她良好习惯的一部分。

她打开水龙头，看着泡沫被冲进下水道。

习惯还真是一件可怕的东西。

苏美景看齐天将牛排切成小块，送到自己面前。她发誓绝不是跟他客气，只是这牛排硬邦邦的实在不怎么好吃。

齐天注意到她异样的表情，不禁有些气恼："很难吃吗？"

苏美景有些含蓄："我知道煎牛排火候可能很难掌握……"

"那还不是因为刚才和你说话错过了最佳时间！"

苏美景不说话了，飞速叉了一块牛排放进嘴里，她理亏，少争辩。

"今天准备干什么？"齐天问她。

苏美景抬头想了想，然后闷闷地道："不知道。"

没有稿子可赶，她忽然就失去了生活目标，没什么可做的。

齐天看了看她，问："没有别的灵感吗？"

"你以为灵感是每天的饭，总会按时出现吗？"苏美景叹息一声。"而且我现在被打击了，什么都想不出来。"

齐天点了点头："那就这样休息几天也不错，你平时除了码字也没什么消遣，天天宅在屋里，现在可以多出去走走，找一点儿新的乐趣。"

苏美景表示赞同："我也觉得，我是应该 get 几门新技能了。"

"用不用我陪你？"

苏美景谢绝了他的好意："我想先自己去看看。"

吃过饭，苏美景就出发了。她没什么目的，就在商业街闲晃。

"你好，健身、舞蹈、瑜伽，有兴趣了解一下吗？"

苏美景顺手接过，然后就鬼使神差被领进了一家健身房里。

看着健身房里的男女挥汗如雨地跑步，苏美景就在会籍顾问的怂恿下办了健身卡，然后又在教练专业的讲解下，苏美景受到了一场彻底的大洗脑，脑袋一热又买了三个月的私教课。

等到一笔金额不小的数字从自己卡上飞走，苏美景这才觉得身上一股凉飕飕的感觉。

在回家的路上她反复问自己，这个决定是不是做得有点儿冲动。

健身是件好事，不是说身体和灵魂总要有一个在路上吗，现在她的灵魂被束缚了，那就该让身体整装出发了。

　　苏美景默默安慰自己。

　　回到家里，齐天看着她明显有些暗沉的脸色，好奇地问道："怎么了？"

　　苏美景把事情和他讲了一遍，换来了他一个巨大的白眼："你请教练怎么不跟我商量一下？"

　　苏美景心里更憋屈了。

　　"我当时没想那么多，而且，我不也没有和你商量的习惯嘛……"

　　"那你以后就把这个习惯养起来！"齐天郑重道。

　　苏美景还是心疼自己瘪下去的钱包，有些可怜地看着他："那齐先生，请教练的钱你给我报销吗……"

　　"你请的又不是我，我给你报什么销？"

　　苏美景更郁闷了，忽然觉得去健身房真是一个很错误的决定。

　　"上课时间怎么安排的？"他问。

　　"一周三到四节，上三个月。"

　　苏美景把刚买的衣服拿给他看："喏，为了让自己显得专业一点儿，我还特意买了一套装备。"

　　齐天第一眼看过去，嗯，颜色搭配得不错。

　　第二眼看过去，款式也好看。

　　第三眼再看——

　　"这什么衣服啊，太丑了吧？"

　　苏美景不知所措："哪里丑？"

　　"后背那一片怎么回事？布呢？你吃了吗？"

　　苏美景看着后面的裸背设计，道："人家就是这种款式，明明很好看啊。"

　　齐天瞪眼睛："你穿成这样，敢说不是用心不良？"

　　苏美景莫大的委屈啊："我就是觉得这衣服好看才买的，而且营业员也说了，我皮肤白，穿这个好看。"

"那是为了卖衣服。"

"可是我看了一下，感觉确实挺好看……"

齐天觉得自己跟这个木头说不明白："你明天去健身吗？我和你一起去。"

"你和我去干吗？"

齐天嗤笑一声："刚好我也好久没健身了，你刚办完卡，我再去能打个折。"

苏美景惊呆了："大老板还差这点儿钱？"

"勤俭节约，你有意见？"

有理有据无法反驳，苏美景讪笑了一声不再言语。

第二天，苏美景和齐天一起来到健身房。对于苏美景第二天就带来这么一个好像浑身都散发着金钱香气的男人，会籍顾问表现得很激动。

结果谈了一通下来，齐天以低于苏美景一半的价格狠狠地杀了会籍一笔。只是那个会籍明明吃了大亏，却还一边笑得合不拢嘴，一边恭恭敬敬地送来一堆赠品，然后跟齐天愉快地签下了合同。

苏美景在一旁目瞪口呆，原来看一个英俊的男人跟别人杀价也是一件赏心悦目的事情。

苏美景崇拜地看着齐天："齐先生，以后你跟我一起去买菜吧。"

齐天睨了她一眼："那种小钱还是齐太太自己学着砍吧。"

办完了卡，齐天也没去更衣室，就在沙发上将衣服顺手一脱，十分随意的举动露出堪称完美的身材，肌肉饱满，线条流畅，成功让那些准备上来再谈一笔的健身教练望之却步。

苏美景也忍不住把眼睛挂在他的身上。

齐天秀够了身材，穿上了健身衣，得意地看着苏美景。

"身材好吧？"

苏美景刚想点头，看到他志得意满的样子，立即止住了动作，露出不屑的表情："你以为我没见过更好的吗？"

齐天不理会她的口是心非，扫视了健身房一圈儿，最后停留在一个清秀的小白脸身上。

"那个是你教练吧？"

苏美景顺着他指的方向看过去，点点头："你怎么知道？"

"看他的样子就知道，一直盯着你看呢。"齐天弯了弯嘴唇，"苏美景，你怎么找了这么个教练？看脸吗？"

苏美景承认脸占了一定的比例，不过人家的身材也是很好的。

"我看中的是他的专业知识。"苏美景义正词严。

齐天努了努嘴："那你去吧，看看他是纸上谈兵还是确有真才实学。不过你这么笨，估计你也看不出来。"

苏美景懒得和他分辩，她走到教练跟前，嫣然一笑："开始吧，闫教练。"

一节课下来，苏美景才知道自己的体力究竟差到什么地步。几个动作下来，她已经虚汗淋漓，浑身乏力，感觉心脏都要从胸口蹦出来了。

"呼、呼……"她大口呼吸着，眼神都开始有些涣散了。

闫教练有些担心地看着她："美景，你这平时也太缺乏运动了，身体太虚弱，以后真应该好好锻炼。"

苏美景点点头："是，我平日都是久坐，基本没有什么时间运动。"

"嗯，我回头还得再给你好好制定个计划，咱们对症下药，把体能好好提升一下。"

"好。"

苏美景换完衣服出来，齐天已经等了半天，看见她说："累吧？"

苏美景点头，然后跟站在门口的闫教练道别。

齐天哼了一声，没说什么。

回到家，苏美景连动都不想再动，身子一软就瘫倒在沙发上，根本不想做饭。

齐天看着她这副死鱼样，明明知道因为什么，还是忍不住道："平时不是挺有力气的嘛，怎么和小白脸上了一堂课就变成弱柳扶风了？"

"真的很消耗体力好不好！"

"我看你是看脸分心了。"

苏美景真想将鞋飞过去，分你妹的心。

她笑着承认："我那教练长得确实挺帅，哪怕就是每天这么看着他，我也觉得挺值。"

这回轮到齐天想飞鞋了。

"苏美景，你再说一遍！"

好话不说两遍，苏美景看着他杀气腾腾的眼神，吐了吐舌头，忽然觉得浑身的力气又回来了。

"好饿哦，我去做饭吃！"

齐天看着她蹦蹦跶跶的背影，心里涌出一丝醋意。

他觉得他应该采取点儿措施了，怎么能放任某人在自己眼皮子底下和别人卿卿我我。

Chapter10

无 话 不 谈

时间就在苏美景每天规律的生活中缓缓流逝着。

每周一三五去健身房，二四六随性安排，经过一段时间的调整，苏美景觉得自己越来越不喜欢宅在家里，一天不出去都觉得浑身难受。

冯蓉蓉很忙，这个周末，两个人难得聚在一起，享受一下好久没有的咖啡时光。

"最近怎么样？有没有动笔写新稿子？"冯蓉蓉问她。

苏美景摇摇头："写了好几年，总感觉应该停下来好好沉淀一下自己。我翻看自己之前的一些作品，觉得很多都太浅显了，我要挖掘的还太多。"

她说这些话时虽然是发自真心，可冯蓉蓉还是看出她脸上有一丝伤感。

苏美景是个成熟的作者，文风洗练，内容大气，接连两本失利对她来说的确是沉重打击。冯蓉蓉看着她，忽然想起公司最近在走一个系列文，于是把题材大致跟她讲了讲，问她感不感兴趣。

是有一些宗教因素存在的故事，苏美景从没接触过这类小说，总觉得自己资历不够，难以驾驭，可是现在看来，这样的题材对她来讲也是一个挑战，反正现在没什么稿子要赶，不妨就沉下心钻研一把，没准也可以借此转型，朝正剧的方向发展一下。

苏美景想想就同意了，冯蓉蓉说回去之后会把具体细节发给她。

苏美景忽然想起了她和聂晟伦的事情，不禁问道："你和聂晟伦现在是什么情况了？"

冯蓉蓉苦笑："还和之前差不多，他好像只是把我当成普通朋友，在我们之间清楚地画了一条界线，他从不逾越，也不打算让我过界。"

"你还喜欢他吗？"

她点点头："是啊，有一种人，你明明知道得不到，可是就是喜欢得紧，有他在你心里，其他人根本无法再入你的眼，哪怕再优秀，也都自动屏蔽了。"

苏美景理解这种感觉，曾经她也是这样，或许现在也是。只是一个影子，一个自己幻想出来的产物，就这样霸占了她的心。

"美景，你说我该怎么办啊？"她一筹莫展，"过几天是他的生日了，要不你把他约出来，我们一起吃个饭吧？"

让她约？

冯蓉蓉一脸哀求："我实在是拉不下脸来了，每一次都是我主动约，而且都是他来买单，我又不是因为没钱吃饭才找他。"

还有四天。

苏美景看着日历上那个日期，曾几何时，这个日期她也牢牢记在心里。

她点了点头，是为了帮冯蓉蓉，也是为了了结自己心中的一个旧梦。

"好，我约。"

回到家，苏美景收到了冯蓉蓉发来的文件，同时，还得到了一个好消息。

"美景美景，主编刚刚跟我说，你之前的两本稿子又通过了！"

苏美景愣了一下，有些不敢相信："你说什么？通过了？"

"对！！！！"冯蓉蓉打来了一堆"叹号"，"主编说了，换了家出版社后，终于通过了，而且觉得稿子很好。亲爱的，意味着你的小钱包又有稿费进账了哟！"

"真的啊！"苏美景心情也跟着雀跃起来。

"是啊是啊！你最近又要赶稿子，又要忙新题材，辛苦了哦！不过累并快乐着，啵啵哒！！"

苏美景忍不住大声欢呼："Oh yes！"

正好齐天到家，看着她激动的样子，他眼睛微微眯起，里面藏着一丝光亮："什么事这么开心？"

"我的稿子通过了，可以出版了！"

齐天看着她兴奋得跳起来，唇边的弧度不断放大："这么好？"

"是啊，总算是时来运转了！"她一把抱住齐天的脖子，欢乐地打着转，"啊啊啊，好开心！"

齐天扶住她，不让她因为太过高兴而摔跤："你真是幸运。"

"是金子总是会发光的！齐先生，你替不替我高兴？"

"当然。"

"走，我请你吃饭！"

苏美景难得这么大方，齐天当然要去。

"好，这就走？"

"走！"

苏美景提议的时候没考虑要吃什么，不过她认为既然要请，自然应该请齐天吃最好的。她咬咬牙，凭着一股冲动直接叫车去了五星级酒店。

齐天观察着她的表情，装出一副不知情的样子："你要请我吃什么？"

"吃大龙虾。"

"我不爱吃龙虾。"他摇摇头。

"那你爱吃什么？"

齐天沉吟了一下："听说远成路那边有一家大锅菜不错，不如我们去吃？"

那家大锅菜苏美景也心水了有一阵，因为是东北菜，菜量大而实惠，满满的摆上一桌子，看着极其丰盛，有一种过年的气氛。她想约冯蓉蓉去吃，但是冯蓉蓉嚷着减肥，一直不肯去，自己又显得太孤独，所以一直没有机会。

苏美景心下一动，不由得看了齐天一眼："你真想吃？"

"是啊。"齐天点头。

苏美景连忙叫司机："师傅，麻烦去远成路。"

齐天装作看窗外，嘴角露出一丝淡淡的笑容。

店名叫回娘家，用的全都是真实的火炉，下面有一个个的小灶台，需要填柴火做饭。服务生穿着花花绿绿的旗袍，手里端着个大锅，真有种回到乡下的感觉。

这边做着饭，已经有袅袅的炊烟升起来，苏美景看着看着，就觉得口水止不住了，肚子也咕噜咕噜叫起来。

她和齐天一边吃花生米，一边等着饭熟。

时间如此漫长，让她有些饥饿难耐，等到服务生过来说可以吃的时候，她几乎是要一屁股跳起来。

齐天看着她盘腿坐在席子上，不禁打趣："苏美景，你大家闺秀的样子哪儿去了？"

苏美景毫不介意："这叫入乡随俗好不好！"

大锅的周围贴了一堆土豆、地瓜、紫薯，中间是金黄色的窝窝头，下面是由鸡肉、玉米、芸豆、茄子等等组成的炖菜，食材丰富，让人看了都觉得满足感爆棚。

苏美景二话不说，挽袖子开吃。

齐天看着她的样子，又笑了笑。

他总是喜欢看着苏美景，无论她是安静地码字的样子，还是在厨房忙碌的样子，或者看电视时花痴的样子，她一举手一投足，在他的眼里都成了一种幸福的体现。

齐天看着她毫无吃相可言的动作，笑容越发大起来，嘴里却还在说：

"苏美景，你这么土。"

苏美景嘴里啃着玉米，含糊道："不知道是谁说要来吃大锅菜的。"

"至少你也吃得像个样子好不好。"

"东北菜有吃得斯斯文文的吗？要不要给你来副刀叉，你切土豆吃？"

齐天失笑，正想拿个窝窝头，苏美景已经一块土豆塞进他嘴里，顿时把他的嘴巴撑满，连咀嚼一下都觉得费力。

苏美景笑嘻嘻地看着他："吃吧，吃吧，这里就咱俩，不介意你吃相多丑。"

齐天说不出话来，嘴里满是食物的样子十分有趣，让苏美景看得乐不可支。齐天一把扳住她的肩膀，也塞了一块土豆给她，看着她同样咀嚼困难的样子，才算满意。

"你、幼不幼稚。"她说。

"彼此彼此。"齐天回击。

两人相视一笑，忽然就想起了小时候一起吃冰棍的场景。

那时候的冰棍做的都是圆柱形，刚好塞进嘴巴里，齐天让苏美景去买冰棍，苏美景跑去小卖部再跑回来，已经大汗淋漓。冰棍有点儿融化，齐天眼看着一滴顺着倾斜的角度就滴在自己的衣服上。

"喂，你干什么呢！"他斥责。

苏美景挠了挠头："我不是故意的。"

"才洗的衣服就被你弄脏了，你说怎么办？"

苏美景仔细看了看，其实痕迹不怎么明显，就想打个马虎眼儿。齐天不依不饶："你弄脏了我的衣服，你要把它洗干净。"

"哎呀，回家洗一下就好了。"

"不行，苏美景，你能不能有点儿责任感，能不能有点儿担当，做错了事情不但不道歉，还推来推去的，你这样是不对的，你过来，我跟你说……"

苏美景觉得齐天实在是太啰唆，不像大圣，倒像是唐僧，耳朵里全是他念的咒语，快要烦死她了，二话不说就把冰棒塞进他嘴里了。

"唔……"齐天话被堵住，还噎了一下。

刚要发作，上课铃响了，苏美景心想这铃声打得还真是时候，正要回自己位置，手却被齐天拉住，她回头，还没等说话，就觉得自己的嘴被什么东西堵住了。

齐天眼中得意地看着她："还敢捉弄我！"

苏美景一手把冰棍抽出来，一边咳嗽几声："齐天，你、你怎么这么幼稚？"

"彼此彼此。"他看着她。

最后的结局是，苏美景手里拿着书被老师叫到最后一排罚站。理由是，上课吃冰棍。

苏美景觉得，无论以前做了什么事，只要是扯上齐天，倒霉的永远是她。谁让老师都喜欢长得漂亮的小男孩儿，齐天就是靠那一张脸，讨了多少老师的欢心。

吃饱之后，两人打道回府。

苏美景打开电脑，看着久违的故事大纲，寻找着写作灵感。

旁边突然弹出了新闻小窗——莫嫣换了新东家，与 E&V 公司挥手告别。

苏美景愣了愣，连忙喊齐天过来。

"这是怎么回事？"她问。

齐天看了新闻稿一眼，淡淡道："就是这样。"

上面说莫嫣离开 E&V 只是因为合约期满，希望有更多的施展空间，但是和齐天依然是很好的朋友，并不是有什么矛盾或是隐情才离开。当然，也有外界猜测是因为齐天妻子的施压，当然，得到了当事人的否认。

苏美景问他："你和莫嫣闹掰了？"

齐天古怪地看她一眼："你想什么呢？上面不是说得很清楚了？"

"可是，你们关系那么好，怎么就会……"

齐天不知道自己脸上是什么表情，反正心里不太舒服："我和她就是同事关系。"

苏美景不由得想到了自己结婚那天，他们亲昵的举动还历历在目："不可能啊，那个时候……"

齐天打断了她的话："苏美景，你要记得，你才是我的妻子。"

他郑重地盯着她。

苏美景觉得浑身别扭，在他的注视下心跳加快。

齐天微微俯身，慢慢靠近她。

苏美景忽然转了一下椅子，侧脸在他的鼻子上扫过，就像一只蝴蝶飞过，他怔了一下。

齐天压低了嗓音，凑在她耳边轻轻道："苏美景，你想什么？"

"我……我在想稿子。"她赧然。

"什么情节能让你脸红成这样？"他饶有趣味地看着她。

苏美景努力按捺住乱跳的心，一本正经地回答："想了一些少儿不宜的情节。"

"男主角是谁？"齐天笑得更开心了，一双眼睛泛着桃花，暧昧地看着她，"如果情节想的不顺畅，不妨和我演习一下？我是很愿意为了艺术而献身的！"

苏美景羞怯地推开他："臭不要脸！"

"齐太太别紧张，我这个人一向怜香惜玉，会很温柔的。"

"你！去！死！"

齐天哈哈大笑，看着她脸红得像个番茄，也不再捉弄她，施施然离开。

苏美景看着开着的文档，半天找不到感觉，终于放弃，收拾东西去健身房。她特意没有告诉齐天，可是当她课上到一半，忽然看到齐天在不远处跟她打了个响指。

"齐太太过来了怎么不叫我一声？"他明知故问。

苏美景白了他一眼，装没听到："闫教练，我感觉做这个动作腰有点儿疼。"

闫教练闻言，把手放到苏美景腰上，帮她轻轻按摩放松："好些了吗？"

苏美景回头对他笑："好多了，谢谢啊。"

还真扎眼。齐天看着两个人亲密的举动，眯起了眼睛。

闫教练走到齐天面前："打扰一下，我想借用一下这个。"

齐天手下动作没停："还差三组。"

苏美景走过来，看着齐天后背肌肉的收缩，散发着浓厚的雄性气息。她忍不住上手摸了一下，硬、热，如钢铁一般。

她不由得问闫教练："他这个练得算怎么样？"

闫教练挑不出毛病，道："练得很好，一看就是练了很多年了。"

齐天一组完事，转过身看着他："是啊，从去国外开始就没停下过，一直都坚持锻炼。"

然后，他看着苏美景："你现在知道齐先生的身材不是吹的了吧？怎么样，是不是很喜欢？"

苏美景故意不让他如意："我看这里的人身材都很好。"

齐天真想给她一哑铃尝尝，怎么就不肯说几句好话让他高兴一下？

他看出苏美景要用器械，便让她坐在座位上，手把手地指引，偏偏有些人不领情。

"我有教练在，你操什么心？"她说。

齐天不放手："我就想带你练，不行吗？"

"我觉得我应该有选择权。"

"不好意思，没有。"

苏美景觉得自己是被赶鸭子上架了："齐天，我是出了钱的，你不能干扰我上课。"

"你现在的价格请到我给你指导，你稳赚不赔。"

闫教练在旁边插不上嘴，齐天瞟了他一眼，暗示他不要不知趣，快点儿离开。

闫教练觉得继续留在这里看他们秀恩爱简直是要瞎眼，于是果断决定离开。齐天终于可以名正言顺带着苏美景锻炼。

苏美景说："齐先生，你这样的话会让我的钱打水漂儿的。"

"没关系，我给你报销。"

"这个时候你怎么不知道节约了？"

齐天把头伸到她面前，一双眼睛黑亮黑亮，好似两颗黑曜石。

"齐太太值得最好的投资。"

苏美景无言以对，打算无视齐天的存在，却不可避免地感受到贴着自己后背的胸膛，散发着灼人的热气。

"齐太太，我给你制定一个计划吧。"

"什么计划？"

"完美女神计划。"

苏美景大惊："你想让我变成莫嫣那样？"

"这又关莫嫣什么事情？"齐天被她打了岔，一时间觉得莫名其妙。

"完美女神啊！"苏美景一本正经道，"莫嫣那样的就能算完美女神了吧。"

齐天被她的样子逗得忍不住笑了出来："那你的标准还真是低，不是因为要变成女神才叫'完美女神计划'。"

苏美景不解，齐天继续道："是因为制定计划的是男神，需要起一个配得上的名字。"

"你够了！"苏美景一脸黑线。

"齐太太，不想变成女神吗？"

"不想。"

"齐太太，我才知道，原来你遇到挫折就会退缩啊。"

"……"

"齐太太，能不能拿出点儿勇气来，你就不会说，一定要变成女神给我看看吗？"

"……齐天，你是不是偷偷给我加重量了？"苏美景感觉手上的器械忽然变重了，咬牙问道。

齐天话里带笑："是啊，这还不是为你的女神之路打基础嘛。"

苏美景觉得自己是被逼上了一条"女神之路"，齐天毫不留情地使用各种方法折磨她的肉体，偶尔还要出言伤害她的心灵。苏美景回到家里，只想躺在床上，屏蔽掉关于齐天的一切，偏偏他还一直不断发出声音，刺激着她已经很脆弱的神经。

"苏美景，从今天开始，你要开始吃西兰花和水煮鸡胸肉了哦！"

"苏美景，以后不要让我看到你桌子上有油炸食品！零食通通给我丢掉！"

"苏美景，走路的时候不要驼背，身体挺直了！"

"苏美景……"

魔音灌耳，魔音灌耳！

坐在桌子前，苏美景忽然狠狠地甩了甩头。

冯蓉蓉被她的举动吓了一跳："美景，你干什么呢？"

苏美景回过神来，有些歉意地看着她和聂晟伦："抱歉。"

聂晟伦坐在她对面，笑了笑："作家的心灵世界总是很丰富，是想到了什么搞怪的情节了吧。"

苏美景笑了笑："是啊，一些有意思的情节。"

这是他们这么多年来第一次面对面接触，从高中毕业到现在，七年了。

冯蓉蓉一直用眼神暗示苏美景，苏美景不得不寻找话题。她说了一通，终于转变套路，暧昧地看着对面的两个人。

"聂晟伦，你和蓉蓉都交往这么久了，怎么还这么拘谨啊？"

聂晟伦愣了一下，看了冯蓉蓉一眼："我们没有交往……"

苏美景没想到他会这么说，愣了一下喝了口茶水："约会那么频繁，还叫没交往啊？"

聂晟伦没有说话，冯蓉蓉看他脸色似乎不好，连忙出来圆场："我们就是好朋友，还没到交往的程度呢，美景，你别猜了。"

她的话里有些苦楚，苏美景便不再多问。

三人之间气氛变得尴尬。

苏美景想了想，突然问道："你到底心仪什么样的女孩子啊？为什么这么久都没一个人陪在身边？"

苏美景没察觉到自己有些执拗，这个问题曾经困扰她很久，即使如今也无法轻易释怀。

终于还是问出口，为了冯蓉蓉，也为了自己，她想知道。

聂晟伦眼中是深不见底的幽潭："也没有什么要求，只是觉得少一种感觉。"

"感觉是最不靠谱的东西。"苏美景有些气恼，感觉什么的都是用来诳人的借口，你什么都好，可是对不起，你没有给我想要的感觉，而那句"什么都好"就成了最伤人的理由。我什么都好你却不喜欢我，那么一定还是我有什么地方不够好，而你却不肯说。

聂晟伦看着她，嘴唇动了动，有一个字一直卡在嗓子眼里，终究被他忍住了。

他有些无奈地叹息一声："只能说缘分未到吧。"

缘分。

世间的无数男女都败在了这个词身上，我不喜欢你，可以说我们没有缘分。分手了，可以说我们有缘无分。

苏美景不喜欢这个词，可是有些时候她却也无力做些什么。

她和冯蓉蓉对视了一眼，从彼此眼中洞悉到了相同的想法。

冯蓉蓉说："阿伦，祝你生日快乐。虽然没有女朋友为你庆祝，但是有我和美景两个大美女作陪，你一点儿都不亏！"

聂晟伦笑了："是啊，谢谢你们。"

他和苏美景碰了碰杯："今天是我近些年来过得最愉快的生日。"

苏美景回到家里，脑中还想着聂晟伦的眼神。

复杂、隐忍，透着一股难以分辨的伤感。其实他情绪管理做得很好，可是苏美景一直都忍不住去观察他，他的每一个动作都没有逃过她的眼睛。

她的直觉一向很准，她总觉得，聂晟伦藏了些什么。

齐天看到她坐在沙发上，神情凝重的样子，不禁问道："在想什么？"

"没什么，今天去和朋友吃了饭。"

"男人？"齐天皱了皱眉。

不知怎的，面对齐天，苏美景忽然有了一种倾诉的欲望。

"是啊，我的一个高中同学，今天是去帮他庆祝生日。"

"老相好？"

"没有，就是普通同学。"

苏美景感觉齐天的笑容就好像春日的暖阳，那么温柔，透着浓浓的可信赖感。

"我说不好……反正就只是同学，没有什么别的不一样。"她有些混乱地解释着，也不知道齐天听没听懂。

"你说这些是想告诉我，齐太太的旧爱出现了，让我有个心理准备吗？"

"绝对不是！"

苏美景瞪大了眼睛，表情坚定地看着他。

齐天依旧笑着："我相信齐太太。"

苏美景胡乱地点点头，原本想说的统统都给憋了回去，最后只好说："那我去码字。"说完，她起身准备回房。

齐天叫住她："你累了一天，能写得进去吗？"

苏美景说："我试试。"

"算了吧，今天别写了，和我出去散散步。"

苏美景迟疑了一下。

齐天看着她的迟疑有点儿不开心："怎么？现在连跟我出去散步都不愿意了？"

她笑了笑："没有，那走吧。"

公园里到处都是吃过晚饭散步遛弯的人，他们并肩走着。

这种感觉真好，清新的空气，形形色色的人，感受着身与心的全然投入。苏美景总算明白，为什么齐天总喜欢出来散步了。

"我们是不是走得太慢了？"苏美景看着他们不断被后面的人超越，不禁问道。

齐天挑眉："你想走快点儿？"

苏美景兀自迟疑，齐天已经加快了步子："那就跟上了。"

齐天仗着一双大长腿，把苏美景远远甩在身后，她必须要小跑才能跟上。开始的时候，苏美景还铆足了劲儿跟着，到了后来，感觉腿已经不是自己的了，迈着步子腿都要打架，干脆放弃。

"你……你就不能等等我？"她自暴自弃，站在原地对他喊。

齐天转过头看着她气喘吁吁的样子，笑道："齐太太体力太差，这样还怎么追我？"

"你、你，我不追了！"

齐天缓步向她走来，眼中闪着无法言喻的光亮。

"我就在这里，你看，就差一点点了。"

苏美景抬起头看他。

"只要再付出一点点，苏美景，你要不要再走一步？"

如果他已经朝她走了九十九步，那么最后最关键的那一步，她要不要走？

苏美景看着他的脸，树叶斑斓的剪影下，一切都显得那么好看。

而此时此刻，他的眼睛里，只有她一个人。

这一步，她要不要走？

"站住！别跑！"

"哈哈哈，大笨蛋，你来抓我啊！"

两个打闹着的小孩儿朝苏美景狠狠一撞，她猝不及防，身体朝前扑去。齐天下意识在她身前一挡，手臂紧紧抱住了她。

苏美景被他抱在怀里，听到他有力的心跳声，脸上热了热，挣扎着站了起来。

"现在的小孩儿还真是，撞了人怎么也不道个歉。"她嗔怪着。

齐天目光灼热地看着她："我倒是觉得，他们应该得到表扬。"

苏美景红着脸推开他，说："走吧走吧，还有好远呢，再不快点儿天都要黑透了。"

说完，她跑出几步，用手扇了扇风，试图缓解脸上的热度。感觉自己心跳正常了点儿才回头望去，齐天还站在原地。

"喂，你不走吗？"

齐天眼中的光暗了暗，没说什么，快步跟上她。

接下来的一路都是苏美景在说："齐天，明天早上想吃什么？家里的青菜没有了，一会儿路过超市，顺便买点儿回去吧。"

"你看，那只小萨摩好可爱，啊啊，居然在朝我们笑呢！"

"你说，如果我把家里的窗帘换成绿色的，是不是每天早上醒过来就会有置身公园的感觉？"

"幸好我今天穿了这双鞋，要是穿了皮鞋估计脚底都要磨出泡了。"

"糟糕！我忽然想去洗手间怎么办？"

齐天指了指右手边："去吧，我在这儿等你。"

苏美景对他歉意地笑了笑。

不一会儿，她走过来，脸上却有点儿郁闷。

齐天问："怎么了？"

苏美景犹豫了一会儿，说道："没什么，我又被大姨妈骗了。"

"又？"

苏美景简单地把自己的情况说了一遍，她已经有半年的时间没有来过生理期了，这让齐天大为震惊。

接着，在苏美景还没回过神的时候，她已经被齐天带到医院。

中医西医看过一轮，又各种检查做了个遍，苏美景看着手上拎着的一堆药就头疼。

齐天贼兮兮地碰了碰她："我刚才看到一个例子，女生十个月不来大姨妈，竟然是因为缺对象。你说……"

话还没说完，苏美景已经冷冷地打断他："我已经结婚了，齐先生是想让我婚内出轨不成？"

"我说的不是这个意思……"

"我理解的就是这个意思。"

这个话题显然没有继续下去的必要，齐天闷闷地闭上了嘴。

明明什么都知道却偏偏无动于衷，齐天下定决心，这几天都不和苏美景说话了。

"齐先生，我做好了排骨汤，快来尝尝！"苏美景从厨房探出头，唤他。

齐天说要喝排骨汤已经好几天，苏美景今天终于肯做，房间里飘荡着香香的排骨味道，刺激着人的味蕾。齐天深呼吸了几口气，然后回了房间，换上一套休闲装。

"我约了朋友吃饭，不用给我留。"

苏美景愣了一下，冲出来："不用给你留是什么意思？难道要我都喝了吗？"

齐天耸了耸肩："是的，要辛苦你了。"

"喂，是你说要喝排骨汤的！"

齐天看着她激动的表情，心里有几分得意，故作冷淡："可我有约在身，不和你多说了。"

苏美景看着他关门出去，生气地捏紧了汤勺。

太可恶了，明明是他说好了要喝，现在做完了才说有约，太气人了！

她挑了肉最多的几块吃了，看着还有那么多，装进保温桶里，给爸妈带过去。

正是吃饭的时间，二老看着忽然来到的苏美景，说："你这孩子和从前一样，一到饭点总会及时出现，来来来，快一起吃点儿。"

苏美景乖巧地坐下，把排骨给他们盛出来。

陈静笑道："手艺越来越好了。"

三个人唠了唠家常，不可避免地扯到了齐天。

"和小天最近怎么样啊？有没有好好相处？"

这一次苏美景终于不用像以前那样辛苦地编话，至少在她看来，两个人目前相处得还不错。

苏晨风看得出来她说的好像都是真的，脸上也露出欣慰的笑容。

"美景，你们想过没有，结婚也大半年了，准备什么时候添个孩子？"陈静问。

苏美景愣了一下，转而笑道："妈，你想这些也太早了，我们都还不着急呢。"

陈静不赞同："你现在也都二十六了，妈像你这么大的时候，你都已经出生了，你现在年轻，休养两年还能再生一个……"

苏美景招架不住："好了好了，妈，你怎么想得那么长远，一个都没有呢就想着第二个，我可没这个打算啊，生两个孩子，那得多痛啊，我可不干！"

苏晨风瞥了她一眼，笑："小天呢，怎么想？"

"他能怎么想，又不是他生，这事得听我的！"苏美景骄傲地昂着头。

"是是是，不过你也得跟他多商量商量啊，这可不是个小事……"陈静忍不住叮嘱。

苏美景见自己亲妈有开始念叨的预兆，赶紧抢先一步掐断话题："知道啦，我们什么都商量，放心好了。"

陈静看着女儿，又望了望丈夫，笑着顺了她的意，没有再说什么。

其乐融融地吃完饭，苏美景又帮着打扫了房间，休息了一会儿才回家。

齐天还没回来，苏美景给他打了个电话，对方没接，她又发了消息："你什么时候回来？"

隔了好久，齐天才回复："一会儿。"

苏美景坐在沙发上看电视，一个小时过去了，齐天还没回来。

从前齐天都是说一不二，说好什么时候回来，一定会准时回家。苏美景有些担心，他不会是碰到什么难题走不开了吧？或者，是喝多了？

她又打了一个电话，这次齐天接了。

听他的声音，还算清明，只是背景稍微显得嘈杂了些。

"什么事？"

"我就想问问，你什么时候回来？"

齐天听不清楚，又问了一遍："你说什么？"

"我说，你什么时候回来？"她提高了音量，"你现在在哪儿？为什么这么吵？"

齐天看着面前跳舞的人群，笑了笑："在和朋友谈事情，很快就回去。"

"哦，那我……"

苏美景还没说完，齐天已经挂断了。她捧着手机怔了片刻，才意识到自己是被挂电话了。

齐天居然挂了她电话！

她愤愤地想，他以为她听不出来吗，明明就是在夜店，居然骗她说在谈事情，谁谈事情会去夜店那种地方？

苏美景心烦意乱地坐在沙发上，电视上放的是什么她也不知道，她根本集中不了注意力。

时间一分一秒过去，时针已经逼近了"12"，苏美景毫无困意，抱着膝盖发呆。

她不知道齐天这两天是怎么了，中午让他吃饭的时候就已经很奇怪，现在居然还夜不归宿！

她想，如果自己就这样等他一个晚上，明天他回来看到会是个什么表情。但她终究放弃了这个想法，回到房间睡觉，这一夜她都睡得很不安稳。

齐天是在第二天中午回来的，他打开门，苏美景正在房间补眠，听到动静立马爬起来，下楼看他。

"你怎么才回来？"

Chapter11

爱　有　多　深

齐天身上混染着烟酒味，衬衫皱巴巴的。

苏美景看着他一声不吭地从自己身旁走过，忍不住拉住了他："我问你呢，怎么才回来？"

他目光平静地看向她，让她突然有些怀疑，自己是不是什么地方得罪了他。

"齐天，你怎么回事？"

她的紧张让齐天的表情有了些许柔和，他漫不经心地解着袖口，一边看着她："齐太太让我先洗个澡可以吗？"

苏美景放开手："好，你先洗。"

趁他洗澡的工夫，苏美景去厨房煮了面，等她去敲齐天的房门，却发现他已经睡着了，头发也没有顾得上擦，枕头被洇湿了一片。

她站在床边看了一会儿，眼中闪过复杂的情绪，转身走进浴室拿出浴巾，帮他轻轻擦了擦头发。

齐天只觉得自己的头发被一双手温柔地抚弄着，很舒服，让他不由自主发出满足的叹息，然后伸出手臂，轻轻抱住了苏美景。

苏美景猝不及防地感受到他的体温，她停下擦拭的动作，身体不由自主变得僵硬。

齐天感觉到有些不对，睁开了眼睛，有些困惑地看着她："为什么不擦了？"

苏美景从他臂弯中挣扎出来，将毛巾放到他手里："你自己擦一下吧，哦，对了，我给你煮了面，你吃完再睡。"

齐天看着她匆匆离去的背影，眼里的温情渐渐冷却下来，手指紧紧攥着毛巾，透着一股颓然。

苏美景见齐天迟迟不下来，便把碗端到了卧室。

"端碗面需要这么久吗？我以为齐太太是重新做了。"齐天口气不善。

苏美景低着头："我是看你没有下来……"

"我衣服都没穿，怎么下去？齐太太要是看我光着身子在家里走来走去，是不是该说我耍流氓了？"

感觉到他心情不好，她知趣地不与他争辩，将筷子递给他。

"你先吃吧。"

齐天看了她一眼，半点儿胃口都没。

"你出去吧。"他说。

苏美景在餐桌前坐下，感觉心情低落到了谷底。齐天这副态度让她心里很不好受，她不知道自己哪里招惹了他。又或者其实自己大概是明白的，只是不愿意承认罢了。

枯坐片刻，她甩掉了头脑中那些抑郁烦闷，不能总一味地顺着齐天，她还有自己的事情要做，大量的工作在等着，她强迫自己进入工作状态。

齐天了无睡意，在床上想了好久，终于穿衣服起来。他路过苏美景房间，看到她正在专心致志地码字，似乎根本没有受到任何影响。

好像难受的只是他一个人。

这场齐天单方面挑起的冷战渐渐变成两个人互不理睬，苏美景把所有心思都压在心底，寄情于 word 文档中，靠每日不停歇地码字来麻痹自己。

而齐天则不然，他看着苏美景一切如常，好像他的存在跟她毫无关系，她的冷漠让他再一次不知所措。

他试着去忽略苏美景，告诉自己不要去想她，他每天有那么多事情要处理，怎么能把精力分散给一个女人。可是即便已经这样反复告诫自己，工作的时候，苏美景的脸总会跳出来，浮现在眼前。

面对这样的情况，他控制不了，也招架不住。

他只能灰溜溜地举手投降，买了最新款的 LV 手提包，精心准备了一桌子饭菜，桌子中央摆上一束鲜花，设计好了灯光背景，等待苏美景回家，向她示好。

苏美景健身回来，一进门就听到了音乐声，她看到齐天向自己款款走来，脸上的笑容和煦温暖，眼中是浓得化不开的温情。

"美景，我等你很久了。"

苏美景没想到他会先服软，一时间不知所措，不由自主露出了戒备的神情。

"你这是干什么？"她问他。

齐天拉起了她的手，感受到她轻微的挣扎，却更紧地握住她："美景，跟我来。"

苏美景看着面前的布置，惊讶地看着齐天："这是……"

"是我的歉意。"他深深地凝视着她，压抑的情感呼之欲出。

苏美景连忙别开目光，从他手中抽出手，来到桌前。

"何必这么大费周章……"她心中感动，同时还有些不是滋味，她知道齐天不会简单为了道歉……

苏美景知道自己应付不来，现在一心想着的就是如何巧妙逃避。

"你做这么多菜辛苦了，别站着了，快吃吧。"她招招手。

齐天却没有动，他洞悉了苏美景的意图，他看着她在自己眼前躲了太多次，他以为是时机还未成熟，所以放任她，给她时间，然而时至今日，他再也不想给她逃脱的机会，他不想自己这么无止境地退让下去，他要让她知道，现在就要。

"苏美景，我……"

"我忽然感觉好饿，那我先开动了！"苏美景一屁股坐下，拿起筷子就吃，毫不顾忌，风卷残云地大口吃着。

齐天眼中浮现出一丝坚决，他强硬地扳过她的肩膀，不顾她嘴里还含着食物，低下头，狠狠地吻了上去。

唇齿相接，苏美景感觉自己头都炸了。

不知过了多久，齐天终于放开她，在她面前几寸的地方看着她，眼中是一片浩瀚如海的深情。

"苏美景，我爱你。"

苏美景怔怔地看着他，整个人已经完全蒙住了，她艰难地转了一下头，想要说话，却意识到自己嘴里还有东西，一边嚼一边含糊道："齐天，我、我猜你可能是有点儿搞错了，我们是挂名夫妻……"

"夫妻就是夫妻，没有挂名这一说。"

"可是，之前是你……"

"苏美景，不要回避我的问题。"

他逼视着她，目光如炬，她在他的眼神下根本无处遁形。

苏美景败下阵来，她知道，关于自己最隐私最秘密的那一部分，即将在齐天面前毫无保留地摊开。那是她心里不愿揭开的一道疤，她一直秘而不宣，从不曾对任何人提起过。现在，面对着齐天，她终于决定坦诚相告，一五一十地说给他听。

"其实，我是有些问题的。还记得我之前和你说过吗，你还笑我是天真的柏拉图主义者？"她有些伤感地说着，眼睛里流淌的是悲伤的河流。

齐天不可置信地看着她。

"如果只是天真的信仰就好了。"苏美景苦涩地笑，"然而，这是心理疾病啊。我也不知道到底是为什么会变成这样，自己忽然就不知道该如何去爱一个人，光是想象着两个人要亲密相处都会让我觉得焦虑不安，甚至是自我厌恶。同意和你结婚是为了完成父母的心愿，正好你也并不满意这桩婚姻，所以一开始我们就说好了不是吗？我很高兴我们之间能和睦相处，只是没想到……对不起，我没法像你希望的那样回应你……"

齐天盯着她的眼睛，他知道她说的都是真的，可是他有一个很重要的问题想要知道。

"是什么让你变成这样的？"

苏美景闭上眼睛，然后睁开："我不知道。"

齐天故作镇定地克制着，可心中早已起伏万千："你最后一个喜欢的人是谁？"

苏美景脑中飞快闪现过一张脸，那是前几天还在她面前出现的脸，不，那张脸远比现在的这张要年轻一些，脸上干净透着青春的气息，坐在教室里，周围的同学都被虚化，唯独剩下他一个。

那是她高中时代最深刻的记忆。

她的犹豫不决让齐天的心跟着颤了一下，她的每一个细微的动作都会让他忍不住去猜测，这个动作背后的意义。

他看着她眉眼低垂、若有所思的样子，让他对于那个素未谋面的人，产生了深深的敌意，是那个人让自己心爱的人变成如今诚惶诚恐的模样。

齐天忍住不悦，露出了善意的笑容，他坐在苏美景对面，循循善诱："你不是说我们是好朋友吗，这件事不妨你也说给我听听。我来帮你分析一下，好吗？"

齐天诚挚的模样让苏美景压抑多年的秘密像是终于找到了释放口，再也无法抑制住。

"他是我的高中同学，那时萌生出喜欢的念头是因为一件小事，那个时候正好是晚饭时间，大家都出去吃饭，我从外面进来，他正好要出去，在一条过道里，我给他让路的时候不小心撞到桌角，桌子晃了一下，我也没站稳，幸好他在，及时抓住了我，他浑身都好像散发着一层光芒，我……"

"够了够了，苏美景，我知道你是写小说的，但是不需要把情形讲得这么详细。"齐天虽然做好了耐心聆听的准备，但听到她巨细无遗的描述，心里还是忍不住醋意蔓延。

苏美景笑了笑："对不起。"

她顿了一下，又接着说："可是我很内向，他偏偏又是那种冷漠的类型，我虽然喜欢他，却从来不敢主动找他说话，一直以来都是远远地看着。没有人知道，当他跟我说话的时候，我压抑着雀跃的心情，装作十分镇定的样子，所以我的语速很慢，因为担心稍不留意就会说出奇怪的词语，咬到自己的舌头……那真的是极其煎熬而又欢喜的时光，虽然明知道没有可能，但还是忍不住心里幻想，一过就是三年。"

"你暗恋了他三年？"

"准确地说，是五年。"

高考之后，他们是少有的留在本地的几个同学，所以建了一个同学群，方便联系。那一年的秋天出奇的冷，才刚十月份，温度却已经快到零下。苏美景在学校军训不能回家，带到学校的大多都是些半袖单衣，就在群里抱怨了一句"天好冷，活不了了"。

没想到聂晟伦居然私聊她，问她在哪所学校。

苏美景当时的心情可以用四个字来形容——"受宠若惊"，满满的不真实感。

如果说这样就已经让她感觉不真实，那当第二天晚上，聂晟伦带着几件毛衣棉袄来到她学校的时候，心情已经无法言喻了。

兴奋、紧张、怀疑、晦暗难懂、局促……交织在一起如同一张巨大的网，牢牢地捆绑住她，紧到她无法呼吸。

聂晟伦看着她穿好外衣，把剩下的衣服装进袋子里给她。

"天冷，自己注意保暖，有什么需要可以再跟我说。"

苏美景当时有一种冲动，忽然好想就这么不管不顾地抱住他。她看着他，心想如果他也有同样的想法，如果他稍微表现出一点儿对自己的喜欢，那么剩下的事情她来做就好。

可是聂晟伦什么也没说，只是对她笑了笑："那你早点儿回寝室，我先走了。"

苏美景眼中的热切渐渐褪去，她目送他走，却没有勇气说上一句"我和你一起"。

回寝室的路上，她一直在想，聂晟伦这番举动到底是为了什么。她不相信一个人平白无故会送东西给她，可是为什么，只是将东西送到，连话都没说几句，就这么离开了呢？

她告诉自己，聂晟伦是喜欢她的，之所以这样只是因为太紧张了。

苏美景把事情和高中闺蜜说了，闺蜜答应帮她去试探。

苏美景满怀期待地等着，却等来了一个自己无论怎样都无法预料的结果。

"他说有女朋友了。"闺蜜说。

苏美景先是一愣，感觉心都悬到了嗓子眼儿。

"是谁？"

闺蜜的声音有些迟疑。

"美景……"

苏美景以为她是故弄玄虚，催促道："你直说，别绕弯子了！"

闺蜜索性一鼓作气地说了出来："是……"

那个名字苏美景从没听说过。

苏美景只记得自己当时极其镇定，说着什么没关系，她一点儿都不难过之类的话，然后挂断电话。

之后，她在窗边坐了许久，看着联系人里聂晟伦的头像，点进去看了资料，看了空间，看了评论，一切的一切她全都看了，甚至寻找着什么蛛丝马迹，证明真的有"聂晟伦女朋友"这号人物存在。

可是，她终究没有找到任何证据，不管是有还是没有，她下不了结论。

苏美景觉得自己就像一个傻瓜，所有人都在看着她表演着丑剧，只有她自己一无所知。

这件事像是一根刺扎进了她的心里，她不能忽视，骗不了自己。即便有一天，那根刺拔了出来，可是也会在她心里留下一个孔。

苏美景选择了将聂晟伦拉黑，没有去问他是否有了女朋友，也不管将他拉黑后他会怎么想自己，直截了当地将这个人从联系人列表中抹除痕迹。

然而，她能将他从现实中删去，却无法在心底真正地清除，还有那个愚蠢的自己在不断叫嚣。

"苏美景，你还……真是有出息。"齐天咬了咬牙，有些恨恨地瞪着她，"为了这么一个男人，你居然用自己的幸福来惩罚自己。"

"应该不算是惩罚吧……"

"因为他，你封闭了自己不再敞开心扉，你还说这样不算惩罚？你这样做，对他没有任何实质性的影响，你觉得那时候的自己愚蠢，但有没有想过这么多年伤害自己和你身边的人更蠢！"

"我不是拒绝别人，而是我根本就找不到爱情的感觉，好像在他之后，那种无畏的心动就再也没了，找不到，又怎么开始？"

"你还真是个胆小鬼。"齐天有些悲哀地看着她，"苏美景，你不觉得可惜吗？"

她耸了耸肩："你说是就是吧。我写过很多男女，至少我见证了他们的悲欢离合、爱恨喜悲，我一点儿都不觉得自己错过了什么。"

"可那和亲身经历毕竟不同。"

"对我而言，都是一样的。"

看着她无所谓的样子，齐天咬牙切齿："沉溺在自我感动中你觉得很伟大吗？"

苏美景看着他，眼睛里如同一潭死水，看不到希望。

齐天觉得心痛："苏美景，这不一样，你也曾经感受过心跳如鼓的感觉，你忘记了吗？当我靠近你的时候，当我亲吻你的时候，你会紧张，会羞涩，当我远离你的时候，你会难过，会心痛，这些都是你对我有感觉的表现，你不能划下一个苛刻的标准后，就将自己全盘否定，认定自己是一个不会爱的人。其实你什么都懂，什么都能察觉得到，只是你不愿意承认而已。苏美景，不要钻牛角尖，看看这个世界，看看我，你会发现，这就是爱。"

苏美景看着他，目光依旧平静："齐天，对不起……"

他目光沉了沉："对不起什么？"

"我知道你对我好，可是我希望从今天开始，我们之间的关系还能像从前一样，我不会干涉你喜欢谁，和平相处好不好？"

齐天不禁嗤笑一声："苏美景，你不会天真地以为男女之间还有纯友谊这回事吧？"

"我……"

齐天扫了一眼桌上的冷菜，看着娇艳的花朵，即使在温暖的灯光下，却也失去了原本的色彩。

"想吃什么？我帮你热一下。"

苏美景摇摇头："不用热，这么吃就好。"

"嗯，那吃吧。"

齐天拿起筷子吃了两口，苏美景留意着他的脸色，小心翼翼地吃着，咀嚼的声音都不敢太大。

房间的气氛压抑得可怕。

不过一分钟的时间，齐天忽然放下筷子站起来："我出去一下。"说完，他就拿了钥匙出门。

苏美景听到门"咚"的一声关上，手下的动作顿了几秒，然后低下头，若无其事地继续吃饭。

酒吧里。

齐天面前摆放着一堆空酒瓶，他还在不停地灌酒，明明已经醉意蒙眬，眼睛却亮得惊人。

他的侧脸被笼上一层暗光，眸光无声而深沉。

他定定地望着前方，像是蓄势待发的野兽，随时准备扑向猎物。

聂晟伦，聂晟伦……

他心中念叨着这个名字，那个让苏美景牵肠挂肚五年的人，他恨不得把他拖出来，暴打一顿。

旁边有舞女凑过来，柔媚无骨的身体覆在他身上，娇俏地笑着："齐董，怎么一个人喝酒？来，我陪你一起喝啊。"

"走开。"

"齐董今天心情不好，有什么烦心事，不妨和妹妹说说，妹妹也好帮你出出主意？"舞女自顾自拿起一瓶酒，和齐天轻轻一碰，然后喝起来。

齐天看着她，双眸眯起，狠狠将舞女推开，目光阴鸷而又充满杀气。

"论相识，我比你早，论两小无猜，我比你更有资格。聂晟伦，你拿什么跟我抢？"

夜里。

苏美景躺在床上，一直在思考齐天说的话。

他说，她会紧张，会心跳加速，会脸红，这些都代表着她是喜欢他的。他说，她并不是已经不懂如何爱人，而是她主观意识强加给自己，告诉自己这种感觉不叫爱。

他说，其实她是喜欢他的。

她不知道到底应该怎么做，她只知道，现在的她无论如何都不想失去齐天。

苏美景忍不住想，齐天说的一点儿都没错，自己就是个胆小鬼，而且还贪心。

不知道已经几点钟，苏美景感觉房间的门突然被打开，伴随着一阵凉风，齐天踩着沉重的步子走了进来。

苏美景猛地睁开眼睛，看到他就像一头野兽，跌跌撞撞地朝她走来。

"齐天，你……"

她的话还没说完，他的身体已经压了下来。

"不——"

苏美景尖叫，可是没用，齐天已经堵住了她的嘴，她想叫也叫不出来了。天地都在旋转，她在他的身下颤抖着，就如濒临绝境的兽，他身上的气息混合着酒香侵袭着她的所有感官，像电流一样麻痹了她的四肢百骸。

苏美景感觉自己的眼泪流下来，被他温柔地舔掉。

"为什么哭？"他迷茫地看着她，"我的吻技不好吗？"

苏美景一个劲地摇头："不要，不要……"

她在他的身下动弹不得，她害怕，太害怕了。她可以预见即将发生的事情，唯有希望自己的祈求能够奏效。

可是没用，齐天已经打定了主意，怎么可能放她离开。他紧紧盯着她，像是要将她刻进自己的骨血中去。

"齐天，你不要逼我……"苏美景全身都在抖，她咬着牙，浑身僵硬，被恐惧缠绕着。

齐天却像是毫无感觉，再度吻上了她，湿润的唇瓣一下一下蹭着她，然后，下一秒，狠狠地，毫不留情——

苏美景感觉自己好像掉进了海里，她拼命挣扎着想要浮出水面，可是身上却压了一块巨石，她只能朝着深海不停地往下沉，却永远到不了海底……

苏美景是在绝望中昏过去的，等她醒过来的时候，发现自己正睡在齐天的臂弯里。

她背对着他，默默地想了很久。

然后，她轻轻爬起来，打开电脑，将之前准备好的文件打印出来，放在他的枕边。

她曾想这只是以防万一，最好永远都不会用上，可是没想到这份文件终究还是有了它的用武之地。

齐天睁开眼睛，脸上还挂着温柔的笑。

刚刚他做了一个好美的梦，梦里的他抱着苏美景坐在一片碧绿的草地上，远处是一望无际的油菜花海，黄灿灿的，漫山遍野。她依偎在他的怀中，呼吸间都是她发丝的馨香，她的身体那么柔软，他那么喜欢她，根本舍不得放开。

"美景……"他低唤着，伸手向身旁一捞，却空空如也。

只一瞬的迷茫，齐天就清醒过来，他怎么那么傻，竟然忘记了梦境和现实的差别。

看着面前空着的床榻，苏美景已经不在。他回忆起昨夜，酒精发酵了心底的欲望，他还记得苏美景的挣扎，她眼中的光芒全部熄灭，只余一片静默。

齐天有些难过，她是真的不喜欢自己啊……然而难过之余又忍不住窃喜，不管怎么样，苏美景终于真正成为他的了。

"美景？"他出声叫道，他迫不及待想要见到她，就现在。

他又叫了几声，却没有回应。

齐天想，也许她在生气。

她有理由生气，但不管怎样，他要争得一个机会，一个告诉她自己心意的机会。

他起身下床，眼睛忽然就看到了床头柜上一沓白纸。他心里瞬间涌现出不好的预感，拿来一看，上面几个大字醒目而刺眼，看得他双眼通红。

离婚协议书！

她居然准备了离婚协议书！

齐天只觉得气血上涌，同时脚底生寒。他知道昨晚是自己不对，他已经做好了准备，随她出气，无论怎样他都心甘情愿地接受。

可是，千想万想没料到，她竟然直接要离婚!

不给他解释的机会，也不准备让他弥补。

他只觉得怒火压都压不住，心里竟忽然有了一丝凄凉，接踵而来的是漫无天际的绝望。

苏美景，在她心里，他就真的半点儿分量都没有?

她是真正讨厌自己的……齐天有些自暴自弃地想着。

他不知哪儿来的冲动，竟然一把拿起了协议。

如果离开自己她就开心了，那么，离就离吧。

下楼之后，他看到苏美景已经穿戴好了，坐在沙发上等他。

齐天扬了扬手里的离婚协议书："你是不是早就想要这样了?"

苏美景觉得现在跟齐天同处一室的每一秒钟都像是在煎熬。

齐天看出她的不安，但还是硬着口气说："齐太太，或许这是我最后一次这么叫你，是不是应该再履行一次自己的义务，我这儿还饿着呢。"

苏美景下意识地起身到厨房盛粥，她感觉齐天的视线一直集中在她身上。她有种如芒在背的感觉，不得不将背脊挺得更直了些。

齐天忽然发问："苏美景，你有没有想过，回去了要怎么和你爸说?"

她把碗摆到他面前："实话实说。"

齐天挑了挑眉："哦，你这么勇敢?"

她沉默了一会儿，淡淡道："总比瞒着他们强。"

"你还真有底气。"齐天低头喝粥。

苏美景微微出神，她的确还没想过，要怎么和家里解释。如果实话实说，父母想必不会责怪她，只是免不了让他们为自己担心。

苏美景苦笑，她还真是不让人省心。

或者在结婚初始，她就应该把自己的问题明白地告诉齐天，这样就不会让他心存他念，造成了如今的局面。这一切，又怪得了谁呢?

他们驱车来到民政局。

齐天表情严肃，握着方向盘的手紧了又紧，仿佛下定了最后的决心，看着苏美景："想好了吗？"

苏美景直接开门下车，算是给他的回应。

齐天跟在她后面上楼，眉头越皱越紧，他看着她在自己前面，步子迈得很快，竟有种迫不及待想要逃离的感觉。

苏美景真的感觉自己是在逃，她必须赶快了结这桩事情，在她走进这里的时候，忽然有了一种想要反悔的想法，她不能容许自己打退堂鼓。

此刻民政局里没什么人，她直接来到办理房间，对里面的人说："你好，我要离婚。"

工作人员看了她一眼："您先生呢？"

苏美景将离婚协议书放在桌子上，说："就在后面。"

可是等了半天，也没看见齐天进来。苏美景心中疑惑，忍不住到外面察看，刚一出门，就看到齐天从一旁冲上来，一把将她按在墙上。他红着眼睛，濒临崩溃。

"苏美景，你凭什么逼我，凭什么让我和你离婚！"

齐天从下楼看见她的那一刻起，就觉得自己完蛋了，什么放手，什么随她开心，都是他自欺欺人。他听到自己心底的声音在叫嚣，叫嚣着一点儿都不想放弃苏美景。直到见到她淡定地跟人说她要离婚，他忍耐已久的某些情绪再也无法抑制。

她吓了一跳，语无伦次："齐天，你、你……冷静一点儿。"

齐天低下头盯着她，那种眼神让她心口堵得慌，仿佛有一把小锤敲击着她的心脏。

"苏美景，我们从长计议好不好……"

她听到他这样说。

她并没有回答，只是默默地推开他，走进办理房间，步伐因为紧张而显得有些凌乱。她坐下来，深吸了一口气，眼神恢复了往常的平静。

她扬声道："齐先生，请你进来。"

齐天无可奈何地跟上，再度翻开了面前的离婚协议书。

白纸黑字，最后一页还有他的签字。大而醒目，就如他从前签的每一份文件一般，笔锋苍劲，一挥而就。

这一刻他真恨自己居然一时冲动，签署了这份协议。

他倏地站起来，将手里的离婚协议书撕得粉碎，狠狠地扔在桌子上。

"苏美景，你休想和我离婚！"

犹如破天惊雷，回响在安静的房间中。

工作人员愣了一下，苏美景却像是早有准备，她没有看他，默默从包里重新拿出一份协议书，冷静地放下。

"撕了没关系，这里还有很多份。"

"我不会签的。"

苏美景叹了口气："齐天，你早上已经答应了，现在这样又是为什么？"

齐天强压下心中的怒火，握紧了拳头，一字一句像是从牙缝里硬挤出来的："我后悔了，行不行？"

苏美景看着他的脸因为气愤而微微发红。

换作之前，苏美景或许会打趣他几句，可是现在她没有心情，神色复杂地看着他："齐天，不要任性。"

齐天拿起协议书，再次翻开看了看，然后啪地拍到桌上："里面没有财产分割的条例，写得不全，我不签。"

"婚后我们没有共同财产，不存在财产分割问题。"

"如果我要分你一些呢？"

"我不需要。"

齐天笑了："你看，我们的协议没有达成共识，还得回去商榷一下。"

苏美景气结："你这是无理取闹！"

"那又怎么样？反正我不签字。美景别闹了，我们回家吧。"

苏美景定定地看着他。

工作人员怔怔地看着这一切，忍不住出声询问："齐先生，这……"

齐天凑过去，解释道："我们吵架了，你别当真。"

工作人员似懂非懂地点点头，然后指了指楼梯口："齐先生，齐太太下楼了。"

齐天回过头，果然没有了苏美景的身影，他连忙去追，在民政局门口追上了她。

"美景……"他从身后揽住苏美景的肩，却被苏美景狠狠地挣开。

他站在原地，一脸无辜地看着她。

"你不签字没关系，大不了我们走法律程序。"她说。

齐天脸上的笑容渐渐消失，他的声音透着一丝不易察觉的哀伤："美景，你真的就那么想要和我离婚？"

苏美景低着头，一时无言。

"苏美景，我一直在想，这么长时间以来，我们的感情，在你眼里到底算什么？"他眼中布满悲痛，红通通的眼睛仿佛下一刻就会有泪流出来，面前的这个女子竟像笼上一层纱，他始终都没有看透过，"同住一个屋檐下那么久，我待你如何相信你心里有数，可是这样也仍然无法改变你的心吗？难道我们这么久的相处都是假的？你就真的……那么不愿意接受我吗？"

"苏美景，你说话！"齐天用力扳过她的肩膀，逼着她看着自己。

这一看才发现，她的眼里竟有泪珠涌动。

苏美景抽泣着，发出绝望而悲痛的喊声："我当你是朋友，可你是怎么对我的？"

齐天看着她面上汹涌滑落的泪水，怔怔然道："我以为……"

"齐天，不是什么都是你以为……你是你，我是我，之前的事情我也不想追究了，我们到此为止。"

她眼里满满的都是抗拒，狠狠扎进了齐天的心里，刺得他一阵剧痛。

有多沉重的爱，就有多凌厉的痛，他终于领悟了。可是，他曾经靠近过她的世界，又怎么可能这么轻易地放弃。

"苏美景，我不会放手的。"无视苏美景的抗拒，齐天低着头，越过苏美景，大步离开。

苏美景看着他的背影，心中百感交集。

Chapter12

心 病 难 医

齐天看着面前这个男人，他穿着一件牛仔外套，里面是简洁的白色 T 恤，不是想象中商业精英那种干练的风范，倒是给人亲切邻家的感觉，很清爽简单的装扮。相比之下，自己身着深色条纹西装，一副与人谈判的模样，倒显得有些咄咄逼人了。

齐天笑了笑，指了指面前的咖啡："聂先生，请。"

聂晟伦喝了一口，有些疑惑地看着齐天，他只是一个建材部门的小小经理，不知道这位赫赫有名的 E&V 公司的董事长究竟找他有何贵干。

"聂先生一定好奇，我为什么会约你出来吧？"齐天微笑道。

"我的确不知道我和齐先生之间能有什么交集。"聂晟伦说。

"是这样的，我有一件事想要请你帮忙，很小的事情，相信对于聂先生来讲也不过是举手之劳。"

聂晟伦心中的谜团越来越大，能让齐天出口相求，一定不是简单的事。

齐天说："我想让你去帮我解一个人的心结。"

聂晟伦笑了："我不是心理医生，恐怕帮不了齐先生。"

"聂先生不先听听这个人的事情吗？"齐天并不着急，慢条斯理地说。

聂晟伦知道自己拒绝不了，一时无话，只等齐天开口。

齐天说："一个人曾经因为暗恋你五年却没有得到回应，从而走进了一个死胡同，她不知道应该怎么爱人，变成现在抗拒与人接触。可以说，因为你的关系，使她的人生变得单一，失去了光彩。你觉不觉得，自己应该对此做点儿什么？"

聂晟伦有些惊讶："因为暗恋我？"

齐天耸了耸肩。

"如果是真的我很抱歉，但是，这种事情齐先生找位心理医生，可能对这位小姐的恢复更有帮助。"

"聂先生，解铃还须系铃人。"

"齐先生，你太相信我了，我不是医生，万一帮了倒忙……"

"你可以。"齐天严肃地看着他，语气坚定不容反驳，"也只有你可以。"

聂晟伦选择妥协："不知这位小姐是……"

"我的太太，苏美景。"

聂晟伦约苏美景在一家咖啡厅见面。

阳光从大大的落地窗照进来，苏美景的头发染上了一层金黄，原本白皙的皮肤在这片暖洋洋的金黄中更加白皙透亮，泛着细细的光泽。

聂晟伦从来没有想过，苏美景居然暗恋了自己五年的时间。一直以来，他都当她是普通同学，甚至一度觉得她是讨厌自己。因为每当他走近她的时候，她总会像只受惊的兔子远远躲开，哪怕说话也只用一两个字回应，绝不多说一句废话。

当他得知她喜欢自己这件事情的时候，他心中不自觉地涌上一丝惊喜。只是，这件事情却是另外一个男人，苏美景的丈夫告诉他的。

"没想到你会单独约我出来。"苏美景说。

聂晟伦用了最大的力气才稳住自己的情绪，语气尽量平和："同学之间一直没有机会叙旧，今天刚好有空，就想找你出来聊聊。"

"你确定是单纯想和我叙旧，而不是打听冯蓉蓉的事情？"

聂晟伦噙着一抹笑："原本只是为了叙旧，不过也可以顺便打听一下。"

苏美景笑道："那好啊，你也知道我职业是作家吧，那么问题来了，打听可以，先把这些年的感情史扒一遍，我再考虑要不要透露给你蓉蓉的事情。"她眼睛里八分调笑，两分认真。

聂晟伦嘴边露出不知是开心还是纠结的笑："你真的要听？"

"当然。"苏美景不知道自己这么问是出于什么心理，她只是忽然有些想知道他的过去。

聂晟伦说："从高中毕业到现在，谈过三个女朋友。"

苏美景点点头，以他的条件并不算多。

"第一个谈了两年，后来的都只有几个月。"

"那第一个是怎么开始的？又为什么分手？"

聂晟伦看着她："当时我向她借了几件衣服，后来她找到我，说要我冒充她的男朋友，杜绝不喜欢的男生对她的骚扰。我原本没想答应，可是她请求我，而我又因为借了她的衣服不好意思，我想既然如此，不妨就试着好好相处吧。但是她性格泼辣，占有欲很强，我们性格不合适，后来就分手了。"

原来那些他带给她的衣服，是他管这女生借的。苏美景恍然大悟，原来是因为自己才促成了他的这段恋情。

她单手托着下巴，故作打趣的模样："聂晟伦，我记得当初你给我送过衣服来着，这么说我还是红娘来着？"

聂晟伦静静地注视着她，眸光有些复杂："苏美景，我……"

她放在桌下的手有些紧张，于是捏成拳放在膝盖上，眼睛紧紧盯着他，留意着他的每一个表情。

聂晟伦凝视着她："苏美景，你知道吗，我从高中的时候，就已经喜欢你了。"

苏美景指甲嵌进了肉里，可是她丝毫没有察觉到。

她听到了自己梦寐以求的话，从他口中亲自说出来，但是，为什么没有想象中的激动？

聂晟伦继续道："那时候你成绩好，才艺突出。第一次月考的时候，你到讲台上去念作文，我原本昏昏沉沉地想要睡觉，可是听到你的声音一下子就清醒过来。你静静地站在讲台上，扎着马尾辫，整个人干净得就像是从画中走出来的一样。"

苏美景在脑海中搜索着那段记忆，好像还真的有这样的情景。原来早在那个时候他就已经留意她了，甚至比她喜欢他的时间还要早一些。

苏美景突然觉得有些伤心，又有点儿好笑，自己曾经的执念似乎都变得不再真实。齐天说得对，她是个胆小鬼，而且还是个理直气壮、自以为是的胆小鬼，自我保护般地竖起了一道高墙，隔绝了其他人也隔绝了新的可能。

苏美景喝了一口咖啡，看着他，郑重道："聂晟伦，我曾经非常非常喜欢你。"

曾经以为永远不会说出口的话，真正说出来时并没有想象中那么难，苏美景看了他几秒，笑着说："没想到你也……我觉得非常荣幸。"

苏美景的反应让聂晟伦有些意外，齐天找他说的时候他以为是出了什么严重的事情，不然齐天那样的人怎么可能放下架子来找他，可现在她的模样却是云淡风轻。

"美景……"聂晟伦分辨不出她是真的看开了还是伪装，想了想还是问出了口，"你现在……幸福吗？"

苏美景愣了一下，幸福？她还真的没有想过，她和齐天从一开始的沟通不能，到后来渐渐地相处愉快，这样的安逸自在是她设想中的幸福，但是一切又和她设想的似乎不太一样，不知道她和齐天这样的能不能归为幸福。

自从上次民政局事件之后，她和齐天一直保持着一定的距离，她有心疏远他，像缩头乌龟一样逃避，他却好像什么事情都没发生过。

想到齐天，她不由自主地变得迷茫。

她思虑的样子落入聂晟伦眼中，就成了一种无言的回应。

"美景……我一直希望你能够幸福。"

苏美景回过神来，看着他："你知道吗，我结婚了，就在大半年前。我过得很好，我先生对我很好……"

聂晟伦温和地注视着她："我知道。"

苏美景看着坐在自己对面的人，一瞬间，她脑子里冒出了齐天的脸，她不想再待下去了："对不起，我还有事，可能要先走一步。"

聂晟伦说："那好，以后有机会我们再聚。"

苏美景点点头，可是心里却想最好不要有这样的机会，她已经结婚了，有些东西早该放下。

回到家里，齐天正在沙发上等她，看到她回来，他上前接过她手中的水果袋："回来了。"

"嗯。"苏美景脱鞋进屋，一瞬间有些心虚，自己明明已经释然了，可是一想到今天和聂晟伦的见面，她就感觉没法面对齐天。

齐天打开袋子，看着里面的石榴和火龙果，惊喜道："我刚刚还在念叨什么时候能吃到石榴呢，你就买回来了，你是猜到我心里想什么了吗？"

苏美景瞥了他一眼，没说什么，转身回房间换衣服。

她洗了个澡，看着镜子里的自己，眼睛里满是疲惫，她在床上坐了好久，才终于走出去。

齐天伸手招呼她："快来，我已经把石榴剥好了。"

苏美景看着他面前的水晶碗，里面是一颗颗晶莹剔透的石榴粒，透着诱人的气息。

"我不想吃。"

齐天才不管她是不是拒绝，直接往她嘴里塞了几粒，笑眯眯的："怎么样，是不是很甜？我亲手剥的，是不是很能干。"

苏美景没有回应，齐天笑了笑："不过关键还是你挑得好，我们家美景就是这么厉害。"

石榴是很甜，甜到牙齿有些发酸。

齐天又要喂她，被她偏头避开："不要了。"

他的手停留在半空中，定定地看着她，道："美景……"

"我不想吃了。"

她站起来，却被他一把拉住，他看着她，脸上有几分执拗："美景，你以前明明很爱吃石榴的。"

她不禁想起从前，那个时候她总是喜欢买一个大石榴，一边看着电视，一边数着粒往嘴里送。虽然不是吃石榴的季节，可她就是喜欢这种数粒的感觉。到后来，她实在不耐烦了，就喊来齐天："喂，过来帮我。"

齐天很会剥石榴，手指略微一用力，石榴粒就扑簌簌地掉进碗里，而她在一边拍手叫好："以后我们家的石榴就包给你咯！"

齐天一脸不高兴地看着她："凭什么？"

苏美景讨好地往他嘴里塞了一把石榴粒，成功堵住他的嘴："就凭你是我们家上顶天、下立地、无所不能的齐先生啊！"

然后，齐天就喜滋滋地坐在沙发上，陪着她看电视，偶尔还能接受到她时不时送到嘴边的"奖励"。

想想那段时光，好像已经距离现在好远好远。

苏美景不禁仔细打量了齐天一眼，他的脸上带着无法掩饰的憔悴，眼底有了淡淡的黑眼圈儿。这一个多星期以来，她从来就没好好看过他，一是不愿，二是不敢。曾经无话不谈的两个人，竟然走到了这步田地，横着一道鸿沟，她迈不过去，他跨不过来。

她已经很久没有和他一起吃过饭了，她总是借口自己在码字，错开和他吃饭的时间。而他总会敲敲她的房门，将做好的吃的放在她的桌子上，然后再安静地离开。他总能准确抓住她的味蕾，知道她喜欢什么口味，常常让她心里五味杂陈。

"晚上想吃什么？"齐天问她。

苏美景愣了一下："我随便吃一口就好。"

"随便吃一口不是也要吃？要不要跟我一起去吃火锅？"

"我不想去。"

"苏美景，你不知道自己脸上的表情已经出卖你了吗？"

有吗？她有表现得很明显吗？她承认在齐天说出这个建议的时候，是有一瞬间的动心。

她不禁伸手摸了摸自己的脸，齐天有些无奈地笑了一下："苏美景，我又不会吃了你。"

"我不是那个意思……"苏美景下意识地解释。

"那是希望我……"他脸上瞬间换上玩味的表情。

苏美景想到了那一晚，脸色有些发白，抿着嘴不说话。

齐天意识到自己玩笑开过了，连忙挽救："其实我是想说……"

她却已经转身走开，不给他解释的机会。

齐天泄气地看着她，却没有冲上去的勇气。自从遇上苏美景，他变了太多，居然也会束手束脚起来。

苏美景弯腰穿鞋，听到他在身后问："你去哪里？"

她顿了一下："出去走走。"

"我跟你一起。"

"不用了。"

齐天这边也换上衣服，态度强硬，像是在说，我不是在征求你的意见，我就是要跟你一起出去。

他的举动让她觉得惊惶，甚至有一种压迫感扑面而来。

苏美景未再看他一眼，先他一步出门，落荒而逃。

苏美景走在路上，几次回头确认齐天没有跟来，这才松了口气。她有些颓然地想，他又不是什么洪水猛兽，自己怎么就这么怕他？

今天和聂晟伦的见面着实是在意料之外，接到聂晟伦电话的时候，她第一感觉是冯蓉蓉出事了，第二感觉是他有求于自己，然而想来想去觉得两个感觉都不靠谱，最后忐忑接起电话，对方却只是云淡风轻说要和她出来喝杯咖啡，叙叙旧。

而且，更让她匪夷所思的是，聂晟伦还为她准备了一段言辞真挚的"表白"。

在那样的情况下，她不知是一时冲动还是积蓄已久的感情终于按捺不住，曾经以为一辈子都不会说的话，竟然能心平气和地说出口。

"聂晟伦，我曾经非常非常喜欢你。"

比她想象中要镇定得多，就好像事情的主角不是自己一样。

她记得聂晟伦的表情很微妙，有惊讶，有迷惑，还有一丝措手不及。而自己在说出这句话的时候，却并没有想象中该有的轻松，接踵而来的是另一种难言的复杂和苦涩。

曾经很喜欢，然后呢？

面对聂晟伦，现在自己是什么样的心情，还喜欢吗？

他说他也喜欢着自己，那么现在呢？他又是怎么想的，他迟迟不肯接受冯蓉蓉，总不会因为是他还喜欢自己吧？

可是这些又能怎么样呢？听到他的表白的时候，她已经心情平静到毫无波澜。从前他们谁都不说，如今又有什么好说的呢。

最终不过无疾而终罢了。

她知道，有些情绪正在逐渐脱离掌控，朝着她一直以来畏惧害怕的方向发展着。她恐惧，她茫然，她甚至不知道自己现在是应该及时止损，还是放任某些情感自由发展。

她自欺欺人地想，或许，这一切都是自己臆想出来的，其实，她根本就没有动情。

她感觉脑子很乱，那些想法来自四面八方，齐齐聚在一起，成了一个打不开的结。她毫无头绪，不知该如何是好，只好选择用酒精麻痹自己。

她找了家小酒吧，现在天还早，驻场歌手还没来，只有三两桌客人喝酒聊天。

她点了杯长岛冰茶，坐在角落的单人桌，静静地待着。

一个人喝酒总是有些无趣，却也喝得很快。于是，她又追加了四瓶1664，不紧不慢地喝着。

不知道现在齐天在做什么。

苏美景被自己的想法吓到，当她从混沌中清醒过来，想要解决掉一切困扰的时候，冒出来的第一个问题竟然是关于齐天的！

苏美景连忙喝了一口酒压惊，这时耳边响起了低沉男声，轻轻浅浅哼着歌。

驻唱是个西班牙歌手，嗓音清澈，带着一股浓厚的温柔，如同海浪拍岸，给人带来奇异的安定感。

她笑，自己居然从一个漂泊歌者的歌声里听到了安定。

她不禁想到自己，明明已经结了婚，却仍然找不到家庭的归属感。这个家只是徒有其表，却没有带来实质性的东西，归根到底，还是因为将两个人牵到一起的，不是爱吧。

如果说之前是因为她的心里记挂着一个聂晟伦，那么从现在的种种迹象来看，似乎聂晟伦根本就不是他们之间的阻碍，那到底是因为什么，难道是她不肯放下自己的身段，给齐天和自己一个走下去的机会？

可是，心中还有另一个声音在说：苏美景，你根本就是不敢面对！其实你的心里根本不是这样想的，就是因为喜欢，所以你才一而再再而三地推拒，那是因为你怕！你害怕自己投入太多，最后落得个惨淡收场！你一方面承受着齐天对你的喜欢，一方面却又不肯付出足够的感情，你让两个人的天平失衡，说到底，你就是太自私！

不是的，不是这样……又有个声音微弱地辩解着，她不是喜欢齐天，她根本只是把齐天当作一个朋友、一个合租人、一个男闺蜜，她从没有产生过其他想法……

另一个声音跳出来反驳她：苏美景，你还要装到什么时候。正是因为喜欢，所以你担心自己的身份配不上他，你才不敢大方坦然地接受他的示好，无法心安理得享受他的付出，因为你害怕有一天梦会醒，所有你现在得到的终有一天会失去，于是你自欺欺人，把他当作自己的男闺蜜，把他的好设定为友情而不是爱情，因为这样，你才能让自己的心里好过一点儿，才能让负罪感不会那么明显。

承认吧！你早就喜欢上齐天了！

不！她没有！她没有！

苏美景听到自己心里的声音越来越清晰，那个声音咄咄逼人，快要让她疯狂。

她喜欢的是聂晟伦，一直以来都是聂晟伦，只有他一个人！没有齐天！只有聂晟伦！

苏美景将啤酒一口饮下，冰凉的液体流入喉咙深处，熄灭了胸口快要燃起来的火焰，她把空了的酒瓶放到一边，之前那个嚣张的声音终于从身体中隐退。

谁也不能说她喜欢齐天，谁也不行。

"回来了？"

苏美景一进屋，就听到齐天的声音。

她愣了一下，看了一下时间，已经快十二点了，齐天居然一直在等她。

齐天见她回来松了口气，对她说："很晚了，快去洗洗睡吧。"

苏美景没看他，只是点点头，又听到他说："我给你准备了一杯柠檬水，你喝了酒现在肯定不舒服，睡前记得喝了。"

似曾相识的场景，以前齐天每次应酬回来，她都会给他准备一杯柠檬水。如今情况刚好相反，齐天开始扮演那个细心的角色。

想起之前在酒吧，脑海中出现的那些思绪，苏美景此刻心情有些复杂。

说不感动是假的。她看了齐天一眼，他却好像正等着她的目光，四目相对，他不禁微微一笑。

"早点儿休息。"他说。

第二天阳光从窗子照射进来，宿醉的痛感还没有消失，苏美景反复揉了几次眼睛，依然觉得视线模糊，而且整个人都提不起力气。

昨天她是什么时候睡着的？

苏美景记不起来了，只是回顾这两天发生的事情，现在想想依然觉得不可思议。

一周前她还试图和齐天解除婚姻关系，而现在，她完全丧失了这个想法。自结婚以来，这八个多月的相处，他们积攒了太多回忆，从一开始的针锋相对，吹毛求疵，到后来的患难与共，每一段时期都值得细致而长久地回味。

苏美景脑中出现了齐天的脸……

没一会儿，她穿衣起床，一走出房间，便看到齐天正准备出门。

看到她，他笑了一下："懒虫，我以为今天看不到你了。"

苏美景看着他手中的旅行包，愣了一下："你要出门？"

"嗯，去出差，事情处理完我会尽快回来的。"他笑了笑，"齐太太是不是舍不得我？"

苏美景没说话。

齐天依旧笑："不说话我就当齐太太默认了哦！放心，我会早点儿回来的，不过齐太太也要答应我一件事。"

"什么事？"

"我不在的时候不要背着我做什么坏事。"他挤挤眼睛，"知道了吗？"

苏美景瞪大了眼睛，力证自己是清白的："你胡说什么，我能做什么？"

齐天看着她的样子，走近她，轻轻在她额头上落下一吻。

苏美景有些惊讶，他的影子映在她的眼中，那么清晰，那么明朗。

"等我回来。"他说。

苏美景呆呆地看着他。

他也深深地凝视着她，眼中的温柔仿佛快要溢出来。

"别这么看着我。"他轻声说。

苏美景不明所以。

"我怕我会把持不住。"

苏美景眨了眨眼睛。

下一秒，她眼前一暗，齐天低头吻了下来。这一次却不是额头，目标是她的嘴唇。

他轻轻地吻着她，如同呵护着天底下最珍贵的宝物，小心翼翼，浅尝辄止。

就在她准备伸手推开他的时候，他放开了她，目光落在她的脸上，看着因他而起的红晕，满意地微笑着。

"这样真好看。"

她别开眼，视线落在他的胸口，看着他系的领带，忽然鬼使神差般伸出手，帮他整理了一下。

她抬起头，见齐天正欣喜地注视着她，眼中情愫纷杂。

"我……"

"美景，谢谢。"他说。

苏美景胡乱地点点头。

齐天笑了，伸手摸了摸她的头："在家好好待着，等你想我的时候，我就回来了。"

齐天穿好鞋，看着依然站在原地的苏美景，露出无奈的笑："你不说点儿什么吗？"

"再见。"

"我不想听这句。"

"一路顺风。"

"还有别的吗？"

苏美景看向他，欲言又止。

他一脸期待，仿佛等的就是苏美景心中的那句话。

她动了动嘴唇，终于下定了决心："早点儿回来。"

齐天笑了，这一笑就好比春风吹动了池水，带来一片暖意融融。

"好，我会早点儿回来。"

苏美景目送齐天出门，听到房门关上的声音，走失的灵魂才仿佛终于归体。

她刚才不知是怎么了，齐天吻她的时候，她没有拒绝，反而有种很期待的感觉。

苏美景觉得自己一定是没有休息好，反应也跟着变得迟钝了，她应该一把推开他的，怎么不知不觉地被他吃了豆腐呢。

她走到餐厅，看着桌子上做好的土豆饼，这是他当时吃的她做的第一顿早餐，如今他也学会了，能够做给她吃了。她忍不住用手掰了一小块放进嘴里，香、脆、糯，比她当初做的好像还要好吃一些。

是改良的版本吗？

她不知不觉吃完后，还是有些意犹未尽。

抓住一个人的心，就要先抓住那个人的胃。原来不只是男人，就连女人也同样适用，苏美景觉得自己的胃也开始习惯了齐天的手艺，很多时候，吃惯了他做的饭，自己做的饭菜总觉得少了那么一点点味道。

她晃晃头，让自己从混乱的思绪中挣脱出来。齐天这段时间不在，她可以有充分的时间做自己的事情，而不用再像之前一样避讳什么。

之前那部宗教类的书写得差不多了，她敲了冯蓉蓉的小窗："亲爱的，我来交稿子。"

冯蓉蓉过了好久才回："好的，我收到了，不过可能要过一阵子才能给你回复哦，最近真的超级忙！"

苏美景其实很期待冯蓉蓉对这篇稿子的看法，毕竟她是查阅了很多资料，进行了很多总结才完成的，可是既然冯蓉蓉这么说了，她也不能太着急，于是回道："好的。"

她休息了一会儿，准备给自己放个假，于是动身去逛街。

苏美景一向懒得逛街，觉得试衣服实在是个体力活，很多时候能够在网上搞定的，她从来不去实体店。

苏美景有几个自己很喜欢的品牌，比如说一家只做黑白色调的设计师品牌，就深受她的钟爱。她在店里看得眼花缭乱，觉得任意两款搭配起来都好看得要命，本来就选择恐惧症的她彻底患上了眼盲症，完全没了主意，难以取舍。

苏美景试来试去，看着手中的衣服，怎么看怎么顺眼，可是又狠不下心将这些统统收入囊中。

苏美景犹自迟疑，身后忽然响起了一个熟悉的声音："美景，好巧，你也在这儿？"

是聂晟伦，他的身边还跟着几个陌生人。

"你……"

聂晟伦低声和朋友说了句什么，然后他的朋友们结伴离开。聂晟伦独自走过来："我刚和客户吃完饭，老板心情好，下午给我们放假。你在挑衣服？"

苏美景没想到这么快又遇见了他，一时有些错愕，但很快恢复如常，点了点头："是啊，好看的款式太多，不知该如何抉择了。"

聂晟伦看了看她挑好的衣服，拿起其中的白色衬衫："这件很好看。"

这件衬衫原本也是她打算要入手的。

"那其他的呢？"

聂晟伦指了指其中一条裤子："你穿起来看看。"

苏美景去试衣间换好，聂晟伦端详了一番，又指了另外一件："再看看这个。"

几番下来，就连聂晟伦也觉得有些选择困难，他不禁笑道："美景，只能说你穿什么都好看。"

最后，聂晟伦做主，帮她挑了一条黑色的风琴裤，与白衬衫搭配在一起，看起来很好。苏美景从试衣间出来，聂晟伦已经自顾自刷完了卡。

"这怎么能行？"苏美景说着就要拿钱给他。

聂晟伦笑了笑："既然如此，你不妨请我吃饭。"

"现在去？"

他却摇了摇头："你忘了吗，我才刚刚吃过。我这里正好有两张电影票，要不要和我一起去看？"

苏美景狐疑地打量他，怎么这么巧，他连票都买好了？

聂晟伦看出她的怀疑，解释道："其实本来我是打算和冯蓉蓉一起看的，结果忘记她最近太忙，买错了时间，没想到正好遇见你，你也不想看着这两张票浪费掉吧？"

蓉蓉最近的确很忙，苏美景想了想，又听他说："老同学间看个电影，你先生应该没那么小气，不会介意这种事情吧？"

说到这份儿上，苏美景也不好再拒绝，点了点头："那好。"

聂晟伦注视着她的表情，和她一起走向影院。

看电影的时候，聂晟伦问她："美景，如果你是女主角，你会不顾一切和那个男人走吗？"

电影里，女主角多年后重新遇到了青春时代最爱的男人，可是那个时候她已经有了交往了一段时间的男朋友，然而，当昔日最爱出现的时候，当她发觉自己的一颗心在寂寥许久之后重新有了萌动的感觉，在男友和旧爱之间，女主角毅然选择抛弃现在的一切，愿意和旧爱远走高飞。

苏美景沉默了一会儿，如果是她，她会怎么做呢？

如果时间退回到跟齐天刚结婚的时候，她大概会毫不犹豫地说走。可是现在呢？她还会吗？当生活逐渐趋于稳定，那些青春时代的恋爱终究只能存在于记忆里，她是一个足够理智而且现实的人，不会因为一时冲动毁掉两个家庭，也不会拿自己的未来去赌茫茫未知的事。

聂晟伦等不到她的答案，说："如果我是那个男人，不会让她跟我走的。"

苏美景没想到他会这么说，问："为什么？"

"如果我不能保证我一如既往地爱着她，不能保证给她幸福美满的生活，我不会带她冒这个险。"

苏美景没有再说话，但她也承认，聂晟伦的考虑是正确的，时至今日，再追究过去的种种并没有意义。

晚上，聂晟伦送她回家。

"美景，周末有空吗？"他问。

苏美景下意识地想说没事，但话到嘴边又咽了回去，想了想问道："你有什么事吗？"

聂晟伦笑笑："如果你有空，我们去爬山吧。"

"还是不了，周末我要赶稿。"苏美景摇摇头，她眨了眨眼，"再拖下去，蓉蓉又要夺命连环催了。"

"这样啊，那你加油。"聂晟伦道。

苏美景没有注意到，聂晟伦眼睛里一闪而过的情绪。

Chapter13

故　地　重　游

没有预兆地，聂晟伦对苏美景的联络忽然变得频繁起来。

"在干什么？"

"吃饭了吗？"

"要不要出去转一转？"

换作是从前，接到他的消息，苏美景恐怕会激动得跳起来。可是现在，她却觉得有些莫名其妙。

她很少回复他的消息，往往拖了几个小时之后，才懒懒回一句："刚刚在忙，没看到。"

然后再度玩起消失，本以为这样就会让他失去兴致，可他却仿佛不知疲倦一般，依旧给她发着消息，似乎她回不回复都无关紧要。

苏美景无可奈何："冯蓉蓉还在等你，你多去陪陪她。"

"我约你出去，就是想打听蓉蓉的事情。"他说。

苏美景认命地出去，心想如果他扯远了，她就直接走。

幸好，聂晟伦真的是在和她打听冯蓉蓉的事情，但是没说几句，却又扯到了她的身上。

"还记得我们之前看的电影吗？"他问道。

苏美景心中升起不安："怎么了？"

聂晟伦似笑非笑："如果我问你，愿不愿意跟我走……"

"聂晟伦，你是不是疯了？"她严肃地打断他的话，"你知不知道自己在说什么？觉得逗我很好玩吗？"

聂晟伦反而显得很轻松，他只是靠在椅背上，漆黑的眼珠平静地注视着她。

大约过了几秒钟，他才笑笑，示意她不要紧张："我就是开个玩笑，别放在心上。"

苏美景依然有些生气，她想起前几天聊天时，冯蓉蓉对她说，和聂晟伦关系比之前更融洽一些了，她以为只要再过不久，就能听到他们的好消息了。可是现在聂晟伦的态度，倒让她多少为冯蓉蓉感到担心了。

"聂晟伦，这种玩笑一点儿都不好笑。你到底对蓉蓉是不是认真的？"她有些不理解。

在她的印象中，聂晟伦一直都是极为自律的一个人，可是他现在为什么要说这些不负责任的话呢？

聂晟伦没有回答她，苏美景有些失望。

"你现在这样让我很为难，如果蓉蓉知道你这样，她也会很为难的。希望你不要伤害她，她是我的好朋友。"

"齐董，齐太太星期三和聂晟伦吃饭看电影，九点半左右回家，星期四去健身房，星期五没有出门，星期六和聂晟伦吃了饭，回家的时候好像有些不高兴。"

秘书一板一眼向齐天汇报着，齐天听完点点头，挥手让他出去。

齐天头疼地看着手里的报告，心想自己一天也不容易，出个差都这么不消停。不但要操心公事，还要费心自家后院情况，虽然聂晟伦是自己找来帮忙的，可他还是不放心，万一苏美景见到初恋，干柴烈火一点就着，冲动之下跟人跑了可怎么办。

况且，对于聂晟伦的想法，他没那么有把握。万一触动了之前埋下的哪根神经，让聂晟伦突然毁约了，该怎么办。不行，他得赶快把手里的事情处理完，早点儿回去才是上策。

想着，他又埋头处理起文件来，如果事情进展顺利的话，明天应该就可以返程了。

苏美景躺在沙发上，正在午休。

这段时间她的生活显得有些单调，除了码字，都没有什么事情好干。

苏美景看着天花板，内心深处泛起了深深的寂寞感，好像浑身的力气都被抽走了，徒留虚弱疲累。她想打开电视，可是身体太沉，根本连拿遥控器的力气都没有了。

如果现在齐天在该多好……

苏美景被自己的想法吓到，她居然想到了齐天，此刻的她竟然特别迫切地想要听到齐天的声音，脑子里不断出现他在自己眼前晃悠的画面。

那天，齐天穿着条纹家居服，从她面前一趟一趟走过，装作不经意的样子，实际上眼睛却不断瞥着她。

当时，她被他转得烦躁，就说："你能不能不要总是走来走去，挡我看电视了！"

齐天听到后反而站在电视前不动了："我发现这个角度的你看起来特别好看，你应该不介意我多欣赏一会儿吧？"

她拿起抱枕作势要扔："现在呢？还好看吗？"

"比静态看起来更有动感美喔！"

她感觉无语，只是瞪着他："你让不让开？"

他一副"你奈我何"的样子，道："不让。"

"真的不让？"

"就不让。"

她一个抱枕飞过去，却被他轻松接住："齐太太发怒的样子更漂亮了。"

"漂亮吗？让你看看我更漂亮的样子。"她又从身边拿起一个抱枕飞出去。

齐天长臂一伸再度接住，笑嘻嘻地看着她："怎么办，越看越喜欢了。"

她受不了他的无赖，气得一摔遥控器，既然挡着她，那她不看不就好了。然后她从沙发上起来，穿鞋打算离开。

齐天却抓着两只抱枕扑过来，软软地压在她的身上，顽劣地看着她："齐太太要去哪儿啊？"

"你走开！我不看了，你别烦我！"

"不看怎么行？这么漂亮的齐太太，我还没看够呢！"

他用两个抱枕压住她，一双亮晶晶的眼睛看着她，脸上带着狡猾的笑。

"果然近距离看，和刚才看到的又不一样了。这么诱人，如果我控制不住自己，吻上去怎么办？"

"齐天，你是不是变态？"

"这怎么能叫变态，这是对你的赞美。"

他的脸就在距离她几厘米的地方，她不由得侧过脸，有些脸红："你放开我。"

"不放会怎样？"

她不说话，但紧紧抿着的嘴泄露了她的紧张。

齐天十分欣赏她此刻的样子。她脸颊微红，羞赧得像个孩子。他的目光温情柔和地注视着她，眼中漾着自己都不曾注意到的浓烈的爱。

"你脸红了……"他说。

离得这么近，不脸红才怪。

她倔强地梗着脖子，就是不肯看他。

"苏美景，你是不是觉得如果看到我，会忍不住要吻我？"

"才不是。"

"那你为什么不看我？"

"你长得太丑了。"

齐天惊讶地"哦"了一声，不可置信："你说什么？我长得太丑了？"

这还是他第一次听到别人说自己长得丑。

她是眼睛坏掉了吗？

她努力按捺住剧烈的心跳，瞥了他一眼，然后飞快地收回目光："嗯，你不觉得下巴上长了一颗痘痘，真的很丑吗？"

齐天伸手摸了摸自己的下巴，大概是这两天有点儿上火，加上吃了点儿辣的，导致痘痘都冒出来了。他冷哼了一声："不就是颗痘痘嘛，明天就下去了。"

"那今天看着也不好看。"她嘴硬。说实话，她还真没觉得这颗痘痘哪里违和。不过，齐天就是有这个本事，能让别人唯恐避之不及的痘痘都显得特别可爱，好像在向世界炫耀说："我是一颗最帅最好看的痘痘！"

想到这儿，她不禁"扑哧"一笑。

齐天以为她是在笑自己，顿时有点儿恼羞成怒："苏美景，你笑是什么意思，难道你没长过痘痘吗？"

"哈哈哈，我还真不长！"她故意气他。

结果第二天，她惊恐地发现，自己额头和鼻梁都不约而同地红了起来，齐天指着她大笑："苏美景，你不是说你不长痘痘吗？你看这是什么，这是要发芽的趋势啊！要不要我给你准备点儿祛痘的药膏，不然明天就没法见人了，哈哈哈！"

她匆匆绕过他，不想和他纠缠："多管闲事。"

"怎么能说多管闲事呢？我是在关心你啊，不然你顶着这张痘痘脸成天在我眼前晃，我看着也不舒服啊！为了彼此好，这药膏你拿着，很管用的！"

报应啊，这就是她嘲笑他的下场。

她看着手里的药膏，又看着镜面反射出的自己的脸，俗话说好的不灵坏的灵，应该就是这种情况了吧。

"要不要我帮你涂啊？"齐天凑过来，一脸热心地注视着她。

　　她略一走神，药膏已经被他拿在手里，他将那些散发着浓烈薄荷气味的膏体涂在她的脸上，刺激得她睁不开眼睛。她感觉到他的手游走在她脸部各处，心中疑虑升起："明明只有额头和鼻子有，你怎么都涂到脸上去了？"

　　齐天一本正经："因为脸上也有冒痘的痕迹啊，你都没仔细看，全部都是红红的。"

　　他说得严肃，可她就是觉得不对，脸上清凉得直冒凉气，她倏地睁开眼睛，顾不上有眼泪流下来，狠狠地瞪着他："我看你是故意的！"

　　齐天坦坦荡荡地承认了："是啊，我就是故意的。"

　　"你！"

　　"苏美景，你还真是笨蛋！"

　　她气得双手捧住他的脸，然后一踮脚把自己的脸贴了上去。齐天向后躲避，可她紧紧抱住他的脖子，死不撒手，将一半的药膏都转移到他的脸上，还有嘴唇上，他呛得说不出话，只能凶狠地盯着她。

　　她得意地叉腰笑："齐先生真以为我是好欺负的吗？你也尝尝这药膏的滋味吧！"

　　齐天愤愤地一抹脸，勾出坏笑："一起尝尝！"说完，还没等她躲闪，两人的嘴唇已经贴到了一起。

　　"唔……"

　　她挣扎着，他却牢牢钳制住她的双手，用沾满药膏的嘴唇亲吻着她。她狠狠咬了他一口，这才逼得他松口。

　　他眼中闪着光："怎么样，齐太太，这药膏味道不错吧？"

　　她擦了擦嘴："看起来，齐先生很喜欢这种刺激的感觉，不如下次试试辣椒油？"

　　"只要齐太太愿意，我乐意奉陪。"

　　"齐先生见过腊肠嘴吗？如果你的仰慕者看到这样的齐先生……"她

拖长尾音，意味深长地看着他。

"放心吧，这样的我只有齐太太一个人能看到。"他暧昧地看着她，"我怎么会让别人看到我私下的样子，我只会让我最亲密的人看到啊。"

她抖了抖身上的鸡皮疙瘩："这种话还是留着跟你的爱慕者说吧。"

"不，这种话应该说给我爱慕的人听。"

论说肉麻话，她绝对是比不上齐天的。

即使现在回想起来，苏美景还是忍不住抖上一抖。

"怎么了？你冷吗？"

"不冷。"

苏美景忽然觉得不对，这声音是从哪儿冒出来的？

她吓了一跳，家里明明没有别人，可她怎么好像听见了齐天的声音？

她回过头，看到风尘仆仆的齐天正站在她身后，手里还拎着行李，看着她。

她简直不敢相信自己的眼睛："你……你怎么回来了？"

她刚刚还在想他，然后他一眨眼就出现在了她的身后，这场景出现得太突然，就好像做梦一样，太意外了。

齐天笑了笑："看齐太太的样子，好像不太欢迎我？"

"不是，你、你不是说要一周后才能回来吗？"

"因为思念撩人，我控制不住自己，提前跑回来了。"

苏美景不知道自己现在是什么样的表情，她心里有一种很开心的感觉，有一种叫作喜悦的心情在不断膨胀，虽然她拼尽全力在抑制着这种心情，可它还是突破束缚悄悄爬上她的脸颊，扯动着她的嘴唇，以至于露出了一种想笑却不笑的僵硬表情。

齐天轻轻拍了拍她的头："你怎么了？"

苏美景瞪大眼睛看着他。

齐天露出一个无奈的笑容："我就这么吓人吗？"

他捏了捏她的脸："苏美景，看到你这样，我忽然感觉提前回来是个错误。"

她眨了眨眼睛。

"可是怎么办呢，谁叫我这么想你。"

下一秒，齐天紧紧抱住了她，感受着来自她身上的温暖，几天来接连不断工作付出的辛苦都变得值得。没有什么比她在自己怀里更让人心情愉悦的了，他将下巴抵在她的额头，这样想着。

他闭着眼睛，忽然觉得身侧有什么在动，是她缓缓抬起了手臂，然后轻轻覆在他的腰间，还有些不敢触碰。

这个举动让他欣喜，他干脆主动抓住了她的手，用一种毋庸置疑的力度，帮她环住了自己的腰。

"苏美景，我很想你。"他的声音坚定有力，响在她的耳边。

如此近的距离，他的呼吸轻轻喷在她的耳朵上，带来一种酥痒的感觉。苏美景感觉自己的心忽然不受控制地狂跳起来，情感再也不受抑制，如同江河泛滥，喷薄而出。

苏美景不由自主地收紧了自己的手臂，他的温度围绕在她的四周，鼻间是独属于他身上的气息，她仿佛忽然像是找到了家，强烈的归属感笼罩住她。

"我也是……"

她的声音很小，齐天以为自己听错了，不禁追问："你说什么？"

苏美景摇头不肯再重复。

"我没听清，你再说一遍。"齐天抱着她，目光灼灼地注视着她。

"没有，我什么都没说。"她不肯看他。

"你不说我就一直这么抱着你！"齐天好笑地看着她，感觉她就像一条脱了水的鱼，一直抗议着想要重新回归大海，不断地在自己怀里扭动。

他不禁收紧了自己的手臂，笑看着她。

苏美景放弃抵抗，安静地靠在他怀里，眼睛看了他一下又飞快躲开，低声而清楚地说："我也想你……"

脸忽然被亲了一下，苏美景惊讶地看着齐天，对方笑得像只偷了蜜的狐狸，一双眼睛泛着柔情蜜意。

"这是给你的奖励。"他说。

苏美景红着脸不说话。齐天却觉得此刻的苏美景怎么看怎么好看，不禁再度低头在她额上落下一吻。

苏美景扬起脸看他："那这个又是什么？"

"是我对齐太太的爱啊。"

苏美景轻打了他一下："没个正形。"

"什么叫正形？"齐天故意问，"我的人生中有三件大事，赚钱、养家，还有调戏齐太太。"

对于他口中所说的第三件大事，苏美景持保留意见，不过心里却涌起了一丝甜蜜。当她意识到自己绷不住笑的时候，不由得又有些慌张，有什么东西正在渐渐脱离她的掌控，她必须用足够的理智才能将这种跑偏的感情拉回来。

"你还不赶快把衣服换了，刚下飞机肯定很累，快去洗个澡，然后上床休息。"她推搡着他。

齐天一边顺从地脱着衣服，一边道："齐太太要不要上床等我？我很快就好。"

苏美景帮他把衣服挂好，背对着他，掩饰住了自己此刻的心情。

"你再胡说小心我生气了！"

齐天见状也不勉强，不过嘴边却弯起好看的笑容，能够开得起玩笑，就已经是一个很大的进步了。

可是同时他也有些不开心，看来这段时间聂晟伦对她的影响不小，不然怎么让她转变得这么快。

苏美景帮齐天煮了牛肉面，等他洗完澡叫他来吃。

"你快点儿来吃吧，已经好了。"

齐天裹着一条浴巾走过来，苏美景瞥了他一眼不禁往后躲了躲："你倒是穿上点儿衣服啊。"

齐天好笑地看了她一眼："怎么说我们也是老夫老妻了，齐太太还在乎这些细节做什么？"

谁跟你老夫老妻！

苏美景看他吃面，自己也忍不住有点儿馋。

齐天看出了她的想法，冲她勾勾手："过来。"

苏美景听话地靠近，他喂她吃。

"再来一块牛肉。"他有些嫌弃，"看你现在这个样子，好像几天没有吃饭一样。"

"什么啊……"满口食物的苏美景出声说道。

"齐太太，我不在这几天你都没有好好吃饭是不是？"他板起脸。

"没有哇……"

"那你干吗做出一副好吃好吃真好吃的表情？"

苏美景艰难地咽下口中的食物，终于能把话说清楚了："因为确实很好吃啊。"

"瞎说。应该是因为我亲手喂你才那么好吃。"

"……"

"别不承认了，你的眼神已经出卖了你。"

"……"她什么眼神啊？

"要不要再来一块牛肉？"他眼睛勾引着她。

"不要。"她果断地摇摇头。

"别自欺欺人了，你明明就很想要。"

她咽了咽口水，有些困难地说："齐先生，你能不能好好说话。"

"我就是在好好说话啊。"他一本正经地看着她，"齐太太倒是想到哪里去了？"

苏美景不想承认自己污，她看着在自己眼前摇晃的小牛肉，恨恨地一口吞下："齐先生慢吃，我要去码字了。"

"吃了我的肉一定会比平时更有力气，齐太太加油哦！"他在身后道。

呸，什么他的肉！明明就是她切的小牛肉！

这个家伙，本来好好的话非要说得暧昧不清，真讨厌！

苏美景坐在电脑前，敲开了冯蓉蓉的头像。

"蓉蓉，稿子最近看了吗？"

隔了好久冯蓉蓉才回复："最近在忙，都没有时间呢。"

苏美景想了想："可是宗教那篇我真的好担心，第一次写这种题材，一点儿谱都没有，真的好想听听你的看法，你帮我先看一下嘛！"

"对不起啊，我最近真的好忙，等我闲下来一定马上看！给我三天！不！两天就好！手里的事情处理完，我第一时间给你意见！"

"好吧好吧，你也不要太着急了，注意休息。"

"好的，放心吧。"对方发来一个亲亲的表情。

"什么时候想休息了记得叫我，我们去喝咖啡。"

苏美景不禁想，不知道冯蓉蓉和聂晟伦最近怎么样了。

"齐董事长，你是不是在耍我？"齐天的办公室里，聂晟伦坐在沙发上，有些不悦地看着齐天。

"我耍你做什么？"齐天不解。

"你说苏美景喜欢我，可是我怎么一点儿都没感觉到？"

齐天闻言有些诧异："你是说她不喜欢你？"

齐天的表情不像是装出来的，聂晟伦说："我倒觉得苏美景心里其实是有你的，只不过是她自己不愿意承认而已。"

齐天沉吟："既然如此，你愿不愿意再帮我打一针猛药？"

"你想怎么做？"

苏美景收到聂晟伦发来的消息时，正在发呆。

"后天是我们高中校庆，没事的话要不要一起回去看看？"

苏美景本就打算这次校庆的时候回去看看，没想到聂晟伦居然也要去。她想了想，答应了。

她跟齐天说起这件事，齐天哀怨地瞥了她一眼，语气满带醋意："所以说，齐太太要和别人重游校园了吗？"

苏美景避重就轻地回道："只不过是同学结伴而已，没有你想得那么严重。"

"齐太太不会背着我跟'同学'旧情复燃吧？"

"怎么会呢。"

虽然已经得了保证，可是在苏美景扭头的时候，齐天还是发出了一声长长的叹息。

其实他早就知道，从他爱上苏美景的那一天起，她就掌控了他的喜怒哀乐，无论她做了什么，他都无法责怪她，因为都是他心甘情愿。更何况，聂晟伦也是他亲手推到她身边去的。

七十周年校庆，学校办得可以说是盛况空前。在距离校门一百米开外的地方，已经摆放了不少拱门和花环，各式各样的气球在天空中飘动，音响中放着校歌，欢快而热烈。

苏美景和聂晟伦走在路上，受到了学生们的热情招待，更有热心的学生要带着他们进去参观，看看学校近年来的变化。

聂晟伦笑了笑："不用了，我们自己看就好。"

即使到现在，C高也是全市面积最大的高中，硬件设施都是数一数二的，拥有极其先进的教学设备以及丰富的文体设施。

同印象里的校园相比，它的整体格局倒是没有大的变化，只是所有墙体都经过了重新粉刷，看起来就像新建的一样。她还记得从前他们上学时的口号是"拼·爱"，现在口号已经变成"品·搏"，意味着品书香，搏未来。

由于今天校庆，学生们都不上课，可以尽情在校园里欢闹。

星月广场上有学生社团组织的表演，现在的孩子比他们那个时候厉害了不少。

"这帮孩子的课余生活还真是丰富。"苏美景感叹。

"是啊。"聂晟伦点点头，"还记得我们那个时候也就是有个合唱团，小乐团，现在这些社团真是越来越多了。"

道路两边的展示板里贴着建校七十年来的历史性时刻，还有很多珍贵美好的师生回忆，他们一路走着，看着那些熟悉的照片，在中间寻找着自己的身影。

"你看，这不是高我们两届的学长吗？每次大型晚会的主持人都是他，那个时候我坐在台下，被他的声音迷得七荤八素的。"

"你看你看，这是艺丹姐，当年的校花！"

"还有啊，这不是我们那年运动会的时候吗？那天居然下了雨，运动会险些开不成，我还记得呢！"

"你看……"

苏美景忽然不说了，指着下一张照片上的人，惊讶得张大了嘴："这个，不是我吗？"

聂晟伦的目光也停驻在那张照片上，照片很眼熟，是苏美景在进行插花比赛的时候拍摄的。她低着头，目光专注又认真地看着手里的鲜花，不知为何就有了一种自带光环的效果，周围的人仿佛都成了陪衬，画面中只有一个她，唯美而清新。

为什么觉得眼熟呢？聂晟伦的嘴角不自觉弯起，深深地看着她："这张照片是我拍的。"

"你拍的？"苏美景不可置信地看着他，这是怎么回事？

"你不记得了吗，其实我那个时候很喜欢摄影，每次有什么活动，总喜欢拿着相机拍来拍去。"

这么一说，苏美景有点儿印象了，她是有几次看到聂晟伦摆弄相机。不过她一直没多想，毕竟，在她的记忆里，聂晟伦是一个体育天才，没想到对于摄影这种文艺青年干的事情也这么热衷，他居然还为她拍过这样的照片。

"你当时怎么没有告诉我？"她问。

聂晟伦耸耸肩："如果你暗恋一个人，你会告诉他你给他拍了照片吗？"

苏美景愣了一下，如果是她，恐怕也只会默默藏在心里，根本不敢让旁人知道吧。想到这里，她不禁唏嘘。

"拍的还真好看呢。"她看着照片上的自己，喃喃道。

"有机会我把之前拍过的照片给你看。"聂晟伦说。

苏美景看着他，点了点头，脸上的表情有些复杂。

他们在校园里慢慢走着，周围有很多和他们一样回来的校友，苏美景眼尖，在人群中看到了昔日同届的同学，指给聂晟伦看："你看，那个人是不是你们篮球队的？"

聂晟伦看了一眼："还真是，走，去打个招呼。"

苏美景犹豫："我就不去了吧。"

"这有什么，一起。"聂晟伦揽着她走过去，叫道，"宇豪！"

付宇豪转过身，看到聂晟伦时露出了意外的表情，他惊喜地上前一把抱住了聂晟伦："想不到会在这儿看到你，好久不见了兄弟！"

聂晟伦拍拍他，两个人叙了一会儿旧，付宇豪这才看到了站在一旁的苏美景："这不是，你当年……"

他看了一眼聂晟伦的表情，忽然笑道："想不到啊，这么多年过去了，你终于和你女神在一起了！"

苏美景听后，不由得看向聂晟伦。

女神？她是他当年的女神？

聂晟伦捅付宇豪一下："别瞎说，都是陈年往事了，现在还提干吗！"

"哈哈，这我更要说道说道了。美景，你是不知道，那个时候聂晟伦眼睛都要掉你身上了，每次你路过篮球场的时候，他就明显不在状态，我们开始还费解是怎么回事，后来才知道，原来是他女神来了！这小子还真和别人不一样，别人看到喜欢的女生，都恨不得好好表现一把，他倒好，每次都紧张得一塌糊涂。不过我们也就敢趁这个时候，多从他手里抢几个球下来，报报平日的仇。"

苏美景笑了笑："是吗？"

"可不是嘛，那个时候我们都怂恿他，明明喜欢为什么不去表白，他啊，说什么都不肯，把我们都急坏了。"付宇豪笑嘻嘻地看看聂晟伦，又看看苏美景，"不过还好，你终于回过味来了，什么时候在一起的啊？回头我得告诉兄弟们一声，咱们聂队长总算是抱得美人归了。"

聂晟伦不知道该不该解释，正在犹豫的时候，听到苏美景说了："豪哥，你误会了，我们只是一起来看看学校而已。"

聂晟伦看着苏美景，她面色如常，虽是带着笑容，却可以看出她刻意在和他保持着距离。

付宇豪发现了两人之间微妙的气氛，连忙补救："哈哈，是吗，不过我也没想到你们还能联系，那走啊，咱们一起逛逛，我可是自己来的，连个伴儿都没有，一起走不介意吧？"

苏美景笑笑："当然不，走吧。"

苏美景秉着少说多看的原则，一路很少开口，一直听着聂晟伦和付宇豪说话，偶尔也简单回应几句。

走到篮球场，那个充满三人回忆的地方，付宇豪提议："怎么样，聂队长，要不要我们打几个球，看看这几年有没有退步？"

聂晟伦眼中闪过挑战的火苗："好啊。"

说着，两个人向旁边的学生借了球，先来几个热身，然后正式进入1vs1对决。

他们就像两个大孩子，在一次次的摸索中寻找着曾经巅峰时代的记忆，三步上篮和障眼法依旧玩得很溜，可是相比从前，明显都感觉到了关节活动不便以及体力不支。

最后，聂晟伦在反击中三分命中领先一步。

付宇豪擦了擦额上的汗，不得不服气："不愧是聂队长，风采不减当年啊！"

聂晟伦也微微喘息着，眼睛却因为运动过后而亮晶晶的，显得神采飞扬："你也不错，平时肯定也没丢下篮球。"

苏美景去旁边的商铺买了纪念毛巾，递给两人擦汗。

付宇豪打趣："谢谢嫂子！"

"胡说什么，我结婚了的。"苏美景随口说道。

付宇豪愣了一下，连忙笑道："原来是这样，看来聂晟伦还是晚了一步啊。"

苏美景脸上挂着礼貌的笑，远远地站在一旁，等他们恢复好了，才问："饿了吗？要不要去食堂吃饭？"

当年C高食堂的饭菜可以说是一绝，即便上了大学，苏美景还常常想起这里的饭菜，觉得真的是美味无比。

另两个人显然也和她有同样的想法，不约而同地点点头："走吧，去食堂看看。"

熟悉的地方，却已经不是熟悉的食堂阿姨。他们来到当年的麻辣烫窗口，曾经为了吃一份麻辣烫，下课之后必须第一个冲出教室，跑着去食堂，不然就要面临着长长的队伍。

如今来到这里，还是和从前差不多的情况，只有麻辣烫这里排着队，而且大部分都是和他们一样，是来参加校庆的校友。

"想不到这里还是这么火。"

"是啊，看起来大家的回忆都集中在这里呢。"

三个人笑着，分开排着三个队伍，就和从前一样，一切都是那么熟悉，仿佛顷刻间就回到了七年前。

苏美景只吃了一口，就感动得快要流下眼泪。

"一样的味道！"她含糊地说着。

"我爱这个麻辣烫！"付宇豪也说。

学校没有啤酒，不然他们肯定要喝点儿酒的，现在只能买可乐，一人一罐，碰在一起。

"干杯，庆祝我们多年之后又回到这里！"

"干杯！"

"干杯！"

……

吃完饭，付宇豪说自己有事就先走了，剩下聂晟伦和苏美景在操场上散步。

操场还和原来差不多，只是当时是新建的，现在看起来就稍微有些破旧了。之前苏美景总喜欢在附近的单杠上面坐着，远远地望着蓝天，觉得那是一天中最轻松惬意的时光。

她曾经无数次想过，希望有一天，能和聂晟伦一起走在这操场上，一圈儿又一圈儿，即便什么都不说，也是一种美好的感受。现在，她的这个愿望已经实现了，有种心中的大石终于落地的感觉，仿佛一切都已经结束了，那些蠢蠢欲动的小心思终于尘埃落定，再也不会将这些遗憾挂在心里。

一切都结束了。

聂晟伦问她："今天开心吗？"

苏美景点点头："嗯，再次回到校园，也终于得偿所愿。"

"我也是，感觉回到这里，很多一直埋在心底的事情重新浮上心头，忽然间就有了许多感慨。"

她沉着地笑道："故地重游，有些感慨是正常的，不过这些感慨留在这里就好，属于这里的东西就还给这里，不需要带走。"

聂晟伦问她："苏美景，你没有什么要和我说的吗？"

她想了想，说："其实我应该谢谢你，因为有你的存在，回想起我的高中岁月，这里还有些东西可以怀念，可以当作谈资。无论当时是什么样的心情，对于现在的我来说，都是一笔极其珍贵的财富。"

"就这些？"

她点点头："就这些。"

"可是，对我而言却不单单是回忆那么简单。"他说。

苏美景知道自己阻止不了他的话，索性让他说下去。

"这番回来，我发现有些记忆是无法从生命中抹除掉的，甚至这些记忆会随着时间的推移变得更加重要，它们的分量在日积月累中沉淀，坚不可摧。"

苏美景静静地看着他，眼瞳漆黑，却没有因为他的话语而掀起分毫的波澜。

"我有很多话，有很多想法，它们在我心里已经积压了太久，如果再不说出来，恐怕我会疯掉的。美景，我想告诉你，把这些年我的想法全部说给你听。"

他的眼睛狂热似火，而她却平淡如水。

"美景？"意识到她的冷淡，聂晟伦有些迟疑地看着她。

苏美景露出歉意的一笑："在你说那些话之前，我想我有必要提醒你一句，如果你还是觉得一定要说，我不拦你。"

"什么话？"

"我已经结婚了。"

聂晟伦看着苏美景，沉默着与她对视："美景……"

苏美景看着他："对不起。"

"美景，你甚至都不想再听我说些什么吗？"

"无论你说什么，都不能改变任何事情，所以，我希望这些话你能放在心里，或者干脆把它们从你心里清除掉，以后再也不要想起来。"

"我喜欢你，苏美景，从我重新见到你的那一刻起，这句话就在我脑海里演练了无数次。我知道你的婚姻并非你所愿，只要你踏出一步，其余的我都愿意替你完成，所有的事情我都可以和你一起承担，我……"

苏美景打断了他："聂晟伦，我是自愿结婚的。"

"那我想问你最后一个问题。"即便已经穷途末路，可他还是想要问一句，一个至关重要的问题。

"你问吧。"

"你爱齐天吗？"

苏美景怔了一下，神色变得复杂起来。

"你爱他吗？"

这是苏美景第一次认真思考这个问题，她开始重新衡量齐天在自己心中的分量。

他温柔、强势、顽劣又体贴，他的身上有太多东西，让她不由自主地着迷，让她想要依赖，想要倚靠，在他外出的时候，她会想念他，在她与别人相处的时候，甚至也会暗暗和齐天进行比较。

苏美景心里忽然有了答案，犹如黑暗中忽然亮起了一盏灯，将原本黑漆漆的地方瞬间点亮，找到了行进的方向。

她看着聂晟伦。

在她看向他的时候，他已经明白了。

她一字一句地说："我不知道这样算不算爱，但我可以确定的是，我喜欢他，能跟他在一起我非常开心。"

"苏美景，如果你是为了拒绝我而这么说，那大可不必……"

苏美景忍不住别开眼："对不起，聂晟伦，你值得更好的人。"

"可是，在我心里你是最好的。"

"聂晟伦，你在跟我开玩笑？"苏美景笑看着他，四两拨千斤。

"你觉得我在和你闹着玩吗？"聂晟伦似笑非笑地注视她。

她低下头，不知道该用怎样的态度劝说他，或许，她现在一句话都不应该说。

聂晟伦伸出手似乎想要拉住她，她下意识地将他的手挥开。

聂晟伦一愣，还保持着伸手的姿态，他万万没想到苏美景会这么直接。

苏美景对自己下意识的反应也是一愣，但是很快她又像想明白了什么，开口道："对不起，我是真的不喜欢你，也不可能喜欢你，永远不可能了！"

"我……"

聂晟伦的话还没说出来，苏美景抬起头，认真地看着他："如果可以，我觉得我们还是不要再见面了"说完，她也没再给聂晟伦说话的机会，直接转身离开。

Chapter14

挥 别 过 去

"为了帮你，我可是把我的脸面都搭进去了，以后我可不敢见她了。"

齐天的办公室里，聂晟伦有些无奈地摊摊手。这段戏演得太逼真，就连他自己都险些相信了，没想到自己还有做演员的潜力。

"辛苦你了。"齐天给聂晟伦倒了杯茶，心里暗暗想，本来你俩就没什么机会再见面了。

聂晟伦喝着齐董事长亲手倒的茶水，脸上的表情复杂万分："我在苏美景心里彻底变成了一个渣男，你是不是还挺高兴的？"

齐天笑道："美景能走出来就好。"

虽然话是这么说，可聂晟伦还是有些怅然："希望她今后真的能幸福。"

齐天眯了眯眼："你的意思是我给不了她幸福？"

"我只愿你不要伤害她。"

齐天微微一笑："这你放心，我的女人，我永远不会伤害她。"

门外，听到里面谈话的苏美景微微愣住。

她是来给齐天送饭的，并非有意偷听，只是因为门虚掩着，有些话还来不及过滤就传到了她的耳朵里。

她想不到，聂晟伦的接近竟然是和齐天商量之后的有意为之，她还一直陷在情义之间纠结万分，觉得自己愧对齐天，试图弥补。

　　听到这些，她不知道是好气还是好笑，一向品行端正的聂晟伦竟然也随着齐天的性子胡闹，陪齐天演了这么一出戏。而如果不是因为出于愧疚，加上对齐天的关心，她不会跑来送饭，也就不会听到这一切。

　　记得那天校庆结束，她回到家里，埋头在床上失声痛哭。如果说齐天清楚一切事实经过，那么当时的他肯定在门外偷着乐吧，一边假装关心，一边看她的笑话。

　　太可恶了！

　　偏偏在那之后，齐天为了照顾"受伤"的她，特意冒着大雨出去买菜做饭，为了安慰她沮丧的心情，他却落了个发烧感冒，弄得她心中愧疚难安，所以今天还特意来给他送"爱心午餐"。

　　苏美景越想越气，其实这一切根本就是计划好的，早有预谋！她还傻乎乎地被蒙在鼓里，气死她了！

　　苏美景果断离开，坚决不惯病。

　　齐天下班后回到家里，看到苏美景做了一桌子菜，顿时眉开眼笑。

　　"今天怎么这么丰盛？在等我吃饭吗？"

　　苏美景坐在椅子上没动，只是轻描淡写地瞥了他一眼："本来想约人来家里吃饭，人家却爽约了。"

　　齐天怔了一下，随即笑道："没关系，齐太太宴请我也是一样的。我陪你吃。"

　　齐天洗了手刚刚坐定，苏美景就站了起来："你吃吧。"

　　他不明所以："美景，你怎么了？"

　　苏美景看着他，脸上有一种忧伤的神情："聂晟伦今天就走了。"

　　他有些惊讶："你怎么知道？"

　　聂晟伦的确和他说过，准备出去散散心，说感觉欺骗了苏美景，心理

234

压力很大。可是，她又是怎么知道的？难不成，他们之间还有联系？

看着苏美景脸上的怀疑，他很快掩饰了自己的惊讶，装作什么都不清楚的样子。

他故意露出有些恼火的表情："齐太太，你给我说清楚，你请别的男人到家里吃饭是什么意思？"

苏美景似笑非笑地看着他："老同学之间聊聊天，联络联络感情，有什么不对的吗？"

齐天眼睛眯起，聂晟伦怎么回事？口口声声说已经解决了一切，苏美景都不想见他了，现在此情此景又作何解释？

还是说……

他狐疑地看向她："你是不是知道了什么？"

苏美景无辜地看着他："我知道什么？"

虽然她看起来没什么异样，可齐天却还是有一种预感，她好像什么都知道了。

聂晟伦告诉她了？

齐天有些心虚，虽然他一直告诉自己这么做都是为了帮苏美景调节情绪，但是做法确实有点儿不够光明磊落。

他嗓子发干，拿起桌上的水来喝，刚喝了一口，又痛苦万分地吐了出来。

"盐水？！"

苏美景忍住笑意，故意板着脸："听说盐水清肠，正好帮你清清。"

言外之意，齐天，你肚子里的花花肠子太多了，需要多喝一点儿。

"喂，苏美景，你……"

齐天看着她气鼓鼓的样子，却笑了出来。

眼角眉梢都是那种幸福的笑意，温柔得如同倾泻而下的阳光，静静地注视着苏美景。

他相信，她是真的走出来了。

时间一天天过去，苏美景和齐天相处得越发融洽了。

这天，齐天正在开会，秘书走过来说道："齐董，有您的电话。"

齐天开会的时候从来都是拒接所有来电，只对一个人例外。

他对秘书示意："拿过来。"

电话接通，苏美景的声音有气无力："齐先生……"

齐天感觉心顿时一揪："怎么了？"

"你下班的时候帮我带乳酪蛋糕好不好，我好想吃……"她的声音透着几分低落，有些反常。

齐天只说了一个字"好"。

挂了电话，齐天皱着眉想了想，还是开口道："我有事出去，会议继续，由林总代为主持。"

下面的人谁都不敢说话，直到齐天走出房间，才唏嘘声四起。

"从没见过齐董这么失态，这是出什么事情了？"

"是啊，会议中途退场，这可是第一次啊。"

……

齐天匆匆赶回家，发现苏美景正在沙发上看电视，她看的是一部青春电影，大约是看到了高潮，此刻哭得稀里哗啦。

看到齐天回来，苏美景很意外，泪眼蒙眬地看着他："你怎么突然回来了？"

"我……"齐天看着她此刻的样子，走到她身边坐下，"我有点儿担心你……"

苏美景一下子扑进他的怀里，使劲儿抽了抽鼻子，才道："你担心我什么啊，我好好的，你干吗担心我……"

齐天真想说一句"你这叫好好的啊？"，可是他忍了忍，说："是我的担心多余了，其实我就是突然好想你，所以回来看你了。"

"这么巧，我也突然好想你，然后你就突然出现了。"

齐天任由她抱着自己哽咽，嘴里却不忘打趣她："苏美景，你哭完之后又有事情干了。"

"什么事？"

"洗衣服。"

"洗、洗就洗……齐天，你什么时候才能不这么小气？"

"我这不叫小气，我这叫维护自己的权益。"

苏美景从齐天怀里坐起来，看着他肩膀上一块明显的泪渍，不禁讪笑了一下："辛苦你的衣服了。"

"为什么哭？"齐天问她。

"还不是因为电影太感人了。"

"就这样？"

"嗯。"

齐天观察着她的表情，见她确实没什么异样，才点点头："不愧是大作家，情感世界就是这么丰富。"

苏美景感激他的理解，笑了笑："是啊，比较容易被感动。"

"那我对你这么好，你怎么就没被我感动呢？"

苏美景愣了一下，看到他眼中的深情，心弦再次被触动。

齐天抽出一张纸巾给她："快擦擦吧，你都要变成《蜡笔小新》里的阿呆了。"

苏美景连忙擦了擦鼻涕。

她红着眼睛鼻子的样子很可爱，齐天不禁捏了捏她的脸，笑道："怎么办，你脸红的样子真好看。"

苏美景以为他又在开自己玩笑，撇了撇嘴："谁哭过了会好看啊。"

"你哭完丑死了，我可没说好看。"

"那你刚才那是什么意思？"

"我是说你脸红的样子，不是肿眼泡的样子。"

见苏美景还是不理解，齐天笑着刮了刮她的鼻子："笨蛋，我的意思是以后可以经常让你脸红一红，当然，是用我的方法。"

用他的方法……

苏美景一下就领悟过来，不好意思地别开眼。

齐天的笑容越发大了："对，就是这种红法。"

这家伙真是无论何时何地总要想办法调戏她几句，可是即使这样，她心中也觉得甜蜜不已，她觉得自己大概是没救了，居然开始喜欢这样被调戏的相处方式。

齐天似乎也察觉到这一点，在接下来的几天，时刻不忘对她进行勾引与反勾引。

"苏美景，过来！"

齐天正在洗澡的时候，忽然叫她。

苏美景疑惑地走到浴室边，以为他是有什么东西忘了拿，问道："怎么了？"

"你进来一下。"

进去？苏美景犹豫了一下，他在洗澡，她进去干什么？

"什么事啊？"她小心地又问了一遍。

水声已经停了，苏美景不知他又打什么歪主意，只愿远远站在门外，不肯轻易开门进去。

齐天有些无奈："帮我个忙，我又不会吃了你，你那么小心干吗？"

听他这么说，苏美景下定了决心进去，要是他万一耍流氓，她跑就是了，难道她还跑不过一个光溜溜的裸体吗？

打开门，齐天正坐在浴缸里，腰上缠着浴巾，定定地看着她。

热气氤氲，苏美景看着赤着上身的齐天，也不知道是浴室里温度高还是别的什么原因，脸忽然红了。

她看着齐天，不自在地问："你要我进来干什么？"

齐天对她说："把门关上。"

苏美景关上门，眼睛都不知道该往哪儿放好，在这个只有他们两个人的浴室里，忽然觉得呼吸困难，空气好像棉花一样堵在她的嗓子里。

"你、你到底要干什么啊？"她支吾着。

"帮我擦背。"

"什么？"

"这难道不是夫妻间应尽的义务吗？"

"我怎么不知道什么时候多了这么一项义务，况且，你也没帮我……"苏美景及时住了嘴，果然看到齐天露出得逞的笑。

"如果齐太太希望，下次洗澡的时候可以叫上我，我很愿意尽这项义务。"

"不必了。"

"齐太太不需要是齐太太的事情，可是我需要，齐太太可不要拒绝啊。"

苏美景咽了咽口水。

他伸手将澡巾递给她，而她也不知道受了什么驱使，竟然接了过来。等她反应过来的时候，已经把澡巾套在自己手上，她面对着他赤裸结实的后背，脸热得一塌糊涂。

"齐太太想什么呢？难道不知道从哪儿下手？"齐天等了半天，见她都没有动作，不禁开口催促道。

苏美景把手放在他的背上，隔着一层搓澡巾，都能感受到来自他身体的温度。

她轻轻擦着，引来他的笑声："用点儿力气，齐太太是在挠痒痒吗？"

她咬了咬牙，暗骂自己：苏美景，你这个没出息的，擦个背而已，有什么好紧张的！

可是齐天的背真干净啊，为什么还要搓？

就在她准备收工的时候，齐天却忽然转过身来，目光中带着几分灼热。

"你、你看我干什么？我用力了。"苏美景紧张得舌头都打结了。

齐天伸手摸了一把自己的后背，什么也没说，只是他的眼神让苏美景觉得毛毛的，总觉得有种不太好的预感。

她摘下搓澡巾，就想逃之夭夭。

齐天早就洞察到她的意图，拉住她不让她走。

苏美景看着他光溜溜的身体，心都快要跳出来，太紧张了，太烦躁了，不行了，她要受不了了！

她干脆一瞪眼睛，狠狠地看回去，反正光着身子的是他，有美色欣赏，也是她占便宜，不看白不看！

齐天反倒笑了："齐太太的眼神这么恐怖，反而让我觉得有种欣慰的感觉。"

苏美景不肯轻易服输，眼睛从他的脸开始下移，到喉结，到锁骨，到胸膛，到小腹，然后……

她倏地把视线重新移回他的脸上，将口水狠狠咽了下去。

齐天笑得很开心："齐太太怎么这副表情？为什么不接着往下看了？"

"臭流氓！"

齐天无辜地摸摸鼻子："我怎么臭流氓了？"

他可什么都没干啊。

她是想装作看不见，可是……谁叫他那么……那么突兀呢！

苏美景手足无措间透着一股呆萌，齐天感觉一股热意从下腹升起。完了，他不该把苏美景叫进来的，原本是为了调戏她，结果反倒是变成折磨自己了。

虽然这样，他还是不舍得就这么把她放出去，他想了想这些日子两个人的相处，忽然做了一个了不起的决定。虽然他也是在赌，但是这一次，他还是对自己有几分把握的。

在苏美景没有反应过来前，他一把将她围在了自己和墙壁之间。

苏美景大惊失色："你、你要干什么？"

"别紧张，我就想问你一个问题。"

什么问题需要这种姿势啊？她缩成一团，恼羞成怒地瞪着齐天。

"是生死攸关的大问题吗？"

齐天差点儿笑出来：“算是，所以你一定要认真回答。”

“不行，我还没做好心理准备，那么重要的问题，我得考虑好才能回答。”

“你要怎么才能考虑好？”

“这种姿势会扰乱我的思路，不行，你快放开手，不要离我这么近……”

“就这样想。”

“不行，不行，我……我紧张，我想不出来，我一紧张就给不了你最准确的答案，我……”

齐天被她唠叨得有些不耐烦，干脆不再和她磨叽下去，快刀斩乱麻，一锤定音。

“苏美景，我就问你喜不喜欢？”

苏美景声音透着哭腔：“喜欢什么啊？”

“我——”

“啥？”

“我问你喜不喜欢我？”

“啥？”

“喜不喜欢我？”

“什么……唔……”

齐天受不了她的装傻，直接低头吻了上去，成功堵住了她的话。

明明什么都知道，偏偏要和他玩欲拒还迎，真讨厌。

齐天放开她，她的眼神已经有些迷离，懵懂地看着他：“你刚才问我什么来着？”

齐天笑：“我觉得你应该已经给了我答案了。”

“可是我还没说呢。”

“不用说了，我都知道。”

“不行，我要说，你重新问一遍！”这次苏美景执着地喊道。

齐天拿她没办法，只好再问了一遍。

"苏美景，你喜不喜欢我？"

苏美景看着他，眼神是难得的坚定，没有分毫躲闪，深深地凝视着他的眼睛。

"我喜欢你。"她说。

齐天被她的眼神震撼了一下，还没等回过神来，她已经踮起脚，主动吻上了他。她的吻很轻、很柔，透着淡淡的香气，如同花瓣般娇嫩，在他的唇上温柔辗转，撩拨得他心中发痒，好像谁用羽毛轻轻搔弄着他的心脏，舒服而又难耐。

"苏美景……"他轻轻唤着她的名字。

"嗯……"她回应着他，感受到他的热情。他开始反客为主，带动她的步伐，唇齿相依。

苏美景感觉热，身上仿佛着了火一样，她攀附着齐天，就像依附着树干的藤蔓，紧紧地缠在他的身上。齐天也不好受，他克制着自己，眼睛里已有情欲闪动。

苏美景感受得到他的炽热，她茫然地看着他，问了一句："怎么办？"

齐天笑了笑，这个时候还在开着玩笑："齐太太觉得呢？你挑起来的火，难道不应该负责吗？"

苏美景犹豫了一下，手动了动，却还是没有下定决心。

齐天没有勉强她，他说："齐太太的义务已经尽完了，接下来就是我的事情了。"

苏美景看着他佯装镇定，忽然像是下定了决心，然后毅然解开了他身上的浴巾。

齐天不可置信地看着怀里的人，甚至忘记了反应。

苏美景红着脸："你既然叫我一声齐太太，我……"

她的话被他吞没在口中，他狠狠地吻住她，仿佛要将她与自己合为一体。她全然接受着他的热情，紧紧抱住他，让他带领自己前往那片陌生的领域。

"美景，你真的想好了吗？"

他注视着她，做着最后的征询。

苏美景用吻回应着他，将最后的导火线瞬间点燃。他终于不再顾虑，抱紧她全然释放着自己的热情。

浴室中，一片热情旖旎。

醒来的时候已经是晚上八点多了，苏美景轻轻动了动，酸痛不已的身体叫嚣着。

她不禁发出一声呻吟。

齐天察觉到动静，马上问了一句："醒了？"

苏美景看着他，还有些不好意思，把脸埋进被子里，不让他看到自己。

身边传来他低低的笑声："害羞什么，刚才不是放得挺开的吗？"

清醒的时候和意乱情迷的时候怎么能比？苏美景恨不得把自己缩成小飞虫，让他找不到自己才好。

齐天故意使坏把被子往自己那边拉扯。

苏美景发出一声尖叫，眼睁睁地看着自己暴露在外："你干什么啊？"

齐天趁机抱住了她，长臂伸到她身前，与她十指相扣："美景，我觉得很开心。"

他温声在她耳边说道，一种前所未有的平和与安宁笼罩住她，她轻轻向后靠着他温暖的胸膛。

"我也是。"她说。

齐天微微闭上眼睛，一种幸福感在胸腔里发酵，迅速膨胀，扩散到了身体的每个细胞之中。

两人静静依偎了一会儿，他问她："饿不饿？"

苏美景"嗯"了一声："有一点儿。"

"我去给你做点儿东西吃。"

齐天下床去了厨房。

苏美景躺在床上，静静地看着天花板，这是她第一次躺在齐天的卧室里，头顶的灯很陌生，周围的布景也透着一股新鲜，或许是心情不一样了，看待事物的感觉也发生了变化。

她舒服地蹭了蹭枕头，在被子里伸了个懒腰。

那边齐天已经做好了饭，苏美景看着他端着碗走进来，有些吃惊："番茄炒蛋？"

齐天挑挑眉："怎么，不满意？"

苏美景不禁嘟起嘴："就这么简单……"

"怕你饿，快手餐，不过有营养，吃吧。"

苏美景虽然嘴上不乐意，但还是手脚麻利地坐起来，乖乖地伸手接过碗："好香。"

苏美景吃到一半，才后知后觉地发现他看着自己，问道："你怎么光看着我？"

"觉得你吃东西的样子很好看，看着你吃我都饱了。"

苏美景吐吐舌头："真的啊？那我继续吃了。"

然后，她就真的顶着齐天的目光，无所顾忌地吃了起来。

最后，她将空碗递给他："吃饱了。"

"真的吃饱了？"

苏美景擦了擦嘴，认真地点点头："真的吃饱了。"

"我还以为两人份都不够你吃的。"他的语气酸溜溜的。

苏美景愣了一下："你说……两人份？"

怪不得他一直眼巴巴地瞅着她，原来不是因为喜欢看她吃饭，而是他的那一份也被她霸占了。

齐天一开始的设想是你一口，然后我一口，吃的时候再偷个香，腻歪一下，结果计划全被她打乱了。

"我好像太能吃了……"

齐天倒是没生气："没事，你是消耗过大。"

她脸红了红："那你怎么办？"

"所以接下来就要辛苦齐太太了。"

"辛苦什么……"

"吃了这么多，当然要消耗一下了。"齐天身子一倒就压到了她的身上，一副赖皮的样子，"我是没有力气了，下面的事情，齐太太……"

"流氓！"苏美景气道。

齐天毫不在意，厚脸皮道："齐太太可以流氓回来，我不介意。"

说得好听，被占便宜的还不是她。

齐天眼中亮晶晶，极尽诱惑："齐太太考虑一下，要不要对我耍下流氓？温柔体贴又放电，腰好腿长易扑倒哦！"

苏美景手抚上自己的心口，剧烈跳动的心早已不受她的控制。

她感觉自己口干舌燥起来，齐天像一个炙热的太阳，快要将她烤干。

"水，我要喝水……"她扑棱着手臂，想从他身下逃开。

齐天笑着缠住她，轻轻吻住她的唇。

几番辗转后，看着她水润润的嘴唇，他满意地问："还渴吗？"

苏美景不知道自己此刻的目光有多"含情脉脉""柔情蜜意"，只是迷离地望着他的眼睛，她想从中找到自己的影子，可是却只看到了一汪如大海般浩瀚无边的情意。

齐天发出一声叹息："看样子齐太太今天是不能耍流氓了，因为，我有些迫不及待了，今天这差事还得由我来做。"

苏美景来不及惊呼，齐天已经覆在她身上，接着视线就被被子遮挡，面前是他如火的热情，让她仿佛置身烈焰之中……

聂晟伦再也没有联系过苏美景，只在那之后的某一天，发来了简单的三个字"对不起"。

苏美景笑了笑，没有回复，这件事被她抛诸脑后。

其实她早该知道，自己和聂晟伦的一切早在七年前就已经结束了。

"齐太太，你什么时候来吃饭？我已经等半天了。"

"齐太太，水果帮你洗好了放在厨房，你记得去吃啊。"

"齐太太，我今天路过花市，看到这花不错，你看看放在哪里比较好？"

"齐太太……齐太太……齐太太……"

苏美景每天被他叫得不胜其烦，可是心里却是甜甜的，所有的事情似乎都被重新定义，像一个充盈了爱与责任的气球，满满的都是欣喜和感动。

当然，除此之外，还有另外的一番景象。

"齐太太，帮我把衣服熨了。"

"齐太太，你看地板是不是有点儿脏，你要不要运动一下？"

"齐太太，你有没有按时浇水啊？我怎么觉得这花有点儿打蔫了呢？"

"齐太太……齐太太……齐太太……"

对于上述这种情况，苏美景心里就不是甜甜的了，当然也不是涩涩的，是一种微妙的状态。婚姻本就是由宠爱和繁冗的小事组成，谁的婚姻都不可能只有两个人的你侬我侬，终将是要与柴米油盐联系在一起的。

所以，每当齐天要求她做一些事情的时候，她总是表面带笑，其实还是会在某些其他的地方找回来。

比如——

"美景……"

"走开！"

"美景……"

"离我远点儿，到那边去睡！"

"美景，不要推我嘛……"

苏美景用行动表示对他的抗拒，然后他就像一只撒娇的大狗，扑上来，死乞白赖缠住她，用一个个细密的吻封住她的小脾气，整治她的任性。

"美景……美景……美景……"

只有在这种特定的场合，他才会亲昵地喊她美景，而苏美景则很喜欢他在她耳边，轻轻唤着她名字的感觉。

　　齐天也在几次之后摸清楚了她的死穴，每当她露出抗拒的表情，他就咬住她的耳朵，一遍又一遍叫着她的名字，直到她意乱情迷举手投降。

Chapter15

为　你　折　腰

阳光从窗子照射进来，整个室内都变得暖洋洋的。

苏美景觉得自己越来越享受做齐太太的生活了，她趴在床边，面前放着几摞相册，她一本本翻看着，那些记忆中的面孔，在重温中渐渐由模糊变得清晰。

齐天走进来："看什么呢？"

他在她旁边蹲下，看着那些照片。

都是苏美景小时候的模样，她扎着高高的麻花辫，红红绿绿的小夹子夹了满头，每一张照片里都笑得阳光灿烂，恨不得把所有的牙都露出来晒晒太阳。

"你小时候还挺淘气的。"他说。

照片里，有她爬树的样子，有她骑自行车的样子，有在猴子旁边做鬼脸的样子，还有一段时期她剪了短头发，远远看上去像个小男孩儿一样，举着金箍棒，模仿孙悟空。

"这不是我嘛！"他笑着指着这张照片。

苏美景知道他是在指自己的名字，"齐天"后面本就应该接"大圣"

两个字，笑了笑："是啊，想不到小时候我就有意识在模仿你了。"

齐天陪着她一张张看下去，看到有趣的照片不禁捧腹大笑："原来你小时候是这样的，哈哈哈！"

"齐太太，你居然还有过这种糗事！幸好我当时没看到，不然我肯定不会娶你了！"

齐天指着一张她号啕大哭的照片，问："这是怎么回事？"

"当时养了很久的小鸭子死了。"

他又指了另一张："那这个为什么哭？"

"因为另一只小鸭子也死了。"

齐天："……"

苏美景："我那时候特别爱哭，所以后来我们家什么宠物都不养了。"

"齐太太，你一定要对我好点儿啊。"齐天忽然意味深长地说。

苏美景疑惑地看着他："什么意思？"

"我都可以想象得到，要是有一天我不在了，你会哭成什么样子。"

苏美景却忽然一巴掌呼上来，幸亏齐天躲闪得快，不然肯定中招。

"你干什么？"他没想到苏美景居然会动手。

"什么叫有一天你不在了……你给我解释清楚了！"苏美景气急，还想再打。

齐天连忙抱住她，在怀中安抚着："我就是开个玩笑，你不要当真。"

"这种玩笑也是随便开得吗？"苏美景还在生气，"你不可以离开我的，听到没有！"

齐天原本还有些散漫的态度忽然变得严肃起来，原本还有些担忧的情绪瞬间烟消云散。

他深深地凝视着她："我答应你，永远不会离开。"

苏美景得到他的保证，心情平静下来，但还是不满地瞪了他一眼："说好了哦！"

齐天亲了亲她："你这么可爱，我哪里舍得离开？"

两个人继续翻看着照片，翻到了一堆毕业照，齐天笑嘻嘻地说要在里面寻找苏美景。

"哟，齐太太，这个是你吗？笑得眼睛都没了！"

"看看，还有这个，怎么就你的眼睛是眯起来的，还有这张，这是你照集体照的习惯吗？一定要把眼睛眯起来？"

"那是因为有太阳啦……"

"怎么别人都没事呢？"

"因为太阳比较喜欢我啊，把所有的光芒都聚集在我身上了。"

"哎，这个人是谁？"他的手指忽然停在其中一张照片上面，指着最中间的位置，笑眯眯地看着她，"好眼熟哦。"

那个人正是小时候的齐天，即使是在都照得很丑的集体照里，他还是脱颖而出，让人一眼就能看到，根本无法忽视。

苏美景故意装不知道："我也不认识，好像没过多久就转学走了。"

"你不认识啊？"齐天好整以暇地看着她，"我听说过一个理论，但凡互相装作不认识的同学，曾经一定有一层见不得人的关系，比如说……你暗恋他？"

苏美景气得面红耳赤："你才暗恋呢！"

齐天看着她脸上的红晕："害羞了吧？齐太太，你承认吧，这个人这么帅，我不介意你暗恋过他。"

"我才没有。"

"难不成你还暗恋过别人？"齐天危险地看着她。

苏美景随手一指："是啊，我还暗恋过他。"

她指的人是曾经班里最淘气的男孩儿，每天不被老师骂一顿都不舒服的类型，而且邋遢贪玩，喜欢在土里滚来滚去。

"原来齐太太以前竟然喜欢这种类型。"他懒洋洋地调侃。

苏美景嘴硬："是又怎么样。"

齐天没说什么，指了指照片的角落："这个是我当时暗恋的女孩儿。"

苏美景听后心里有些不是滋味，刚想讽刺一句，看看那个人是谁，却硬生生把话又憋了回去。

"你喜欢她啊？"

"是啊。"齐天表情柔和，"那个时候我总是使唤她跑腿，却从不肯让别人使唤她，总是关注她的一举一动，每次成功耍到她都会觉得很开心，因为那个时候她的眼睛里只有我一个人。你说，这不是喜欢是什么？"

苏美景静静地听着，看到他将目光转向自己："为什么我在这么久之后才明白，原来那个时候的感情就已经是喜欢了呢？"

他的表白永远都来得出其不意，苏美景不好意思地低下头："还记得那个时候老师安排我们同桌吗？我真的兴奋了好久，几个晚上都睡不着觉，一直都在窃喜，居然能和班里最好看的男生坐在一起。"

"所以你后来还特意套我的话？"

"什么话？"

"我们班的女生你最喜欢谁？"

原来他还记得。

苏美景怔了怔，又听到他问："你还记得我是怎么说的吗？"

苏美景不禁紧张地捏紧了相簿，眼中有期待在闪烁。

齐天凝视着她，一字一字，缓慢说道："远在天边，近在眼前。"

然后，他轻轻吻上了她。

苏美景手一抖，忽然就失去了力气，相簿掉在地上，一直夹在里面的一张照片忽然滑了出来。

照片上，两个人互相搂着，头挨着头，笑得一派天真无邪。她的红领巾歪歪斜斜的，而他的却早就不知道跑到哪里去了。

闭上眼睛的时候，苏美景忽然就想起来了，原来她的红领巾是在那个时候被他扯皱的啊。

她在风中奔跑，他在身后追逐着，她的红领巾飘到后面，他顺势一扯。

耳边似乎还回响着他们开心的笑闹声，齐天像是想到了什么，突然问道："后天我要去巴黎，参加一场婚纱 Show，你要不要跟我一起去？"

苏美景翻照片的手一顿："怎么这么突然？"

巴黎她是很想去，可是她之前有计划，为了准时交稿，她必须要在接下来的几天都做到日码一万字才行。

"你不想去吗？"齐天诱惑她，"跟着我，全程你都不用发愁，有婚纱 Show，各种大餐，还有……"

苏美景感觉美妙的巴黎生活正在向自己招手。可是，稿子还没写完，她想到冯蓉蓉，不禁打了个激灵，太可怕了。

她考虑再三，回答："我不去了。"

齐天挑了挑眉："真的？"

苏美景坚决地点头："嗯，不去了。"

齐天一脸惋惜地看着她："苏美景，你知道你放弃的是什么吗？"

苏美景觉得他说的每一句话都是在折磨她的心，干脆把他推出房间："我知道我知道，你快走吧，去准备你要带的东西吧，我就在家哪里都不去！"

齐天看着关上的房门，无奈地笑了笑，却还是不死心地又敲了敲："真的不去？你确定？"

"不去就不去！"

房里传来苏美景暴躁的吼声。

齐天笑了笑，转身去收拾自己的东西。

到了离开的日子，苏美景看着齐天早早就起来了，她窝在被窝里，眼巴巴地看着他起床、穿衣，然后在她脸上吻了一下。

"我要走了。"他说。

苏美景心里忽然升起浓烈的不舍，她抿着唇不说话，可眼神早已出卖了她，做着无声的挽留。

齐天故意说："齐太太不说点儿什么？"

苏美景闭上眼睛装睡。

齐天在她身边蹭了蹭，轻轻咬了咬她的耳朵："齐太太，我要走了。"

苏美景依旧不理不睬。

齐天在她耳边轻轻叹了口气："齐太太，你如果不理我，我误机了怎么办？"

苏美景终于睁开眼睛，静静地看着他，好像一只被抛弃的小狗："你要几天才回来啊？"

"五天，最晚一周。"

"哦。"

齐天好笑地摸了摸她的头："舍不得我了吧？"

他嘴角的笑容太好看，苏美景竟然真的不舍得让他离开自己了。

她嘴硬道："走吧，走了就没人打扰我码字了。"

虽然这么说，可是等到齐天真的走了之后，苏美景坐在电脑前，明明情节都已经构思好了，却还是一个字都敲不出来。

她把音乐打开，在空荡荡的房间里，似乎能听到回音。

他才刚走，就好像把她的魂儿也带走了一样。心中那种安定的感觉忽然就消失了，做什么事情都无法集中注意力。

苏美景拍拍自己的脸，试图将脑内乱七八糟的东西全部赶走，她一边喃喃自语一边打开邮箱，却发现邮箱里没有丝毫关于稿子的邮件。

蓉蓉居然没来催稿？

苏美景想了想，点开对方灰色头像留言问："蓉蓉，最近怎么样？是不是很忙？"

没想到冯蓉蓉居然在，连发了几个煎熬的表情，说道："美景，我们面谈吧。"

咖啡厅里，冯蓉蓉一脸沮丧地坐在那里。

苏美景帮她点了咖啡和甜点："这是怎么了，这么萎靡不振？"

冯蓉蓉看着她，就像看到了救星："美景，美景，我最近真的是太不顺了！"

"别着急，先吃点儿东西，慢慢说。"苏美景安慰。

冯蓉蓉给自己切着华夫饼，一口口不停吃着，直到全部吃完，情绪才终于稳定了一些。

"前几天我交了五个稿子，四个都打回来，另外一个还涉及了版权问题，绕了好大一圈儿，弄得我现在骑虎难下，不想要了却不得不要。然后，现在住的房子房东想要收回去，我又面临着找房子的问题。还有……你知道是什么吧？"

"嗯……你和聂晟伦又怎么了？他对你还好吗？"苏美景问。虽然知道了之前是齐天伙同聂晟伦在做戏，但面对冯蓉蓉，她还是觉得有一点儿尴尬。

"前一阵子我们相处得还不错，之后他主动约我出去吃饭，邀请我看电影。可是那天我居然加班不能赴约，天啊！美景，你不知道，我当时想死的心都有了！我甚至想翘班，毕竟是他主动约我啊，哪怕少上一次班多挨一次骂，我也觉得值得！"

苏美景想起来，冯蓉蓉说的应该就是之前她在商场巧遇聂晟伦的那天，原来聂晟伦也没有说谎，那一天他真的打算约冯蓉蓉看电影来着。

"后来他好像有什么烦心事，加上我那段时间工作又极其不顺，我们的关系就不冷不淡地处着。后来，他说要去参加学校的校庆，再之后，他就一声不响出去散心了。美景，你说他到底喜不喜欢我？可是如果不喜欢我，为什么还会发一些旅游时的照片给我？"

苏美景想了想问她："如果要你给这段感情的付出程度打分，你会打多少？"

"换作最开始可能是110分，现在的话……"冯蓉蓉低落道，"我都在想是不是我们真的不适合，我是不是不应该再这么死缠烂打下去了？"

"你还像之前那样喜欢他吗？"

冯蓉蓉听到苏美景的问题愣了一下，才慢慢开口道："喜欢吧……每次我下定决心再也不要理他，第二天还是会没出息地主动找他说话。我觉得已经养成习惯了，戒不掉了。"

"不如我们换个策略。"苏美景想起之前聂晟伦试探自己的时候，问了很多关于蓉蓉的问题，他应该也是对冯蓉蓉上心了才是。

苏美景看向冯蓉蓉，提议："一直以来都是你扮演主动的角色，不如这一次，我们就按兵不动，等着他自己来找。"

"可是，如果他不来呢……"

"放心，他一定会来找你的。"

苏美景的肯定让冯蓉蓉顿时多了几分底气，可是她犹豫着说："我怕控制不了我自己。"

"蓉蓉，这一次，你一定要挺住，暂时把精力多放在你自己的事情上，相信我，未来一定会朝好的方向发展的。"

她说得笃定，冯蓉蓉不禁动容了。

"那，我试试？"

"加油。"蓉蓉是她的好朋友，她希望蓉蓉能好好的。

回家后，苏美景重新把自己投入工作中。

两天下来，苏美景虽然效率低，但进度条总算是又接近了终点一步。她忙里偷闲刷起微博，忽然看到了一条被推荐到首页的微博。

她点开图片进去，眉头紧紧皱成一团。

图片是莫嫣身穿华丽唯美的婚纱站在 T 台上，而台下一个人正侧头欣赏，鼓着掌。

哪怕只是一个背影，苏美景也可以很容易认出来，那个人就是齐天。

而且，莫嫣的微博内容也发得极其暧昧。

"无论是指责还是掌声，无论是鸡蛋还是鲜花，无论伤心还是欢喜，感谢那个一直不离不弃，伴我左右的人。永远爱你。"

这是什么意思？是公开表白吗？

苏美景将图片放大再放大，想从侧面看清楚齐天的表情，她恨不得钻进手机里去，不，恨不得飞到现场，看看到底发生了什么。

如果早知道齐天去巴黎会碰到莫嫣，那她说什么也要跟着去的。

情敌相见分外眼红，苏美景以前不觉得，现在才是真正感受到了这句话的真谛。她以前怎么那么大度，说出让齐天多去陪陪莫嫣的话？

苏美景心里一直在纠结，要不要打个电话问问齐天是怎么回事。

不问，觉得心里实在难受；问吧，却又好像是不信任他。

她暗自发愁了好一会儿，分外嫌弃现在优柔寡断的自己。

她郁闷地去冰箱里拿了冰激凌，吃了一大半，烦躁的心情才慢慢好转。她告诫自己不要被这些事情影响，当务之急是把剩下的稿子写完，明天交了稿子再找齐天算账也不迟。

可是，脑海里挥之不去的都是那张图片，而且作为一个脑补高手，她瞬间就脑补了各种场景，描绘出各种画面——图片不可怕，可怕的是人的想象力。

苏美景强行删除那些不好的想法，逼着自己沉下心来，还有几千字要收尾，她绝不能在这时候被打扰。

或许是最终理性占了上风，苏美景在接下来的三个小时里总算顺利完稿，看着文档，她长舒了一口气。

她把稿子往冯蓉蓉邮箱里一丢，大功告成！

然后，她又重新开始纠结之前的问题。

一番天人大战后，她决定安心等待齐天回来给自己一个解释。

但她又抑郁不已，心里像是有一只小猫一直在挠啊挠的，让她不得安生。齐天后天早上才能回来，难道这两天她都要在煎熬中度过？

如果说，万一齐天真的对莫嫣旧情复燃了，那她该如何自处？

苏美景思前想后，觉得自己得出去走走，待在家里容易胡思乱想脑补过多。

于是，她火速订了一张去澳门的机票，然后收拾行李，打包走人。

就让她没骨气地失踪几天吧。

地球的另一边。

齐天不悦地看着莫嫣："为什么发这么暧昧不明的微博？"

莫嫣无辜地看着他："暧昧吗？我只是表达一下我的心情而已。"

"删掉吧，省得有心人又拿来小题大做。"

"我们问心无愧就好，何必管别人怎么说呢？"

齐天看着她："莫嫣，我不希望给任何人造成误解，而且，我不希望苏美景听到任何不好的消息，明白吗？"

莫嫣笑："天哥，如果爱你，苏美景就会相信你。况且，一条心情而已，她又能想什么呢？"

"莫嫣，删掉。"他言简意赅，显然耐心已经用尽。

莫嫣露出一抹惨笑："天哥……"

就在不久之前，她和于总闹掰。她放不下齐天，心中有怨气，无法像从前一样做一只乖巧的金丝雀，所以，就被抛弃了。

在婚纱Show上看到齐天，看到他对自己依然像从前一样，她心里又重新燃起了希望，期待能够在这一次重新回到齐天身边，却没想到……

齐天冷漠地看着她："从你对苏美景动手脚的那一天起，我们的情分就尽了。"

莫嫣突然觉得语言居然是这么苍白无力的东西，一切话语在这一刻都失去了意义。她闭上眼睛又睁开，视线已经变得一团模糊。

"好，我删。"她说。

齐天没再看她，转身离开。

莫嫣看着他离去，连哭的力气都没有了。

齐天回到家，迎接自己的是空荡荡的房间。他叫了两声"齐太太"，却没人回应。

人去哪儿了？

他本想给苏美景一个惊喜，想不到却让她给了一个惊吓。

他看到冰箱上贴了小字条："旅行去，勿念。"

他迅速拨了电话，却传来忙音，不禁皱紧了眉。

她看到莫嫣的微博了？所以离家出走？

记忆里苏美景说走就走已经不是第一次了，第一次是与他吵架，离家出走了两天，第二次是去云南旅游，也是说走就走。不知道这回她又跑去了哪里。

齐天想了想，给秘书打了电话："帮我查查苏美景的下落。"

不一会儿，秘书就给他回信："齐太太去了澳门。"

"帮我马上订最近的机票。"

"好的。"

齐天连行李都没来得及收拾，当晚又飞到澳门。连着几日舟车劳顿，让他现在只想找个地方好好睡一觉，可是他心里挂念着苏美景，不找到她根本无法安下心来休息。

他打车来到苏美景下榻的宾馆，是一家精致小巧的民宿。

房东看管得很严，不让齐天进去，他只得坐在门口等着，等到快要睡着，终于看到苏美景的身影。

见到齐天，她也吃了一惊，显然还有些不相信："你、你怎么在这儿？"

齐天看到她，之前的疲惫和郁闷一扫而空，取而代之的是久别重逢的欣喜和愉悦。

他站起来，一把将她抱在怀里。

"齐太太，你让我找得好辛苦。"

苏美景也有些怔忡，这个拥抱真是久违了，以至于她还有种不真实的感觉。鼻腔里重新充盈了他身上的气味，她贪婪地呼吸着，不自觉地拥紧了他。

齐天看着她："为什么说走就走，都不告诉我？"

苏美景想起来自己离开的原因，没好意思明说："我只是出来旅游。"

齐天笑了笑："你看到莫嫣的微博了吧？"

苏美景瞪圆了眼睛，他果然知道！

她一甩胳膊，赌气要走，齐天在身后拉住了她："你都不听听我怎么说？齐太太应该不是这么冲动的人吧？"

"齐太太就是冲动，就是坏脾气！怎么办？不然你就去找那个温柔可人的莫嫣莫小姐吧！"

齐天笑得更开心了："齐太太吃起醋来也很可爱。"

"我才没有吃醋！"

"难道齐太太是认真的？"

"对，就是认真的！"

齐天沉吟了一下："齐太太难得认真一次，既然如此，那我就去了？"

苏美景气得说不出话来，眼睛直直地盯着他看，眼神像是在说：你敢去？你敢去试试！

齐天还真的不怕死地走了两步，一边走一边还回头看她，玩味地欣赏着她脸上的表情："齐太太现在挽留我还来得及。"仿佛只要她不说话，他就真的会走一般。

苏美景胸腔里的一团火就升起来了，她最讨厌别人的威胁，就算是齐天也不例外。她想也不想，掉头就走。

这下轮到齐天傻眼了，他怎么忘了苏美景是个倔脾气，连忙追上去。

"美景，美景，别生气，是我不对，我们找个可以坐的地方，慢慢说。"

"我和你没什么说的。"

"可是我有啊。"齐天笑嘻嘻地看着她，"我有好多话想和齐太太说呢。"

苏美景板着脸看他:"比如?"

齐天眼神深邃,里面仿佛有什么东西呼之欲出。

"比如,我们的婚礼……"

苏美景觉得自己的呼吸都停滞了,大脑中一片空白,不断重复着齐天的那句话。

我们的婚礼……

他刚才说的是婚礼吗?

回过神的时候,她发觉自己已经被齐天拥在怀里,抬起头,对上的是他含情脉脉的眼。

"齐太太现在愿意听我好好解释了吗?"

在婚纱 Show 上,他本来只是和莫嫣简单打了个照面,莫嫣却约他单独谈谈,讲了她在如今的公司地位不保,这次可能是最后一次走 Show 了。

齐天问莫嫣为什么会这样,莫嫣表情苦涩,只说如果齐天不愿意帮她,她可能就真的要离开这个圈子了。

齐天表示自己无能为力,但也说了一些安慰的话,看着莫嫣走秀的时候,想到从前一起努力过的日子,心里的确有些不舒服,鼓掌的举动也是有感而发,却没想到被拍下了照片,还发到微博上。他当时就感觉到,这可能又是一场别有用心的利用。

只是没想到,他虽然让莫嫣及时删除了,却还是被苏美景看到了。

苏美景听后积压在心里的烦闷一扫而空。

"这回不生气了?"他问。

"本来也没有生气啊。"

"那是谁一声不响就离家出走的?"

"我都说了是旅游,说走就走的旅行是一种积极的生活态度。"苏美景嘴硬,离家出走?这么幼稚的事情她才不会做呢。

齐天配合地说:"是啊,我就欣赏齐太太这样的生活态度,不过以后再这样的时候，能不能给我留点儿线索，我好时刻追随左右？"

"想得美。"

他们在外面找了家餐厅，苏美景陪齐天吃了口饭，然后回到民宿。

齐天第一次住民宿，看着什么都觉得很新奇："虽然不能和五星级的舒适程度相比，不过看起来倒是很有诚意。花花草草摆放得挺好看的，还有壁画，房东倒是个有情调的人。"

苏美景看着他在一旁摸来摸去，忍俊不禁："你这是刘姥姥进大观园吗？"

齐天已经坐到床上，皱了皱眉："有点儿硬，要是能再铺一层就好了，不过还好，枕头还算舒服。"

苏美景笑："你不是说累坏了吗，别计较那么多了，快睡吧。"

齐天向她张开怀抱："过来。"

苏美景钻进他怀里，听到他说："有没有想过，希望要一场什么样的婚礼？"

她的心头微微一颤，然后轻声说："简单一点儿就好。"

"那可不行，"齐天说，"苏美景，你要知道，你值得一场万众瞩目、羡煞旁人的婚礼。"

苏美景闭上眼睛，安静听他讲述着心中的想法，她觉得自己置身在一场梦幻之中，一切都是那么不真实，却又仿佛触手可及。

碧海蓝天，阳光和煦，她穿着雪白的婚纱，身旁是他……

两个月后。

苏美景看着镜子里的自己。

水钻打造的倒 V 形头饰从前额垂下，衬得一张脸小而尖，一双眼睛越发闪亮动人。她身上的婚纱是齐天亲手设计的，每一个细节都做到了无可挑剔，将她的曲线勾勒得完美无缺，如同一只刚刚上岸的小美人鱼，整个人透着一股水灵滋润。

冯蓉蓉站在她身后，眼中是满满的羡慕："美景，我觉得我词穷了。"

苏美景有些不认识镜子里的自己，她甚至不敢轻举妄动，感觉连说话和微笑都会破坏这幅美好的画面。

齐天说得对，如果这一生注定只有一次，那么事情一定要做到极致，不能留有任何遗憾。

苏美景觉得，她这辈子都会记住这一天的自己，它像是一个烙印，永远不可能抹去了。

冯蓉蓉陪她走出去。

在温暖的阳光下，苏美景美得像一个发光体，闪耀到让人睁不开眼。

齐天远远地看到她，唇边扬起了一丝幸福的笑容。

这场婚礼没有神父，没有繁复的仪式，只有男女主角，他们会在天和地的见证下，在大海的环绕中，完成一生之中最重要的时刻。

苏美景款款走近，每一步都好像是电影里的慢动作。随着她的步伐，齐天的心跳渐渐加快，他看到自己设计的婚纱穿在她的身上，两者相互映衬，形成了最契合的一幕。

微风吹动头纱，伴随她的步伐在空中左右飘拂。

苏美景走过来，眼中只余他一人。

茫茫人海，阡陌红尘，曾以为两人之间不过只是一场交易，却发现这一场阴错阳差正是早就设计好的命中注定。

一年前的今天，她还站在民政局门口，在为自己的婚姻担忧。而如今，她却身穿世界上独一无二的"宸星之纱"，正式向全世界宣告——苏美景是齐天的妻子。

齐天牵起她的手，从怀中掏出了戒指。

亲朋好友早已围作一团，全都屏住呼吸，期待着戴上戒指的这一幕。

他深深凝视着她，眼中的柔情快要溢出来，仿佛要将她融化在这样的眼神里。

"这一天，我等了好久，不过幸运的是，它终于来了。"他沉声说。

苏美景看着钻戒被一寸一寸套在她的手上，他的手温暖，带着力量，一寸一寸，也套牢了她的心。

苏美景忽然想哭，她看着他的脸，看着他唇边噙着的笑容，看着他的眼中，竟然也和自己一样，有晶莹的东西在闪烁。

"新娘子哭也就算了，新郎哭算什么样子？"

伴郎团里声音忽然响起，带着几分打趣，成功逼回了齐天眼中的泪水。

"梅老三，你好好的破坏什么气氛？"

"你才破坏气氛，挺浪漫的场景让你弄得肉麻兮兮的，我可受不了！"

旁边颜如玉狠狠掐了一下梅老三腰间的肉："你干什么打扰人家！没看到感情都已经酝酿到位了吗，你这个时候一说话，我还怎么看我偶像的眼泪！"

"什么你偶像，你偶像早该换人了好吗？你当你旁边这个人是什么，摆设啊？"

"不管，你要是再捣乱，别怪我不客气！"

"好啊，你来啊，我看你怎么个不客气法。这可是你偶像的婚礼，颜小姐，你动手搞砸了不好吧？"

"动手也是对你动手，把你打晕了看你还怎么闹腾！"

"我告诉你，我之前是让着你，真要是动手不一定谁赢过谁呢！"

"好啊，要不要比比看？"

齐天和苏美景看着这吵吵闹闹的一幕，不禁相视一笑。

"梅老三也算是碰到对手了。"齐天说。

"是啊，看得出来他们很幸福呢。"苏美景有些向往。

齐天揽住她："齐太太这语气是什么意思？难道你觉得我们不够幸福吗？"

"不是……"苏美景摇摇头。她很幸福，只是好像觉得还缺点儿什么。

齐天笑了，他怎么会不明白苏美景此刻的想法呢。

他凑到她耳边，轻轻说道："美景，帮我生个小猴子吧。"

苏美景看着他，脸上染上了几丝绯红。

"嗯。"她点点头。

齐天笑了，在她唇上轻轻一吻。

"那么为了这个'猴子之约'，我们回去要好好努力才行。"

"好。"

齐天看着苏美景，忽然觉得全天下的幸福都已经被自己握在手里。

江山如此多娇，而我只为你折腰。